दोज़ख़

[उपन्यास]

दोज़ख़

सैयद ज़ैग़म इमाम

राधाकृष्ण प्रकाशन

ISBN : 978-81-8361-301-9

दोज़ख़

पहला संस्करण : 2009
This book is printed on **Print on Demand** Technology : 2024

मूल्य : ₹695

प्रकाशक
राधाकृष्ण प्रकाशन प्राइवेट लिमिटेड
जी-17, जगतपुरी, दिल्ली-110 051

शाखाएँ : अशोक राजपथ, साइंस कॉलेज के सामने, पटना-800 006
पहली मंजिल, दरबारी बिल्डिंग, महात्मा गांधी मार्ग, प्रयागराज-211 001
1, अनमोल सोराबजी संतुक लेन, धोबी तलाव, मरीन लाइंस, मुम्बई-400 002
वेबसाइट : www.radhakrishnaprakashan.com
ई-मेल : info@radhakrishnaprakashan.com

DOZAKH
Novel by Syed Zaigham Imam

अपने खूबसूरत बचपन और उन अज़ीज़ दोस्तों के लिए
जो जिन्दगी की भागदौड़ में बिछड़ गए
लेकिन दिल अब भी उन्हें याद करता है...
बनारस की तंग गलियों में घूमते हुए
दिल्ली की चौड़ी सड़कों पर टहलते हुए।

"ए अल्लन, ख़याल करना बेटा। ई बनारसिया सब पक्के चोर होते हैं। आंख झपकी नहीं कि नकली माल पकड़ाइन। और सुनो रसूल से कह देना कि आपकी नकली फेरन लबली बिकी नहीं...अब्बा कहे हैं कि हम लोग को भी ठगने लगे, अल्ला से डरिए, ग्राहक देहाती है तो मुंहवा पर गोबर मल लेगा क्या।"

हाशिम मियां अल्लन को समझाए जा रहे थे। अल्लन उनका बेटा था, अलीम अहमद। हाशिम प्यार से उसे अल्लन बुलाते थे। हाशिम ने अलीम को अल्लन कहना शुरू किया तो फिर दूसरे लोग पीछे कहां रहने वाले थे। अलीम खो गया। अल्लन और बस अल्लन। स्कूल में पढ़ते हुए जब मास्टर साब अल्लन को अलीम कहकर बुलाते तो वह चौंक जाता। कई बार याद न रहता कि अल्लन और अलीम एक ही हैं। कस्बे की इकलौती चौमुहानी पर अल्लन के अब्बा यानि हाशिम मियां की छोटी-सी दुकान थी। साबुन, तेल, शीशा, कंघी के अलावा कई दूसरे गंवई सौंदर्य प्रसाधनों की। शादी-ब्याह के दिनों में उनकी दुकान से दूल्हा-दुल्हन के बनाव-श्रृंगार और दूसरी रस्मों से जुड़ी चीजों की बिक्री भी होती थी। हाशिम बरसों से ये दुकान चला रहे थे। कस्बे में ऐसी कोई दूसरी दुकान न थी, और थी भी तो ग्राहकों को उन पर भरोसा न था। हाशिम मियां की लंबी दाढ़ी ग्राहकों पर अलग प्रभाव डालती थी। नमाज के सजदों की वजह से माथे पर पड़ा काला निशान भी उनके सच्चे होने की गवाही देता था। ग्राहक उनसे प्रभावित थे।

"सुनो...चौकाघाट में उतर के टैंपू पर बैठ जाना। बेनियाबाग उतारेगा, वहां से पूछ लेना दालमंडी कहां है। कोई भी बता देगा। दालमंडी के अंदर से ही हड़हा सराय का रास्ता जाता है। टैंपूवाले से किराया मत पूछना। पूछोगे तो समझेगा नया है। एक-दू रुपया बढ़ा के मांगेगा। बस उतर के दू रुपया पकड़ा देना। इधर-उधर मत जाना बेटा, सामान गिन के कायदे से हिसाब बनवा लेना।"

हाशिम ने अल्लन को सैकड़ों ताकीदों के साथ सौ-सौ के पांच नोट थमा दिए।

अल्लन पहली बार अकेले बनारस जा रहा था अपनी दुकान के लिए खरीदारी करने। इससे पहले वह बनारस जाता तो अम्मा साथ में होतीं या फिर अब्बा। बस की खिड़की से सिर निकाल के कायदे से कुछ देख भी नहीं पाता था। अम्मा डांटती थीं :

"चोट लग जाएगी, सिर अंदर कर।"

उसकी उम्र ज्यादा नहीं थी। चौदहवां साल चल रहा था। अब्बा खुद उसे अकेले बनारस भेजने से डरते थे। मगर आलम के जाने के बाद आखिर किसी-न-किसी को तो ये काम संभालना ही था।

अल्लन को बनारस अजीब लगता। उसके छोटे-से कस्बे में कुल जमा सिर्फ एक चौराहा था, मगर यहां चौराहों की गिनती न थी। जिधर देखो चार-चार रास्ते नज़र आते। अम्मा से मिलकर अल्लन बनारस चल दिया। मन में लड्डू फूट रहे थे। मगर वह अपने ऊपर काबू रखे हुए था। क्या जाने अब्बा का मन बदल जाए। गली में आकर अल्लन दौड़ पड़ा।

'अरविंद से जाएंगे, सुपरफास्ट बस सर्विस है। कहीं नहीं रुकती साली...। सीधे मुगलसराय। पड़ाव पर रुकी तो रुकी, नहीं तो बनारस। एक घंटा बस।' अल्लन सड़क पर खड़ा था। पंद्रह मिनट हो चुके थे, अरविंद नहीं आई। पैर दुखने लगा, वह उकड़ू होकर सड़क पर बैठा था ही कि रोडवेज की बस आ गई। निराश अल्लन बस में सवार हो गया।

कस्बे में बसों का किस्सा अजीब था। बनारस यहां से बस तीस किलोमीटर की दूरी पर था। सही बस मिल गई तो एक घंटे में बनारस पहुंच गए नहीं तो घंटों धक्के खाते रहिए। अरविंद बस सर्विस का नाम था। अल्लन के कस्बे से होकर गुजरने वाली ये बसें बिहार के दूरदराज के शहरों से आती थीं। लंबा रूट होने की वजह से इनको पहुंचने की जल्दी होती। बसों की जल्दी में मुसाफिर भी जल्दी पहुंच जाते थे। अब्बा जब अल्लन को लेकर जाते, अरविंद का इंतजार करते। अल्लन को भी अरविंद में बैठना पसंद था। बस में बैठे अल्लन ने रास्ते में दो पैकेट रेवड़ी और एक पैकेट बिस्कुट खरीदा। अल्लन खा रहा था, बस दौड़ रही थी। मुगलसराय आ गया। अल्लन को अब प्यास लगी। पानी पीने के लिए वह बस से नीचे उतर गया। ऐसी आजादी उसे पहली बार मिली थी। और वह इसे पूरी तरह से महसूस करना चाहता था। पानी पी

के अल्लन का मन नहीं भरा। बस अड्डे पर लगी पान की दुकान से एक रुपए का पान खरीद लाया। बस दुबारा चली तो अल्लन पान चबा रहा था। मुंह लाल था। अल्लन सामने के शीशे में अपना मुंह देखकर खुश था। शर्म भी आ रही थी। अम्मा कहती हैं :

''पान खाए से मुंह खूब लाल हो जाए तो समझो सास बहुत मानेगी।''

पान खाकर अल्लन हंस तो रहा था मगर उसे अब्बा की भी याद आ रही थी। वह उसे पान खाते देख लेते तो शायद मुंह तोड़ देते। बस भागी जा रही थी। पड़ाव आ चुका था। अल्लन सज़ग होकर सधे अंदाज में खिड़की से सट गया। अब उसकी पसंदीदा जगह आने वाली थी। लोहे का राजघाट पुल और पुल के नीचे बहती गंगा। अल्लन को गंगा देखने में बड़ा मज़ा आता। लहराते पानी को देखकर न जाने क्यों उसका दिल खुश हो जाता था। लोहे के पुल पर बस ने पहला झटका खाया और अल्लन को गंगा का पानी नज़र आ गया। बगल में बैठे एक यात्री ने उसके सिर के ऊपर से एक सिक्का पानी में उछाल दिया। अल्लन ने देखा। सिक्का लहराते हुए सीधे पानी में जा गिरा। अल्लन उस आदमी को गौर से देख रहा था। आदमी अपना हाथ सिर पर लगाए कुछ फुसफुसा रहा था। अल्लन को उसकी फुसफुसाहट साफ सुनाई दी :

''जय गंगा मइया''

राजघाट पुल शुरू से ही अल्लन का पसंदीदा था। लोहे के पुल से नजर आने वाला बनारस का विहंगम दृश्य उसके रोंगटे खड़े कर देता था। इसके अलावा उसने गंगा के बारे में भी खूब बातें सुन रखी थीं। वह उचक-उचक कर गंगा को देखता रहा। बस पुल को पार कर चुकी थी।

''चौकाघाट, चौकाघाट। चौकाघाट वाले उतरो।'' बस का कंडक्टर हलक फाड़ के चिल्ला रहा था।

अल्लन बस से नीचे उतर गया। अब्बा की नसीहत के मुताबिक वह टैंपू से बेनियाबाग पहुंचा और वहां से पैदल हड़हा सराय। बाज़ार में बहुत भीड़ थी। अकसर इस भीड़ में वह और अब्बा जुदा हो जाते। अब्बा देर तक किसी दुकान के सामने खड़े होकर अल्लन...अल्लन...चिल्लाते तब कहीं जाकर वह उन तक पहुंच पाता था। आज अल्लन को हाथ छूटने का डर नहीं था। अंदाजे से वह रसूल मियां की दुकान तक पहुंच गया।

''सलाम आलेकुम चच्चा।'' दूसरे ग्राहकों को निपटा रहे रसूल को उसने पीछे से सलाम दाग दिया।

"वालेकुम सलाम, अरे! अल्लन...खुश रहो। अब्बा नहीं आए क्या?"

"नहीं चच्चा, अब हम आया करेंगे।"

"अल्ला सलामत रखे। अभी से हाशिम का हाथ बंटावे लगे।"

अल्लन ने सामान की लिस्ट रसूल को थमा दी। रसूल की निगाहें लिस्ट में गड़ गईं और अल्लन की रसूल के चेहरे पर। रसूल की दाढ़ी भी बिल्कुल अब्बा के जैसी थी। रूखे, उलझे बड़े-बड़े बाल और उस पर सफेद गोल टोपी। सबकुछ अब्बा के जैसा ही। फर्क सिर्फ इतना था कि अब्बा को बालों में मेंहदी लगाने से नफरत थी, मगर रसूल हमेशा अपने बाल मेंहदी के सुर्ख रंग में रंगे रहते।

"ए चच्चा अब्बा एक ठो शिकायत किए हैं।" अल्लन ने रसूल की तंद्रा भंग कर दी।

"क्या बेटा..."

"पिछली बार वाला समान सही नहीं था। फेरन लबली खराब थी। मुंह पर लगाए वाले पाउडर से भी बदबू आ रही थी। अब्बा कहे हैं कि हम लोग को तो ठीक समान दीजिए।" अल्लन रटे-रटाए अंदाज में अब्बा का संदेश रसूल को सुना रहा था।

"अरे कभी-कभी समान खराब आई जाता है। और हम कोई उसके अंदर थोड़ी घुसे हैं। अब्बा से कह देना अब ऐसा न होगा। और अम्मा ठीक हैं। अरे हां, आलम कहां हैं?"

अल्लन समझ गया रसूल उसकी शिकायत टाल रहे थे। उसने भी जिरह करने की जरूरत न समझी।

"आलम भाई अपने ससुराल हैं।"

"आता नहीं अब।"

"नहीं, दुबई जा रहे हैं।"

"अच्छा, चलो ठीक है, कसकर कमाएगा।"

"ए चच्चा, हम थोड़ी देर में आएं।"

"हां-हां जाओ। समान हम पैक करवा देंगे।"

अल्लन वापस दालमंडी की तरफ चल पड़ा। उसे भूख लगी थी। घर होता तो अम्मा के हाथ के दाल-चावल से काम चलाना पड़ता, मगर नहीं वह गोश शीरमाल खाएगा। दो-दो रुपए की दो शीरमाल और पांच रुपए प्लेट गोश्त। अल्लन करीब के होटल में जा घुसा। खाना खाकर निकला तो देखा, सामने

काले-काले गुलाबजामुन बिक रहे हैं। दो गुलाबजामुन भी गड़ाप-गड़ाप पेट में उतार ली। खाते-खाते हलवाई की दुकान पर ही उसने घड़ी देखी थी। तीन बज चुके थे। उसे अब वापस लौटना था। रसूल की दुकान पर पहुंचा तो देखा रसूल आधा शटर गिराए नमाज पढ़ रहे हैं। अल्लन बाहर ही खड़ा रहा।

''आ गए बेटा। लो सब सामान रख दिए हैं। अब्बा से कह देना फेरन लबली का रेट बढ़े वाला है। दू-तीन डिब्बा मंगा के रख लें। ...अच्छा ई पकड़ो लिस्ट। चार सौ सत्तर रुपया हुआ।''

अल्लन ने पैंट के अंदर की जेब से सौ-सौ के पांच नोट निकालकर रसूल मियां के हवाले कर दिए। रसूल ने तीस रुपए लौटाए। अल्लन ने उन्हें फिर सलाम किया और वापस चल पड़ा। उसका खाली झोला भरा हुआ था।

रास्ते में अल्लन को पतंग की बड़ी-सी दुकान दिख गई। खड़ा होकर मंझों से भरा परेता देखने लगा। हिम्मत जुटाकर दाम का पता किया तो पता चला कि एक सौ बीस रुपए। अल्लन को पतंग का बेहद शौक था। खिचड़ी पर पतंग उड़ाता तो मुहल्ले में किसी की पतंग वापस न उतर पाती। खीच्चू खीच्चा हो या ढील पतंग काटने में उसे महारत हासिल थी। अल्लन आगे बढ़ गया।

''चार रुपए रोज़ गोलक में डालो। तब भी एक महीना लगेगा। टेढ़ुआ तो हर साल मंझे से भरा परेता लाता है। ढीलते जाओ, ढीलते जाओ। पतंग मक्खी की तरह नज़र आए।' उसके मन में टीस-सी उठी।

टेढ़ु अल्लन का पड़ोसी था। उसके टेढ़े मुंह की वजह से मुहल्ले में सब उसे टेढ़ु बुलाते थे।

इस बार चौकाघाट पहुंचकर वह जीप में सवार हुआ। बनारस से चलने वाली जीप सीधे अल्लन के कस्बे नहीं जाती थी। मुगलसराय में गाड़ी बदलनी पड़ी। अल्लन घर पहुंचा तो शाम होने को आई थी। अब्बा दुकान पर थे और अम्मा भिंडी काट रही थीं :

''इतनी देर काहे हो गई?''

''बस देर से मिली तो क्या करें।'' थके-हारे अल्लन का जवाब था।

अल्लन ने अब्बा को सामान का थैला पकड़ा दिया। पैंट के भीतरी जेब से सामान में खर्च हुए पइसे की लिस्ट निकालकर उनके हाथ में दी और भागकर छत पर चला गया। देखा, मठ में घुरहुवा गुल्ली-डंडा खेल रहा है, पंकजवा पाद रहा है।

''पादो भोसड़ी के, बहुत पदाए हो। अब तो घुरहुवा रात भर पदाएगा।'' अल्लन खुश होकर हंस दिया।

वह बहुत अच्छा गुल्ली-डंडा खेलता था। चकों की गिनती में उसके हाथ कभी चार या पांच चक से कम नहीं लगते थे। मगर कभी-कभी किसी माहिर खिलाड़ी के हाथों फंस जाता। फिर घंटे-दो-घंटे की छुट्टी। डंडे की चोट से मैदान में इधर से उधर भाग रही गुल्ली के पीछे दौड़ते रहो। पंकजवा ने एक दिन अल्लन को फांसा था। अल्लन तब से दुआ कर रहा था :

''मादरचो...को कोई खूब पदाए।'' उसकी दुआ शायद रंग लाई थी।

सूरज रोज की तरह मंदिर के पीछे छिपने को तैयार था। अल्लन खामोश खड़ा सूरज को देख रहा था। अचानक उसके मन में न जाने क्या आया। छत से उतरा और बड़े कमरे में बिछी चौकी पर जाकर सो गया। पांच कमरों के उसके मकान में यही एक कमरा था, जिसमें अल्लन का सबसे ज्यादा वक्त कटता। एक कमरे में कूड़ा-कबाड़ भरा था और एक में अम्मा-अब्बा सोते। आलम भाई के जाने के बाद उनका कमरा खाली पड़ा था, उसमें कोई न जाता। बचा एक और कमरा तो वह बंद रहता। मेहमान आते तो कमरा खोला जाता।

''ए बेटा, उठो। खाना खा लो।'' अम्मा उसे जगा रही थीं। न जाने कितना बजा था। लाइट अभी भी गायब थी।

''कितना बजा?'' उसने अलसाई हुई आवाज़ में पूछा।

''साढ़े नौ। आधा घंटा अऊर है लाइट आए में। खा लो बेटा, हम खिला रहे हैं।'' अम्मा उससे बार-बार इसरार कर रही थी। उसका सिर अम्मा की गोद में था।

''न खाओगे तो रात में अतड़ी गाली देगी।''

अल्लन को अम्मा की इस बात पर मजा आता था। जब भी वह खाना न खाता अम्मा उससे यही कहतीं। लेटे-लेटे ही उसने अपना मुंह खोल दिया। अम्मा उसे एक-एक निवाला करके खिला रही थीं। उसने लेटे ही लेटे पानी पिया और फिर सो गया। लाइट आ गई थी, मगर अल्लन से क्या मतलब। अब्बा टीवी नहीं ख़रीदिन।

''मुसलमानों का टीवी देखना हराम है। एंटीना शैतान है। कुरान में लिखा है, एक जमाने में सबकी छत पर यही शैतान रहेगा। वह जमाना आ गया। अब जिसको दोज़ख़ से बचना है, टीवी न लगाए।''

अब्बा की कही बातें अल्लन के दिमाग में दौड़ने लगतीं। घर में टीवी नहीं थी। मगर टीवी देखना अल्लन का सबसे पसंदीदा काम था। पड़ोस के गुड्डू चच्चा के यहां दिन भर डटा रहता। घुरहुवा के घर भी टीवी थी। लिहाजा देखने की कोई दिक्कत न थी। हालांकि कभी-कभी अल्लन को अब्बा की बातों से डर लगता। वह अपने आप से टीवी देखना छोड़ने का वादा करता, मगर शाम होते-होते उसका वादा टूट जाता। चित्रहार देखने वह गुड्डू चच्चा के घर पहुंच जाता। पंखा उसके सिर पर नाच रहा था।

अल्लन सुबह उठकर रोज की तरह गुसलखाने की तरफ भाग लिया। पैंट भीगी थी।

''कितना रोको मगर सोए-सोए साला पेशाब हो ही जाता है।''

अम्मा उसकी इस आदत की वजह से बिस्तर के नीचे रबड़ की पन्नी बिछातीं ताकि पेशाब से बिस्तर बचा रहे। मगर अम्मा की तमाम कोशिशों के बावजूद बिस्तर न बचता। साल भर में दो-तीन तोशक अल्लन के पेशाब की भेंट चढ़ जाती। दरअसल, पेशाब तोशक के भीतर घुस जाता। तोशक की रुई सड़ जाती और एक दिन ऐसा आता कि उसकी बदबू पूरे कमरे में सड़ांध फैला देती। अम्मा तोशक फेंकने पर मजबूर हो जाती।

सुबह हो गई थी। अल्लन मुंह में ब्रश दबाए बाहर भाग गया। घुरहुवा के यहां। पता करना था, ऊ पंकजवा को कितनी देर पदाया। फिर बनारस का किस्सा भी तो बचा था। गोश शीरमाल, बताएंगे तब बेटा को पता चलेगा कि कितना मज़ा आता है खाए में। साला हमको बता रहा था, शीरमाल के बारे में। दू ठो इकट्ठे खा डाले। इनको नसीब होगा?

''का अल्लन बनारस से कब आए।'' अल्लन के कुछ पूछने से पहले ही घुरहुवा ने उस पर सवाल दाग दिया था।

''कल शाम...।'' अल्लन के जवाब पर उसने अपने सिर को एक खास अंदाज़ में जुंबिश दी।

''कितनी देर पदाए पंकजवा को?'' अल्लन काम की बात पर आ गया था।

''तुमको कैसे पता?''

''छत पर से देखे थे।''

''अच्छा...ज्यादा देर नहीं, सात बजे तक।''

''कितना चक किए थे?'' अल्लन हर चीज तफसील से जानना चाहता था।

“आठ?”

“आठ ठो...” अल्लन भौंचक्का हो गया था। आठ चक में किसी को भी आठ दिन तक पदाया जा सकता था।

“फिर क्यों छोड़ दिए उसको।”

“नहीं, अब आज पदाएंगे।”

“अब उ आएगा।”

“जाए दो न आए मादरचो...” घुरहुवा बेफिक्री से बोल रहा था।

अल्लन को उसकी बातों में ज्यादा रस नहीं आया। वह फिर घर लौट चला। गोश शीरमाल के बारे में बात करने की इच्छा दिल में दबी रह गई। घर पहुंचा तो देखा अम्मा दरवाजे पर झाड़ू लगा रही हैं। अम्मा पुराने ख़यालातों की औरत थीं। हालांकि फिर भी उनमें कई बातें काफी दिलचस्प थीं। कस्बे में वह नकाब न ओढ़तीं, मगर जब कहीं बाहर जाना होता, अपना काला नकाब ओढ़ना न भूलतीं। अब्बा को जानने वाले करीब-करीब सारे लोग अम्मा को जानते थे। कोई उनको चच्ची कहता, तो कोई चाची। सुबह बिस्तरों को उठाने-लपेटने के बाद अम्मा पूरे घर में झाड़ू लगाती थीं। घर के बाद रोज़ दरवाजे का नंबर आता था। दरवाजे पर झाड़ू लगाते वक्त अम्मा अपने सिर पर पल्लू ओढ़ लेतीं। बेपरदगी न हो। झाड़ू के बाद चाय का नंबर आता था। अल्लन रोज़ गिलास भरकर चाय पीता। चाय के साथ बिस्कुट या फिर चाय वाला समोसा उसे ख़ूब पसंद था। चाय के आधे घंटे के बाद पराठा और सब्ज़ी का नंबर आता था। सुबह नाश्ते का दौर इसी पराठे-सब्ज़ी के साथ ख़त्म होता। नाश्ते का दौर ख़त्म होने के बाद, अब्बा दुकान को रुख़ करते। अल्लन स्कूल का। अम्मा बेचारी घर में अकेली रह जातीं। दीवारों के साथ बातें करने के लिए।

2

कस्बे के जिस मुहल्ले में अल्लन का घर था, उसका नाम गांधीनगर था। यह मुहल्ला दूर-दूर तक मशहूर था। कस्बे के सबसे बड़े बाज़ार के अलावा यहीं पर एक बड़ा मंदिर भी था। मठ-मंदिर। यूं तो मठ-मंदिर का पूरा नाम रामजानकी शिव मठ-मंदिर था, मगर यहां के लोग अपनी भदेस ज़बान में इसे

मठ के बजाय 'मठवा' पुकारते। दूर तक फैले मठ के अहाते में तीन-चार देवी-देवताओं की मूर्तियां स्थापित थीं। मगर यहां बना शिवजी का मंदिर सबसे आलीशान था। मंदिर के ऊपर रखे कलश के मुंह पर शिवजी का त्रिशूल लगा था। शिवजी के त्रिशूल के ठीक बगल में मंदिर का लाउडस्पीकर भी लगाया गया था, इसलिए कि सुबह जब भक्तिपूर्ण भजन बजें तो पूरे कस्बे में उसकी आवाज़ सुनाई दे। यहां के लोग बताते थे कि मंदिर का शिवलिंग कई सौ साल पुराना है। जौनपुर से सासाराम जाते वक्त शेरशाह सूरी के किसी हिंदू सेनापति ने यहां इसकी स्थापना की थी।

अल्लन का घर इस मठ-मंदिर के सामने ही था। गली के इस पार उसका मकान और उस पार मठ-मंदिर। मठ का सारा नजारा अल्लन की छत से नज़र आता था। मठ में हमेशा पूजा-पाठ होता रहता। कभी गायत्री पूजा, कभी सत्यनारायण भगवान का पाठ तो कभी हनुमान चालीसा। रोज़ाना के पूजा-पाठ के अलावा साल में कई बड़े आयोजन भी यहां होते। हज़ारों लोग मठ के अंदर लगे पंडाल में जमे रहते। रात-रात भर प्रवचन, भजन चलता, खूब रौनक रहती। लाउडस्पीकर की आवाज़ अल्लन के घर खूब जोर-जोर से आती थी। बचपन से ही अल्लन ये सारे मंत्र और भजन सुनता चला आ रहा था। न चाहते हुए भी अल्लन को ये सारे मंत्र ज़बानी याद थे। जब भी सुबह-सुबह मंदिर में हनुमान चालीसा शुरू होता, अल्लन अदबदाकर आगे की पंक्तियां गुनगुनाता :

'जय हनुमान ज्ञान गुन सागर...जय कपीस तिहुं लोक उजागर।'

'ॐ भुर्भवस्व तत्सवीतुर्वरेण्यम...' संस्कृत के कठिन-कठिन शब्द उसकी ज़बान से फिसल-फिसल कर बाहर आते। अल्लन खुद अपनी पीठ थपथपाता...सोचता :

'काश! वह अब्बा को ये सब सुना पाता...'

अब्बा के सामने तो वह इन भजनों को गुनगुना भी नहीं सकता था। अब्बा मार-मार के हालत खराब कर देते।

''इ सब गैर मजहब की बातें हैं। बुरी बातें हैं। इनको सुनना हराम है।'' अब्बा कहते थे।

अल्लन को याद है उसने सवाल किया था

'तो क्या करें, कान बंद कर लें।' अब्बा गुस्सा गए थे, उन्होंने उसके गाल पर एक जोरदार तमाचा जड़ दिया था। पूजा-पाठ से जुड़े आयोजनों के अलावा मठ के मैदान में रंडी का नाच भी होता था। दरअसल, मुहल्ले में आने वाली

ज्यादातर बारातों को इसी मठ के मैदान में ठहराया जाता। यहीं सारा इंतजाम होता था। बारातियों के लिए रंडी का नाच कस्बे का आम चलन था। इसके बिना शादियां अधूरी मानी जातीं। रंडी वाली बारातें जब भी मंदिर में टिकतीं कस्बे के लड़कों में खलबली मच जाती। शाम होते-होते लड़कों का पूरा रेला बारातियों की भीड़ में शामिल हो जाता। कुछ लड़के इतने हरामी थे कि रंडियों के कपड़े बदलने वाले कमरे में रोशनदान के रास्ते ताकझांक करते। रंडियों की वेशभूषा में जब कमसिन लड़कियां नाचतीं तो इतनी सीटियां बजतीं की पूरे मठ का मंदिर गूंज उठता।

'बलम हम्मे झुमका लिया दो...।'

अल्लन को कूल्हा मटकाकर झूमती लड़कियां खूब पसंद थीं। शराब पीकर पगलाए बाराती जब लड़कियों को पकड़ने की कोशिश करते तो वह बड़ी अदा के साथ अलग हो जातीं। नोट पर नोट उड़ते रहते। अब्बा रंडी का नाच देखने पर पूरी तरह से पाबंदी लगाए हुए थे। नाच नौ बजे के बाद शुरू होता और अल्लन के दरवाजे में आठ बजे ही ताला पड़ जाता। अल्लन मुंह लटकाए घर में बैठा रह जाता। अब्बा समझाते

'इ सब गलत है बेटा...गंदी चीज़ है, देखोगे तो मरने के बाद अल्ला मियां आंख में लाल-लाल सलाख घुसा देंगे...।'

अल्लन सुनता रहता। अब्बा और उनके अल्ला मियां। नौ बजे नाच शुरू होता तो अल्लन कसमसा के रह जाता। उसे नींद नहीं आती। सारे लड़के वहीं डटे रहते। सुबह-सवेरे अल्लन को खूब सारे सनसनीखेज़ किस्से सुनने को मिलते।

'मुक्खूवा एक ठो रंडी का दूध दबा दिया...।'

'मादरचो... मुक्खूवा,' अल्लन के मुंह से मोटी-सी गाली निकलती।

अल्लन खेलने के लिए रोज़ मठ में जाता था। बचपन से लेकर अभी तक इसी मठ के मैदान में खेला था। गोली, बित्ती, गुल्ली-डंडा, सरपट और न जाने क्या-क्या। अल्लन को मठ में खेलना इसलिए भी पसंद था क्योंकि यहां बेईमानी न होती थी। बेईमानी करने वाले को शंकरजी की पिंडी पर हाथ रखकर कसम खानी पड़ती। शंकरजी की पिंडी हालांकि पिंडी जैसे किसी पत्थर के टुकड़े के शक्ल की नहीं थी। शिव के सेवक नंदी की गायनुमा मूर्ति थी। पिंडी उठाने वाले को मूर्ति के ऊपर निकले सींगों पर हाथ रखकर कसम खानी पड़ती। अल्लन ने शंकरजी के प्रताप के बारे में सुन रखा था।

'जो झूठ बोलेगा, रात में शंकरजी उसकी छाती में त्रिशूल घुसेड़ देंगे।'

अपने साथ खेलने वाले दोस्त भोला की बात से अल्लन घबराता था। हालांकि उसने कभी पिंडी पर हाथ रखकर कसम नहीं खाई थी, मगर उसका मन करता था कि वह भी कभी पिंडी उठाए।

शाम को मठ के मैदान में मुहल्ले भर के बच्चों का रेला उमड़ता था। कोई बैट-बाल खेल रहा है तो कोई सरपट। अल्लन का मन गोली खेलने में खूब लगता। टग्गा हो या फिर जहजिया उसे हर तरह का दांवपेंच आता था। दो गोली लेकर आता और सैकड़ों लेकर वापस चला जाता। लड़के उससे गोली मांगते। कई की चिरौरियां अल्लन को रास आ जातीं और मुठ्ठी भर गोली अपनी जेब से निकालकर उनकी ओर उछाल देता। मठ का ये मंदिर यूं तो साल भर गुलजार रहता, मगर दुर्गापूजा और दशहरा में यहां मानो मेला लग जाता। दशहरे में रामलीला होती थी। दूर-दूर से कलाकार आते थे और फिर महीने भर तक रोज़ अल्लन रात में रामलीला देखने जाता। बच्चे की इस ज़िद के आगे अब्बा को भी झुकना पड़ता था। रामलीला के लिए अल्लन अम्मा से एक रुपया भी ऐंठता था। गरमागरम चिनियाबदाम लेता और अपना बोरा बिछाकर घुरहुवा के बगल में बैठ जाता। मुहल्ले के दूसरे बच्चे भी आसपास ही बैठे होते थे। हालांकि अल्लन का मन मुक्खुवा के पास बैठने में ही रमता, मगर उसके आसपास जगह नहीं बचती। दरअसल, मुक्खुवा रोज रबड़ और तार के छोटे-छोटे टुकड़े लाता था। राजा दशरथ को खुश करने के लिए नाचती दासियों के गाल पर सटाक से तार पड़ता तो वे बिलबिला उठतीं। मगर मंच पर होने की वजह से बेचारी कर भी क्या सकती थीं? उनके नाचने की गति और बढ़ जाती। लड़के हंस-हंस के दोहरे हो जाते। मुक्ख़ुवा कहता :

'हरामियों शोर मत मचाओ...कोई देख लेगा तो बड़ी मार मारेगा।' तार और रबड़ के चक्कर में रामलीला से पहले लड़कों की जेब की तलाशी भी होती थी। मगर मुक्खुवा को कभी कोई नहीं पकड़ पाया?

मुक्खू मस्त लड़का था। मुसलमान था, मगर मठ के हर आयोजन में उसका बड़ा हाथ था, सफाई से लेकर दूसरे कई काम उसके बिना अंजाम नहीं दिए जा सकते थे। मुक्खू का असली नाम मोहम्मद साबिर था। वह उम्र में उससे काफी बड़ा था, मगर उसके कारनामे ऐसे होते कि अल्लन को मजा आ जाता। दोपहर में अकसर अल्लन मठ में चला जाता, जहां मैदान के एक

कोने में मुक्खू अपने दोस्तों के साथ जुआ खेलता था। गभ्भी में पइसा पिलावे वाला जुआ। जमीन में बने छेद में जिसने जितना पइसा डाल दिया, वह उसका। अल्लन रोज देखता मुक्खुवा सबका पइसा जीतकर चला जाता।

"भइया, इस छोटे-से छेद में इतना पइसा कइसे पिला देते हैं।" अल्लन मुक्खू से पूछता

"अइसे," मुक्खू बोलता और जेब से ढेर सारे सिक्के निकालकर जमीन में बने छेद की तरफ उछाल देता। और वाकई ज्यादातर सिक्के छेद में गिरे होते। मुक्खू जुए में ही उस्ताद नहीं था। लट्टू नचाने में भी उसका कोई सानी नहीं था। अपने हाथ से खुद लट्टू बनाता। सिर पर भी लट्टू नचाता। उड़ंतुआ तो ऐसा मारता कि लट्टू अल्लन की छत पर पहुंचकर नाचता रहता। अल्लन हमेशा मुक्खू के कारनामों से आश्चर्यचकित रहता। तब अल्लन की एक ही ख़्वाहिश थी। मुक्खू जैसा लट्टू नचाना आ जाए। काफी कोशिश की, मगर कर न सका। मुक्खू के कारनामे यहीं नहीं ख़त्म होते थे। सही मायनों में वह थोड़ा पागल भी था। कभी-कभी खेलते-खेलते अपना पैजामा उतारकर नंगा हो जाता। देर तक अपनी छुन्नी घास में रगड़ता। लड़के मज़ा लेते रहते। कई बार मुक्खू पर पागलपन कुछ ज्यादा ही हावी हो जाता। छुन्नी खड़ी करके भरी दोपहरिया में मैदान में दौड़ने लगता। मठ की दीवार के भीतर चलने वाले इस कारनामे को वहां मौजूद लड़कों के अलावा कोई देख नहीं पाता। जोश में मुक्खू ने एक बार अपनी छुन्नी वहां घास चर रही एक बकरी के पिछवाड़े में घुसा दी। बकरी बें-बें करके भाग खड़ी हुई। मूक्खू हंस रहा था। लड़के हंस-हंस के दोहरे हुए जा रहे थे। अल्लन को उसका यह व्यवहार वीभत्स लगा, मगर नहीं मुक्खू बताता था कि वह अपने कई पालतू कबूतरों की भी ले चुका था। जाने कैसे अल्लन यही सोच रहा था। मुक्खू के इसी पागलपन के कारण अल्लन उसके ज्यादा नज़दीक नहीं जाता था। बाद में एक दिन अल्लन को पता चला कि मुक्खू की इस मादरचोदई का पता पंडित जी...मठ के पुजारी को लग गया था। मुक्खू को खूब लात पड़ी थी।

खेलने-कूदने के अलावा अल्लन के ज़िम्मे कुछ काम न था। अब्बा की ग़ैरमौजूदगी में अल्लन कभी-कभी दुकान पर बैठता। जब बैठता तब गल्ले से दस-पांच रुपए गायब कर देता। पांच की नोट पैंट की मोहरी में छिपाए अल्लन अब्बा के आने के बाद जब दुकान से बाहर निकलता तो उसकी खुशी छिपाए न छिपती। पैंट की मोहरी में पइसा छिपाने के आइडिया की वजह से अल्लन

को ख़ासा नुकसान भी हुआ था। सभी पैंटों की मोहरी फट गई थी। अम्मा बार-बार उसे गाली देतीं।

''कमीना पता नहीं कैसे मोहरी फाड़ लेता है। क्या रे, कैसे फट जाती है?''

अल्लन को कोई जवाब न सूझता तो साइकिल का बहाना बना देता।

''साइकिल के पैडिल में फंसती है।''

'' देखकर चलाया करो।'' अम्मा फटी मोहरियों पर सरपट सुई धागा दौड़ा देतीं।

दुकान से पैसा चुराने के बाद अल्लन सरपट दौड़कर केदार की दुकान पर पहुंच जाता था। केदार का चाट पूरे कस्बे में मशहूर था। चार बजे जब केदार अपना चाट का ठेला लगा लेते तो फिर किसी की क्या मजाल जो बिना चाट खाए इधर से गुज़र जाए। अल्लन केदार के चाट भंडार पर सब वेरायटी चखता।

एक रुपए का गोलगप्पा, एक रुपए की चाट, एक रुपए का आलू दम, एक रुपए का सकौड़ा और फिर दहीबरा। पेट भर जाता।

केदार के यहां खाने के बाद अल्लन का घर में खाना खाने को जी न करता। मगर अम्मा नहीं मानती थीं, जबरन कुछ-न-कुछ खिला ही देतीं।

''न खाओगे तो अतड़ी रात भर गाली देगी।'' जबर्दस्ती दुबारा ठूंस-ठूंसकर खाना खाने के बाद अल्लन सो जाता।

''अल्लन जल्दी चलो मैच है, सौ-सौ रुपए का।''

सुबह हो चुकी थी, यह घुरहुवा की आवाज़ थी। अल्लन ने आंख मलते हुए पूछा

''कउन लिया है?''

''महमूद।''

''कहां होगा?''

''महेंद्रा में।''

''चलो साइकिल निकालो।''

बेसब्र अल्लन ने घुरहुवा से कहा, फिर वह क्रिकेट मैच खेलने चला गया। अम्मा पराठा बनाए अल्लन का इंतजार कर रही थी। अल्लन आया तो दस बज चुका था। अब्बा नाराज़ थे। अल्लन चुपचाप पराठा खा के स्कूल निकल गया।

वह नौवीं में पढ़ता था। उसके स्कूल का नाम था, महेंद्र टेक्निकल इंटर कॉलेज जिसे वहां की ज़बान में महेंद्रा कहा जाता था। अल्लन का यह स्कूल पढ़ाई से ज्यादा मारपीट के लिए मशहूर था। यहां पढ़ने वालों में ज्यादातर ठाकुर

और ब्राह्मणों के बच्चे थे। सच कहा जाए तो स्कूल सवर्ण मानसिकतावादी था। सवर्णों के बच्चों को मास्टर कम मारते थे। जबकि दूसरे बच्चों का मार-मारकर भुर्ता निकाल दिया जाता। शुरू में अब्बा अल्लन का नाम इस स्कूल में लिखवाने के मूड में नहीं थे। मगर अल्लन अड़ा हुआ था। पढ़ेगा तो महेंद्रा में। उसके सारे दोस्तों का नाम इसी स्कूल में लिखाया जा रहा था। अब्बा जिस स्कूल में उसका नाम लिखवाना चाहते थे, वह उसके घर से आठ किलोमीटर दूर था। सदलपुरा इंटर कॉलेज। यहां के कुछ मास्टर अब्बा के जानने वाले भी थे। अब्बा ने अल्लन को समझाया, मगर वह नहीं माना। आख़िरकार उसका नाम महेंद्रा में लिखा दिया गया। अल्लन अपने दोस्तों के साथ स्कूल जाता। शुरू-शुरू में अल्लन को स्कूल के मास्टरों से बड़ा डर लगता था। मगर वह समझ गया था। मारपीट से बचना है तो यहां के तौर-तरीके सीखने होंगे। तौर-तरीके मतलब कोई भी मास्टर सामने पड़े, बिना कहे झुककर उसके पैर छू लो। अल्लन का फार्मूला सच में कामयाब रहा। स्कूल में वह सारे मास्टरों के बीच लोकप्रिय हो गया था। उसका शिष्टाचार कड़े दिल के मास्टरों को भी अभिभूत कर देता था। अल्लन बड़ी खूबसूरती के साथ मास्टरों के दोनों पैरों को एक-एक करके हाथ लगाता उसके बाद पूरी श्रद्धा के साथ अपना हाथ माथे पर लगाता। मास्टर कहते खुश रहो। अल्लन आगे बढ़ जाता। अल्लन ने अपनी इस कला का ख़ूब विकास कर लिया था। ठाकुरों के इस स्कूल में अब उसको कोई हाथ नहीं लगाता। अल्लन बेख़ौफ स्कूल में घूमता था। पहले अब्बा अल्लन के इस फैसले पर ख़फा थे, मगर अब उन्हें लगने लगा था कि अल्लन के हक में यह फैसला बेहतर हुआ था। अल्लन फालतू में आठ किलोमीटर का चक्कर काटने से बच गया था। उसके सारे दोस्त भी यहीं थे। नीरज़, आलोक, मनोज...।

दिन आसानी से गुज़र रहे थे। अल्लन स्कूल साइकिल से आता-जाता था। अब्बा की पुरानी साइकिल उसने नई कर ली थी। सीट नई लगाई थी। घंटी और दूसरी कई चीजें भी बदल गई थीं। स्कूल में आने वाले कई लड़के सीधे हैंडल की रेंजर साइकिल से आते थे। अल्लन उन ख़ूबसूरत साइकिलों को देखता था, मगर करे क्या। साइकिल के ऊपर पंद्रह सौ रुपए खर्च करने की बात अब्बा कभी सोच भी नहीं सकते थे। दोपहर की छुट्टी में जब लड़के खेल-कूद में मशगूल होते, अल्लन वापस घर लौट आता। खाना खाने के लिए। वह स्कूल में खाना नहीं लेकर आता था। बस्ते में भरकर खाना लाना उसे पसंद

नहीं था। स्कूल से आते वक्त लड़कों के बीच हमेशा साइकिल रेस लगती थी। तेजी से पैडल मारते-मारते सबका दम फूलने लगता, मगर पांव नहीं थकते। जीतना हर किसी का मकसद था। एक जीतता तो बाकी बहाना बनाना शुरू कर देते। चेन उतरने का बहाना। कटोरी में ग्रीस कम लगी होने का बहाना...। हार-जीत की इस दौड़ में घर पहुंचते-पहुंचते शाम हो जाती। अल्लन खाना खाकर बिस्तर पर निढाल पड़ जाता। घंटे भर तक वह लेटा या फिर सोया रहता। उठने के बाद अम्मा उसे चाय देती, जिसे पीकर वह फिर निकल पड़ता। खेलकूद की अपनी दुनिया में जहां उस जैसे तमाम लड़के सुबह से शाम लगे रहते। खेल की दुनिया में जाने के बाद अल्लन को मानो वक्त का एहसास ही न होता। सूरज डूब जाता, अंधेरा घिर आता, मगर लड़कों के खेलने का जुनून कम नहीं होता। शाम के सात बजे के बाद खेल की दुनिया पर ब्रेक लगता। अल्लन लौटता तो सिर से पैर तक धूल में नहाया हुआ होता। धूल हाथ-पैर से इस तरह चिपक जाती, जैसे बदन की खाल। शाम को लौटने के बाद अल्लन को अपने बदन में लिपटी इस धूल को साफ करने में कम-से-कम पंद्रह मिनट लगते। जिस दिन धूल साफ करने में कोताही हो जाती। अम्मा की बातें सुननी पड़ती।

"मट्टीमिलू खाली खेलोगे। पैर कउन साफ करेगा। बिस्तर में न घुसना नहीं तो पैर तोड़ देंगे।"

कई साल से अम्मा रोज़ शाम को यही जुमला दोहराती। अल्लन बार-बार अपने पैर धोता, ताकि बिस्तर पर जाकर लेट सके, आराम कर सके।

3

"अल्लन आज स्कूल न जाना।" अम्मा की आवाज़ थी।

"क्यों?"

"रामनगर चलना है।"

"क्या हो गया?"

"नाना की तबीयत खराब है।"

"अच्छा... ठीक है।" जवाब देने से पहले उसने गंभीर होकर एक पल सोचा, फिर खुश हो गया।

रामनगर जाने की बात से अल्लन हमेशा खुश हो जाया करता था। रामनगर अल्लन का ननिहाल था। रामनगर में भी गंगा बहती है। दरअसल बनारस और रामनगर एक-दूसरे से सटे हुए हैं। गंगा के पाट ही दोनों को अलग करते हैं। रामनगर यूं तो एक कस्बा ही था, मगर अल्लन के कस्बे के मुकाबले यहां विकास तेज गति से हुआ था। आख़िर होता भी क्यों न, बनारस के राजा काशी नरेश अभी भी यहीं निवास करते थे। यहां की सबसे मुख्य सड़क पर राजा का किला था। दशहरे और दीपावली जैसे अहम मौकों पर राजा अपने पूरे तामझाम के साथ नगर भ्रमण पर निकलते थे। सड़क के दोनों ओर रामनगर की प्रजा अपने राजा का अभिनंदन करती। हाथी की हौदी पर बैठे राजा साहब हाथ उठाकर सबका अभिवादन स्वीकार करते। सबकुछ बिल्कुल पहले के किताबी राजाओं जैसा ही होता था। राजा को इक्कीस तोपों की सलामी भी दी जाती थी। अल्लन का दिल बहुत करता था, रामनगर के राजा को देखे। गरजती तोपों की आवाज सुने, मगर नहीं, ऐसा कभी मौका ही नहीं पड़ा कि वह छुट्टी में रामनगर पहुंचे। राजा के किले के पास से मुड़ने वाली एक गली में ही अल्लन के मामू रहते। मामू तहसील में काम करते थे। भरा-पूरा परिवार था। पांच लड़कियां और चार लड़के। कोई पढ़ाई कर रहा था तो किसी ने अपनी दुकान खोल रखी थी। अब्बा के मुकाबले मामू कहीं ज्यादा उदार थे। लड़कों को किसी भी काम से रोकते नहीं। पढ़ाई के लिए भी उनका किसी पर ख़ास दबाव नहीं था। जिसको पढ़ना है पढ़े, नहीं पढ़ना है न पढ़े। यही वजह थी कि अब उनके घर सिर्फ लड़कियां ही तालीम हासिल कर रही थीं। लड़के पढ़ाई-लिखाई कब के छोड़ चुके थे। इम्मू भाई पढ़ते थे, मगर उनकी तालीम दुनियावी नहीं, दीनी थी। बनारस के एक मदरसे में उनका नाम लिखवाया गया था। अल्लन रामनगर में खूब मस्ती करता था। अपने हमउम्र मामू के लड़की-लड़कों के साथ दिन भर गंगा के किनारे चक्कर काटा करता। मौका मिलता तो कपड़े समेत नहाने के लिए पानी में घुस जाता। रिज्जू भाई चिल्लाते रह जाते :

"साले किसी दिन डूब जाएगा।"

रिज्जू भाई का पूरा नाम रिज़वान था। मामू के लड़कों की कतार में उनका नंबर दूसरा था। मुन्नाभाई के बाद उनका नंबर आता। उनके बाद इम्मू उर्फ इमरान आते थे। यहां मानो उर्फियत का चलन था। सब के नाम के साथ एक छोटा-सा और नाम चिपका हुआ था। कभी किसी को असली नाम से न पुकारा

जाता। लड़के भी अपना असली नाम शायद भूल गए थे। गंगा नहाने से अल्लन को सब रोकते।

मगर अल्लन को फिक्र न थी। वह तो गंगा में समा जाना चाहता था। डुबकियां लगाता तो एक-दो नहीं...बीस-पच्चीस। इसके अलावा कभी उसका मन आता तो नाक-कान हाथ से बंद करके पानी के भीतर घुस जाता...सांस बंदकर गिनती गिनता।

एक-दो तीन...पचास के बाद अल्लन का कलेजा मुंह को आने लगता, मगर सत्तर से पहले वह पानी से बाहर नहीं निकलता।

''रिज्जू भाई तो सौ से भी ज्यादा देर तक पानी के अंदर घुसे रहते हैं।'' सांसें संयत करता, अल्लन यह सोचकर हैरान रह जाता।

अल्लन को तैरना न आता था। नदी के किनारे ही छपर-छपर किया करता। रामनगर में भी बनारस के जैसे घाट बने हुए थे। घाटों की सीढ़ियां पानी के अंदर तक जातीं। अल्लन सीढ़ियों को गिनने की कोशिश करता था, मगर कभी कामयाब नहीं हो पाया। गंगा का पानी अंदर जा रही तमाम सीढ़ियों को अपने हिजाब में ढके रहता। घाट पर नहाने वालों का तांता लगा रहता। यहीं पूजा-पाठ का दौर भी चलता, कमर भर पानी में खड़े लोग यहीं से सूरज पर जल चढ़ाते और गंगा के पानी में फूल और दूसरी पूजन-सामग्री बहाते। अल्लन सब बड़े गौर से देखता। नंग-धड़ंग लोग नहाने में जुटे रहते। तमाम औरतें और लड़कियां भी इन्हीं घाटों पर नहाने के लिए आतीं। ब्लाउज या फिर सलवार पानी में भीग जाता तो बदन का 'वो' हिस्सा भी दिखना शुरू हो जाता। कई शरमा के खुद के कपड़े सही करतीं, जबकि कुछ बेपरवाही के आलम में नहाने में मशगूल रहतीं। रामनगर में गंगा, मामू के घर के बिल्कुल पास से बहती थी। अल्लन रोज़ सुबह नहाने के लिए जाता। कभी रिज्जू भाई के साथ। कभी मामू के। गंगा के उस पार बनारस का सौंदर्य बिखरा होता। अल्लन का जी करता कि वह हमेशा-हमेशा के लिए रामनगर में ही बस जाए। मगर ऐसा भला कैसे हो सकता था। अल्लन की अम्मा का जी दस-पंद्रह दिन में अपने मायके से भर जाता और डोलची उठाए वह अल्लन के साथ घर लौट जातीं। न जाने क्यों अल्लन को रामनगर से लौटने में हमेशा अफसोस होता था। मगर उसके दिल के किसी कोने में खुशी भी रहती। अपने दोस्तों से मिलने की। अल्लन एक बार फिर हमेशा की तरह घर लौट आया था। अल्लन लौट आया, मगर गंगा का नहान उसे बेचैन किए रहता। गंगा में उसकी दिलचस्पी दिल में तमाम सवाल उठाती।

"ए अब्बा, ई गंगा कहां से आ रही है?" अल्लन पूछता तो अब्बा चौंक जाते।

"गोमुख से।"

"ई कहां पड़ेगा?" अब्बा के जवाब देते ही, अल्लन अपना दूसरा सवाल दाग चुका होता।

"क्या बनारस से बहुत आगे है?"

"हां," अब्बा जवाब देते।

"अच्छा।"

अल्लन ख़ामोश हो जाता। वह इसके आगे ज़्यादा कुछ नहीं पूछता। उसे पता था बनारस से आगे जाना न उसके बस का है न अब्बा के। अल्लन की जिंदगी में यह भी काफी दिलचस्प बात थी। घूमना उसका शौक था, मगर आज तक वह बनारस के आगे नहीं गया था। ख़ैर काम भी नहीं पड़ा था। हालांकि इलाहाबाद, कानपुर और लखनऊ जैसे बड़े शहरों में उसकी रिश्तेदारियां थीं। बड़े शहरों के इन रिश्तेदारों के बारे में उसने सिर्फ सुन रखा था। किसी से मिलने का मौका उसे आज तक हासिल नहीं हो सका था।

आज मठ में किसी की शादी थी। दोपहर में पूड़ी-सब्जी बांटी जा रही थी। मठ में पारंपरिक तरीके से होने वाली शादियों के बाद अकसर प्रसाद के तौर पर पूड़ी-सब्जी बंटती थी। कम पैसे वालों की इस शादी में वर और वधू की ओर से दस-दस आदमी मौजूद होते। शादी मठ के पंडित जी कराते। पूड़ी बंटती देख अल्लन भी बच्चों की कतार में शामिल हो गया।

"चार पूड़ी, रायता और आलू की सब्जी।"

ढेर सारी हल्दी पड़ी सब्जी में डूबने से अल्लन के हाथ पीले पड़ जाते। अल्लन सब्जी में पड़ी हल्दी को गाली देता।

"मादरचो...हल्दी।"

छिपाने की लाख कोशिश करता, मगर अम्मा की नजर पड़ ही जाती।

"क्या खाए। मठ में पूड़ी-सब्जी तो नहीं खाए। दोज़ख़ में जाओगे। हिंदुओं का सड़ा-गला खा-खा के।"

अम्मा के उपदेश शुरू हो जाते। अब्बा को तो मठ की पूड़ी-सब्जी से और ज्यादा नफरत थी। अम्मा की डांट के बाद अल्लन निश्चिंत हो जाता। बात अब्बा को नहीं पता चलेगी। सच कहें तो अल्लन खुद भी इस पूड़ी-सब्जी से परहेज़ करना चाहता था। मगर गरमागरम पूड़ियों को देखते ही उसकी नीयत

बदल जाती। सोंधी पूड़ियां खाने का मज़ा अलग था। इसी मजे के लिए अल्लन इतना बड़ा रिस्क उठाने के लिए तैयार रहता। अम्मा जैसे ही उसे गलियाना शुरू करतीं, अल्लन कुछ सुना, कुछ अनसुना करता हुआ छत पर भाग जाता। पेंचा लड़ाने के ख़ातिर।

पतंग आसमान में उड़ाए अल्लन लगातार एक के बाद एक पेंच काटे जा रहा था कि अचानक अब्बा की आवाज़ आ गई।

''अल्लन।''

हांफते हुए अल्लन ने पतंग उतार ली। सारा मंझा छत पर बिखरा था। अब्बा छत पर न आ जाएं, पैर में फंसकर सारा-का-सारा मंझा खराब हो जाएगा।

''अल्लन, दुकान पर जाओ।''

''हां, आ गए।'' अल्लन छत पर से ज़ोर से चिल्लाया।

और फिर भागते हुए आकर दुकान पर बैठ गया। घुरहुवा दुकान पर आया था।

''ए अल्लन, कल तो राजकुमार कमाल कर दिया। अइसे मारा की गेंद लाइन उस पार चली गई।''

''भक्क भोसड़ी के...। चूतिया बना रहे हो।''

अल्लन सिर झटककर घुरहुवा से बोला। कल अल्लन मैदान में नहीं जा पाया था, अब घुरहुवा उसे कल के मैच का आंखों देखा हाल सुना रहा था।

''भक्क का, पूछ लो किसी से। संतोष, अकबर सब वहीं थे।''

''कउन बालिंग कर रहा था?''

''मलाई।''

''ऊ भोसड़ी वाले की बाल ही मलाई होती है।'' अल्लन ने बेपरवाही से कहा।

मलाई, कस्बे के एक लड़के का उपनाम था। उसकी गोरी रंगत और धीमी चाल-ढाल की वजह से लड़कों की ओर से उसे इस खिताब से नवाजा गया था।

''चलो हम भी मारेंगे किसी दिन।'' अल्लन ने कहा, और उसकी आंख में चमक आ गई।

अब्बा खाना खाकर वापस आ गए थे। अल्लन दुकान छोड़कर चल दिया। जाते-जाते उसने हमेशा की तरह दुकान से दस का एक नोट झटक लिया था।

नोट तुड़-मुड़कर उसकी पैंट की मोहरी में छिपा हुआ था। पाख़ाने में घुसकर अल्लन ने नोट निकाला और जेब में डाल लिया। शाम हो गई थी, उसे मिडिल स्कूल जाना था। मिडिल स्कूल वहीं, जहां रोज़ क्रिकेट होता। मिडिल स्कूल के पीछे से रेल लाइन गुजरती थी। खेल के मैदान के ठीक बाद रेल लाइन का वजूद शुरू हो जाता। पूरे मैदान को पार कराके यहां तक कोई गेंद नहीं मार पाता था। राजकुमार ने गेंद को वहां तक पहुंचाकर अल्लन को परेशान कर दिया था। अल्लन पहुंचा तो खेल शुरू होने वाला था। दस-दस रुपए की शर्त थी। ए बाज़ार और ओ बाज़ार वालों में। दरअसल, कस्बे में दो अहम बाज़ार था। एक अल्लन के मुहल्ले में पड़ता, दूसरा अगले मुहल्ले में। अल्लन वाले बाज़ार को यहां ''ए'' बाज़ार और दूसरे को ''ओ'' बाज़ार कहते थे। दोनों बाज़ारों में हमेशा छिड़ी रहती। दोनों की अलग-अलग टीमें थीं। लड़कों के बीच रोज मैच होता। अल्लन वाली ए बाज़ार की टीम ज़्यादातर मैच जीत जाती। टीम में कई अनुभवी खिलाड़ी थे, इसके अलावा इधर के लड़के प्रैक्टिस भी ज्यादा करते थे। जबकि, ओ बाज़ार वाले ज्यादातर बनिये थे। दिन भर दुकान पर बैठते और शाम को दिल बहलाव के लिए क्रिकेट खेलते। आज भी अल्लन की टीम जीती थी। अल्लन ने टीम के लिए दस रन बनाए थे। जीत के बाद उसे पांच रुपया मिला था। अल्लन खुश था, बिना कुछ लगाए पांच का करारा नोट उसके हाथ में आ गया था। यहां के क्रिकेट का दस्तूर था, पैसा उसी को मिलता जो दांव पर पैसा लगाता था, मगर अल्लन जैसे बढ़िया खिलाड़ी को बिना पैसा लगाए पैसा मिल जाता था। खेल के बाद शाम को जब थक-हारकर अल्लन लौटता तो सूरज ढल चुका होता था। अम्मा हमेशा मगरिब की नमाज़ पढ़ रही होती। सिर पर चादर लपेटे। अम्मा इशारे से पास बुलाकर अल्लन को न जाने कौन-सी दुआ पढ़कर फूंक मारती थी। और उसके सिर के बाल हिला देती थीं। कई बार तो दुआ की मोटी-मोटी किताबों को अल्लन के चेहरे के ठीक सामने लाकर तेजी से उसकी पन्ने पलटतीं। ताकि दुआ की हवा लगे। शुरू-शुरू में वह अम्मा से इन सारी बातों का सबब पूछता था। अम्मा बता देतीं।

''सिर से आफत-बला का साया टल जाए इसलिए।''

अल्लन चुप हो जाता।

अब उसने अम्मा से इस बारे में सवाल जवाब-तलब करना छोड़ दिया था। शाम को हाथ-मुंह धोने के बाद अल्लन को जोर से भूख लग जाती। खाना

तैयार रहता। अल्लन गिनकर तीन रोटी खाता। इससे ज्यादा खाना खाना उसके बस का नहीं था। खाना खाकर अल्लन किताब लेकर पढ़ने बैठ जाता। पढ़ाई में जी न लगता तो कागज पर तरह-तरह के खेल खेलता। रात गहरा जाती तो अम्मा खुद से लालटेन धीमी कर देतीं।

"सो जाओ, कल पढ़ना।"

और अल्लन नींद की आगोश में चला जाता। आधी रात को जब उसकी नींद खुलती उसकी पैंट पेशाब में भीग चुकी होती। लालटेन ले के वह दूसरी पैंट की तलाश में चल पड़ता। अकसर ऐसा होता जब अल्लन को पैंट न मिलती। वह बेसुध पड़ी अम्मा को जोर से हिला देता।

"अम्मा अम्मा, पैंट दो।"

"मूत दिए। कहते हैं कि नाम लेकर सोया करो, मगर नहीं।"

अल्लन सोते वक्त अपनी तकिया का किनारा उठाता और बोलता।

"अल्लन, जब अल्लन को पेशाब लगे तो उठा देना।" आख़िरी शब्द निकलने से पहले ही अल्लन फटाक् से तकिया अपने कहे हुए लफ्जों पर रख देता। न जाने कोई लफ्ज ठीक से न दब पाए और वह फिर से पैंट में पेशाब कर दे। फिर रात में जब भी पेशाब लगता, अल्लन की आंखें अपने आप खुल जातीं। रात भर उठ-उठ कर पेशाब करने के बाद सुबह उठकर उसका हाथ सबसे पहले अपनी पैंट पर जाता, पैंट वाकई सूखी मिलती।

"अम्मा के टोटके में जादू है।" अल्लन मन-ही-मन सोचता। जिस दिन वह पेशाब न करता। दिन भर खुशी के मारे नाचता रहता। इस बाबत अब्बा को बताना भी नहीं भूलता। अब्बा हंसते।

"नादान बच्चा।"

मगर न मूतने की खुशी अल्लन को एक दिन से ज्यादा नहीं रह पाती। फिर रात होती और वह अपना नाम लेना भूल जाता...एक दिन पहले कमाई हुई इज्जत मिट्टी में मिल जाती। सबको पता था कि अल्लन बिस्तर पर पेशाब करता है। रामनगर मामू के घर में भी लोग अल्लन की इस आदत से परिचित थे। मुन्ना भाई कहते

"इसकी छुन्नी में पाइप लगा दो पेशाब खुद-ब-खुद नाली तक पहुंच जाएगा।"

कभी-कभी अल्लन खुद सोचता

"क्या वाकई उसकी छुन्नी में पाइप लगाया जा सकता है।"

4

दुकान के अलावा अल्लन के अब्बा के पास चार बीघा खेत भी था। बनारस को उसके कस्बे से जोड़ने वाली जीटी रोड के किनारे। धान, गेहूं के अलावा दाल और सरसों की पैदावार होती थी। हर साल धान के मौसम में अल्लन के घर का एक पूरा कमरा धान से भर जाता। धान के इस मौसम में आइस-पाइस और चोर-पुलिस अल्लन का पसंदीदा खेल था। मुहल्ले के दूसरे लड़कों को भी वह खेल खेलने के लिए अपने घर बुलाता था। खेलते-खेलते धान में छिप जाता। फिर अचानक धान के ढेर में से निकलता और टीप मार देता। अल्लन को धान बहुत पसंद था। वह अपने ऊपर खूब सारा धान उंडेल लेता। कपड़े के अंदर घुसा, धान काटता भी था मगर इतना नहीं कि अल्लन उसके साथ खेलना पसंद न करे। अम्मा उसे ख़ूब गाली देती, मगर उसे कब किसी की परवाह थी। अल्लन कभी-कभी अपने ही घर से धान चुराता भी था। मठ के पुजारी, पंडित जी को देने के लिए। पंडित जी से उसकी खूब पटती थी। वह यहां के रहने वाले न थे। दूर के किसी गांव से आ पहुंचे थे। तब मंदिर में कोई पुजारी न था। पंडित जी यहीं जम गए। तब का दिन है और आज का दिन यही मठ पंडित जी का घर है। मंदिर को चलाने वाली कमेटी की ओर से उन्हें एक कमरा भी दिया गया था। सुबह-शाम पूजा कराने के अलावा पंडित जी अपने उसी कमरे में पड़े रहते। अल्लन को पंडित जी में इसलिए भी दिलचस्पी थी क्योंकि उसको उनके रहन-सहन पर हैरानी होती। न घर, न परिवार, फिर भी पंडित जी खुशी-खुशी अपनी जिंदगी काट रहे थे। मंदिर के एक कोने में बने छोटे-से कमरे में अल्लन के अलावा किसी लड़के को जाने की अनुमति न थी। अल्लन पंडित जी से धर्म-कर्म की बातें पूछा करता। बुड्ढे पंडित जी उसकी ज्यादातर बातों का जवाब हां या ना में दे देते। मगर कभी-कभी अल्लन सवाल कड़े पूछ लेता। ऐसे सवाल की पंडित जी भी चकरा जाते।

"ए पंडित जी। स्वर्ग कहां है?"

"ऊपर।"

"और नर्क कहां है?"

"वह भी ऊपर है।"

"ए पंडित जी, मियां लोग स्वर्ग में जाएंगे कि नहीं।"

"देखो भइया...ए बारे में तो ज्यादा जानकारी नहीं है।"

अल्लन को बुरा न लगे, इसलिए वह ऐसे टेढ़े सवालों का जवाब हल्के तरीके से देते। मगर अल्लन को पता था, मुसलमानों की जन्नत में हिंदुओं के लिए कोई जगह नहीं है, जबकि हिंदुओं के स्वर्ग में जाने के लिए मुसलमानों के पास कोई रास्ता नहीं था। अल्लन मज़ा लेता...

"हम मर जाएं और उसके बाद कोई हमको जला दे तो क्या हम स्वर्ग में चले जाएंगे।"

"अरे बेटा, तुमको कोई क्यों जलाएगा, तुम लोगों को तो दफन किया जाता है।"

"नहीं, मान लीजिए।"

"हां, जा सकते हो। अंतिम गति बढ़िया होगी तो किसी को भी स्वर्ग मिल सकता है।"

"अच्छा, लेकिन हाफिज़ जी तो कहते हैं कि हिंदू अगर मरने के बाद दफन भी हो जाए तब भी उसको जन्नत नहीं मिल सकती। उसका दोज़ख़ में जाना पक्का है।"

"क्यों भाई...अइसा क्यों" पंडित जी बड़े मजे में कहते।

"अरे, उ कलमा नहीं पढ़ा है न।"

"अच्छा-अच्छा अब घर जाओ, नहीं तो अब्बा मारेंगे।" पंडित जी उसकी बातों से झुंझला जाते।

अल्लन घर लौट आया। दोपहर में पूरा घर सन्नाटे में घिरा था। आलम भाई चले गए। अम्मा ने कितना रोका, मगर नहीं। भाभी का जी यहां नहीं लगा। ले गई भगा के। अल्लन के भाई बनारस से कंप्यूटर का कोर्स करके आए थे। अब्बा ने जाने कहां-कहां से रुपए जोड़कर भाई को कोर्स कराया था। भाई ने घर पर अपना खुद का एक कंप्यूटर सेंटर खोला था। पढ़ने वाले लड़कों को कंप्यूटर सिखाने वाला सेंटर। अब्बा ने उनके इस सेंटर के लिए बैंक से लोन लिया था। गिरवी रखा गया था, वही जीटी रोड के किनारे का खेत। सेंटर में कमाई अच्छी थी। आलम धुआंधार पइसा कमाता जा रहा था, मगर अब घर में झगड़ा शुरू हो गया। वह एक भी रुपया किसी को देता नहीं। अम्मा कुछ बोलतीं तो लड़ाई शुरू हो जाती।

"सबकी निगाह बस मेरे पइसे पर है। कितना खर्चा होता है, किसी को नहीं दिखता।" आलम जरा-जरा सी बात पर चिल्लाने लगता।

घर में रोज लड़ाई होती थी। अम्मा कहतीं कि भाभी आलम भाई को शह देती है। अल्लन कभी मामले में अपनी टांग नहीं अड़ाता। अड़ा भी नहीं सकता। जब छोटा था तब आलम भाई से बात करने की हिम्मत भी नहीं होती। वह बात-बात पर उसे पीट के रख देते। उनके मारने का तरीका भी अनूठा था। कभी पेट की खाल पकड़कर खींचने लगते तो कभी पेन दोनों ऊंगली के बीच रखकर दबा देते। अल्लन को बेतहाशा दर्द होता। उसकी कोशिश होती कि आलम भाई घर में हों तो वह उनके सामने ही न पड़े। आलम भाई चले गए। अल्लन उदास नहीं था। रोज़ की किच-किच से उसे निजात मिल गई थी। इसके अलावा आस-पड़ोस के लोग भी अब अपनी छतों पर आकर उसके घर पर हो रही लड़ाई का मजा नहीं ले पाते थे। अल्लन को न जाने क्यों लगता था कि आलम भाई के जाने के बाद अम्मा नमाज़ में दुआ मांगते वक्त ज़्यादा रोती थी। अब्बा कुछ कहते नहीं थे मगर उनके दिल में भी शायद बहुत सारी बातें थीं। आलम भाई का कभी फोन भी न आता। काफी पहले पता चला था कि उन्होंने अपने ससुराल में कंप्यूटर सेंटर खोला है। बाद में पता चला कि दुबई चले गए। घर में आलम की बातें होतीं तो अम्मा और अब्बा एक-दूसरे से भिड़ जाते। एक-दूसरे पर इल्जाम लगाने का सिलसिला शुरू होता तो पुरानी यादों पर जमी धूल साफ हो जाती।

आलम भाई अइसे नहीं थे। इंटर तक उनकी पढ़ाई उसी महेंद्रा में हुई थी जहां वह अब तालीम हासिल कर रहा था। हाशिम मियां को अपने बेटे पर गुरूर था। आलम के नाम को टक्कर देते हुए ही उन्होंने उसका नाम अलीम रखा था। जवानी के दिनों में आलम कस्बे का सबसे स्टाइलिश लड़का था। बनारस से खरीदी गई जींस और टी-शर्ट में जब वह निकलता तो लोग एकबारगी यकीन न करते कि वह हाशिम मोलीसाहब का लड़का है। आलम मिलनसार था। तमाम यार-दोस्त थे। क्रिकेट खेलने का शौकीन था। बनारस तक क्रिकेट खेलने जाता। फिल्में देखना भी उसे खासा पसंद था। दोस्तों के साथ बनारस के पिक्चर हालों में फिल्में देखता। हालांकि सारी बातें अब्बा से छिपाकर होतीं मगर बेटा बाप से कितना छिपा लेता। सुनी-सुनाई और कही-कहाई बातों के सहारे हाशिम को सारे सच झूठ का पता चल जाता। आलम की नए जमाने की बुराइयों के बारे में जानने के बाद भी अब्बा उससे कुछ न बोलते। पढ़ाई-लिखाई में उसकी तेज़ी अब्बा का मुंह बंद रखती। अब्बा को यकीन था कि उनका लड़का एक-न-एक दिन उसका नाम जरूर

रौशन करेगा। इंटर के बाद आलम को कंप्यूटर की पढ़ाई करने की धुन सवार हुई थी। कंप्यूटर की पढ़ाई बनारस में होती थी। अब्बा ने पैसा जुगाड़ा और आलम मियां एक दिन बनारस में एडमिशन लेकर आ गए। महीने भर अपडाउन करने के बाद उन्होंने अब्बा को साफ बता दिया पढ़ाई करनी है, इसलिए कमरा लेकर रहना पड़ेगा। अब्बा हमेशा की तरह एक बार फिर राज़ी हो गए। आलम अपना सारा-का-सारा सामान लेकर बनारस चला गया। हालांकि हर हफ्ते आना-जाना जारी था। अल्लन को पहले लगा था कि आलम भाई हर हफ्ते अम्मा-अब्बा से मिलने के लिए आते हैं, मगर जल्द ही उसकी ग़लतफहमी दूर हो गई थी। अम्मा हर बार आलम को सौ-सौ के कई नोट पकड़ाती थी। जिंदगी अपनी पूरी रफ्तार से भागती जा रही थी। आलम भाई ने कोर्स पूरा किया। और लखनऊ चले गए। नौकरी करने। अब आलम कई-कई महीनों में घर आता। उसका जी घर से उचटना शुरू हुआ तो अब्बा डर गए।

''कमाऊ लड़का कहीं अपने से शादी-बियाह न कर ले।''

अब्बा के इस डर का नतीजा हुआ कि आलम के लिए दुलहिन की तलाश होने लगी। अम्मा को कोई लड़की न पसंद आती। किसी को वह नाटी बताकर मना कर देतीं तो किसी को मोटी। अब्बा ने मामले में दखल देना ही बंद कर दिया था। दखल देते भी तो क्या फर्क पड़ता, इस मामले में आखिरी फैसला तो अम्मा को ही करना था। सालभर की भाग-दौड़ के बाद अम्मा को जुलेखा भाभी पसंद आई थीं। शादी तय होने से पहले अब्बा ने आलम से पूछा था। अल्लन हैरान था, उनकी ओर से कोई ना-नुकुर नहीं की गई। अब्बा खुश थे। मंगनी की रस्म पूरी होने तक अब्बा को यकीन नहीं आया कि आलम राज़ी हो गए। मगर सबकुछ ठीक तरीके से हो रहा था। एक दिन वह भी आया जब आलम मियां घोड़ी पर सवार होकर दुलहिन ब्याह लाए। अल्लन को लगता है कि आख़िरी बार अब्बा तभी सबसे ज्यादा खुश हुए होंगे। उन्होंने आलम को गले से लगाया था। शादी करने के बाद आलम ने नौकरी छोड़ दी। और अब्बा की मदद से अपने घर में ही कंप्यूटर सिखाने वाला सेंटर खोला। आलम फिर से घर पर रहने लगा, तो अल्लन को लगा कि एक बार फिर बंदिशों का पलड़ा भारी होगा। मगर नहीं, अब आलम भाई अल्लन को ज्यादा रोकते-टोकते नहीं थे। डांटते-फटकारते भी कम थे। बीवी के साथ ही उनका ज़्यादा वक्त गुजरता। अल्लन को इन सारी बातों से ज्यादा मतलब न था। भाभी

खाना पका देतीं और वह खा के मस्त रहता। जिंदगी में सब ठीक चल रहा था, मगर अल्लन को लगता था कि घर में कुछ ज्यादा ही ख़ामोशी रहती है। भाभी अम्मा के पास बैठकर भी उनसे ज्यादा बात नहीं करतीं। अम्मा कुछ पूछतीं भी तो उनका जवाब सिर्फ हां या ना में होता। घर में राजनीति हो रही थी। अम्मा-अब्बा से न जाने क्या-क्या बताती रहतीं और भाभी आलम भाई से। एक दोपहर जब अल्लन स्कूल से लौटा तो पता चला कि खाना नहीं बना है। भाभी अपने कमरे में बैठी हैं और अम्मा बीच वाले कमरे में। अल्लन समझ गया था उन दोनों के बीच लड़ाई हुई थी। अल्लन की उम्र कम थी, मगर वह जानता था कि झगड़ा अब थम नहीं सकता। छोटी-छोटी बात पर घर में इतना ज्यादा झगड़ा होता कि पड़ोसी इकट्ठा हो जाते। भाभी अब खुलेआम अम्मा को गाली देने लगी थीं। आलम भाई भी उनका साथ देते थे। अल्लन बीच में फंसा हुआ था एक दिन उसने अम्मा की तरफ से बोलने की कोशिश की थी, मगर आलम ने उसे पीट दिया था। अब्बा सीधे थे लड़ाई करना न जानते थे, मगर मजबूरी थी घर में रहना था तो किसी-न-किसी का तो पक्ष लेना पड़ता। अल्लन के घर में दो पार्टी हो गई थी। एक में अम्मा और अब्बा शामिल थे, जबकि दूसरी में आलम भाई और भाभी। मामला लगातार पेंचीदा होता चला जा रहा था। भाभी के घर वाले भी रोज घर आ धमकते थे। अब्बा से लड़ने के लिए। अब्बा सबकी बातें सुनते और चुप रहते। उनके पास कोई रास्ता नहीं था। आलम भाई की बदतमीजियां रोज बढ़ती जा रही थीं। अब्बा सह रहे थे, मगर कब तक। घर में इस बार लड़ाई हुई तो अब्बा खुल के सामने आ गए। अम्मा की तरफ से।

"ए बेटा, रहना है तो रहो। नहीं तो चले जाओ। रोज़-रोज़ धमकी न दिया करो।"

आलम भाई सकपका गए। दरअसल, उनकी आदत थी जब भी लड़ाई होती वह अब्बा से यही कहते

"आपको नहीं पसंद है तो हम लोग चले जाएंगे।" और एक दिन ऐसा भी आया कि आलम भाई अपना पूरा सामान लेकर चले गए।

अब्बा ने उन्हें नहीं रोका। अल्लन को उनका सामान ढोकर मोटर में लदवाना पड़ा था। सोफा, फ्रिज, टी.वी. और वह सारी चीजें जो उन्हें ससुराल से मिली थी। अम्मा उस पूरे दिन बीच वाले कमरे में बंद रहीं। आलम भाई गाली बक रहे थे।

अपनी मां को मां की गाली।

अल्लन को पहली बार उन पर गुस्सा आया था। मगर अब क्या, अब तो वह जा ही रहे थे। आलम भाई चले गए तो एकबारगी अल्लन को लगा कि घर में सुकून हो जाएगा, मगर नहीं आलम की बात पर अम्मा और अब्बा झगड़ते रहते। अल्लन चुपचाप खाना खा-पीकर मठ में पहुंच जाता। सरपट खेलने। अल्लन के कस्बे में हर खेल का एक दौर चलता था। दो महीना गोली, चार महीना क्रिकेट, एक महीना लट्टू, दो महीना फुटबाल और बाकी महीनों में बचे-खुचे दूसरे गंवई खेल। अल्लन को खेलों से बहुत मुहब्बत थी। वह हर खेल का उस्ताद था।

देर शाम अल्लन फिर धूल से लथपथ होकर लौटा था। अम्मा नाराज थीं। घर में घुसते ही सनसनाती चप्पल उसके माथे पर लगी थी।

"अरे।" अल्लन चिल्लाया।

"कमबख्तऊ रोज़-रोज़ का नियम बना लिए हो। शाम को सब बच्चे घर लौट गए, मगर तुम्हारी आवारागर्दी अभी तक जारी है।"

"न जाएंगे कल से। समझे ज्यादा चिल्लाओ मत।" अल्लन अम्मा पर बरस पड़ा।

"अपने लड़ो और गुस्सा मेरे ऊपर उतारो।"

अल्लन चला गया। हाथ-मुंह धोकर लालटेन लिए छत पर पढ़ाई करने। गुस्से में चूर था। अम्मा खाना लेकर छत पर आई थीं। उसने साफ कर दिया था, वह खाना नहीं खाएगा। अम्मा बार-बार इसरार करके थक गई थीं। अब बारी अब्बा की थी। अब्बा ने उसे बताया कि

"बनारस जाना है..."

"सच्चो।" अल्लन का चेहरा खिल गया।

"हां...कल, खाना खा लो, ताकत रहेगी तब न जाओगे।"

और फिर वह पूरी रफ्तार के साथ खाने में जुटा हुआ था। क्या पता हाथ ढीला हो और अब्बा का मन बदल जाए?

अम्मा ने उसकी पसंदीदा भिंडी की सब्जी बनाई थी। यूं तो शाम को अल्लन के घर सिर्फ रोटी-सब्जी बनती थी। मगर भिंडी के सीजन में अम्मा हफ्ते में पांच दिन भिंडी की सब्जी बनाती थी। थोड़ी-सी अरहर की दाल और सुबह का बचा चावल भी अल्लन की थाली में रखा था। अल्लन आज तीन के बजाय चार रोटी खा गया था। पानी पीकर मुंह पोंछकर वह फिर लेट गया।

लालटेन धीमी कर दी थी। आसमान पर टकटकी लगाए वह सप्तर्षि मंडल को देख रहा था। सप्तर्षि मंडल और उसके पास उगा ध्रुव तारा।

''इरादे का अटल ध्रुव।'' अल्लन को ध्रुव की कहानी जबानी याद थी। कक्षा पांच की ही किताब में उसने ध्रुव के बारे में पढ़ा था। अल्लन सोचता कि वह अब्बा को ध्रुव जैसा बनकर दिखाएगा। दिल में ख्यालात के बवंडर चलते रहे। अल्लन को न जाने कब नींद आ गई थी। सुबह उठा तो देखा पेड़ों पर चिड़िया चहचहा रही हैं।

अल्लन बनारस जाने के लिए तैयार था। आज अम्मा का भी कुछ सामान लाना था। दुकान पर अब्बा के पास जाकर बैठ गया। कई ग्राहक थे। अब्बा मसरूफ एक के बाद एक सामान बेच रहे थे। अल्लन बेसब्र होता जा रहा था। पूरे एक घंटे बाद अब्बा खाली हुए। तमाम ताकीदों के साथ फिर से सामानों की लिस्ट थमा दी। अल्लन चल पड़ा। आज उसने एक बड़ा फैसला किया था।

राजघाट के पुल पर उतरने का। उतर के सीधे गंगा के घाट जाएगा। सबकुछ ठीक रहा तो कपड़ा उतार के नहा भी लेगा।

मुगलसराय बीत चुका था। बस दुलहीपुर की टूटी सड़कों पर हिचकोले खाती चल रही थी। पड़ाव आया तो अल्लन तैयार हो गया। उसने राजघाट तक का ही टिकट लिया था। राजघाट-राजघाट की आवाज़ उसके कानों में गूंजी और वह बस से उतर गया। उसका दिल जोर से धड़क रहा था। पुल से नीचे जा रहे रास्ते पर तेज़ गति से चल पड़ा। अल्लन घाट पर पहुंचा तो वहां सन्नाटा था। एकाध लोग नहा रहे थे। सूरज की किरणों में गंगा का पानी चमक रहा था। अल्लन नहाने के लिए बेताब था। कपड़े उतारकर वह पानी में कूद पड़ा। पैंट कायदे से किनारे रख दी। थोड़ी देर नहाने के बाद अचानक उसके मन में कुछ ख्याल आया। उसने पानी अपनी अजुरी में भरा और सूरज की तरफ मुंह करके धीरे-धीरे पूरा पानी वापस गंगा में उंड़ेल दिया। अल्लन ने ऐसा तीन बार किया। जी-भर नहाने के बाद अल्लन रसूल की दुकान की ओर चल पड़ा।

रसूल आज दुकान पर नहीं थे। उनका लड़का खुर्शीद था। अल्लन का खुर्शीद से ज्यादा मेल-जोल नहीं था। उसने खुर्शीद को लिस्ट पकड़ा दी। दुकान पर बैठने में अल्लन का जी नहीं लगा। थोड़ी देर में उठा और बिना कुछ बोले चल पड़ा। गोश शीरमाल खाने। अल्लन खाना खाकर वापस लौटा तो उसका सामान तैयार था। लिस्ट लेकर उसने बिना कुछ कहे खुर्शीद को पइसा थमा

दिया। सामान थामे-थामे अल्लन का हाथ दु:ख गया, मगर उसने रिक्शा नहीं किया। रिक्शे का पइसा तो वह खा-पी गया।

''ज्यादा पइसा खर्च हुआ तो अब्बा हिसाब मांगेगे।''

थका-हारा अल्लन जब घर पहुंचा तो रात हो चुकी थी। अम्मा दरवाजे पर बैठी उसका इंतजार कर रही थीं। अल्लन को आते देख उनका चेहरा खुशी से खिल गया। अल्लन को घर पहुंचते ही पीने के लिए नींबू का शर्बत मिला। शर्बत पी के अल्लन लेट गया। अम्मा उसका सिर दबाने लगी।

''अब्बा दुकान बंद किए कि नहीं?''

''नहीं, अभी तो सात बजा है।''

अल्लन सो गया। वह बेहद थक गया था। अब्बा के आने की आहट उसे लगी, मगर वह चुपचाप सोता रहा। अब्बा अम्मा से उसके आने का वक़्त पूछ रहे थे। अब्बा नमाज़ पढ़ने की तैयारी में लग गए।

''ए बेटा, उठो खाना खा लो।'' अम्मा उसे झकझोर रही थीं।

वह उठ बैठा। अम्मा उसे खिलाने लगीं। चपर-चपर, अल्लन जब खाना खाता उसके मुंह से आवाज निकलती थी। अब्बा उसे रोज टोकते मगर आज नहीं टोका। उन्हें पता था वह नींद में है। अल्लन फिर दोबारा सोने चला तो उसे नींद नहीं आई। दो दिनों से वह खेल नहीं पा रहा है। कभी दुकान तो कभी कोई और काम। अल्लन उदास हो गया। वह अपना हाथ गोली वाली स्टाइल में चलाने लगा। बीच वाली उंगली को पकड़कर झूठा निशाना साधने की कोशिश। अल्लन के दिल में डर रहता, अगर वह खेलना छोड़ देगा तो फिर उसका निशाना खराब हो जाएगा। अल्लन छोटा था तो खूब खेलता था, न दुकान की फिक्र थी, न कहीं और जाने की। बस खाओ और खेलो। मगर अब वह दिन कहां... वह बड़ा हो रहा था या कहें हो चुका था। जिम्मेदारियां बढ़ रही थीं। उसे स्कूल गए कई दिन हो गए थे। अपने बचपन के स्कूल शिशु तीर्थ में पढ़ता तो कभी स्कूल मिस नहीं हो पाता था। अम्मा उसे ढकेल के स्कूल भेजती थीं। तब स्कूल जाने में उसे मजा भी आता था। बच्चों के साथ लड़ाई और मारपीट। अल्लन रात को सोते-सोते अकसर अपने पुराने स्कूल के बारे में ख्वाब देखता था।

ख्वाब में अल्लन अकसर स्कूल की प्रार्थना में खड़ा गा रहा होता...पैरों पर हम गिरे रहेंगे हमें उठाओ हे भगवान...हम बच्चों को सद्‌बुद्धि दो, सबल बनाओ हे भगवान...। फिर क्लास में दरी बिछाता। ढेर सारे बच्चे एक-एक

करके दरी का एक कोना पकड़ लेते और उसके बाद देर तक दरी से धूल उड़ाई जाती। पूरा कमरा धूल से भर जाता था। और उसके बाद दरी बिछते ही बच्चों में आगे बैठने की होड़ लग जाती। अल्लन सबसे आगे बैठता था। अल्लन क्लास के सारे बच्चों का दोस्त था। छोटी-छोटी पेंसिल के टुकड़ों को लेकर खेल दिखाया करता।

"एक पेंसिल पर दो तमाशा, कौन देखेगा?" अल्लन की आंख खुल जाती।

5

सुबह अल्लन जानबूझकर पुराने स्कूल की तरफ से गुजरा। देखना चाहता था कि स्कूल की क्या हालत है। स्कूल उसके घर से ज्यादा दूरी पर न था। दो गली छोड़कर बस। उसकी छत से स्कूल की छत नजर आती थी। शिशु तीर्थ नर्सरी जूनियर हाई स्कूल। स्कूल हालांकि हिंदी माध्यम से था, मगर कस्बे के अनपढ़ लोग इसकी गणना अंग्रेजी स्कूल में ही करते। खैर इसमें उन बेचारों की गलती भी नहीं थी। यहां के इकलौते प्राइमरी स्कूल के मुकाबले स्कूल में बढ़िया पढ़ाई होती थी। प्राइमरी में अंग्रेजी की पढ़ाई कक्षा पांच में शुरू होती मगर यहां नर्सरी में ही 'ए' से पढ़ाया जाता

"ए...फार एप्पल। बी फार बेबी..."

अल्लन को स्कूल में सब जानते थे। तिवारी माट साब, मैडम जी, सर जी। सर जी इस स्कूल के हेडमास्टर को कहा जाता था। यह स्कूल के मालिक भी थे। स्कूल में ही सर जी का अपना घर भी था। इस पुराने स्कूल से निकलने के बाद वह कभी दोबारा स्कूल नहीं आया था। हालांकि वह स्कूल जाना चाहता था, मगर नहीं जा पाया। हिम्मत करके एक दिन अल्लन स्कूल में घुस गया। सर जी बच्चों को पढ़ा रहे थे। चश्मे के भीतर से अल्लन को देखने के बाद उन्होंने इशारा करके बैठने को कहा। अल्लन उनके आफिस में बैठ गया।

"क्या भाई, इधर कइसे?"

"बस ऐसे ही।" अल्लन सर जी से पूरी तरह खड़ी बोली में बात करता था।

''अच्छा! और सब। भइया कहां हैं?''

''दुबई गए।''

''अरे! कब?''

''कई महीना हो गया।''

''चलो अच्छा है।''

अल्लन सर जी से बात तो कर रहा था, मगर उसका ध्यान स्कूल के दूसरे बच्चों पर लगा था। कोई मुर्गा बन रहा था, किसी को हाथ आगे किए छड़ी की मार झेलनी पड़ रही थी। अल्लन को भी स्कूल में खूब मार पड़ती थी। सर जी उसे अपनी खास बेंत से मारते थे। पीले रंग की यह बेंत उन्होंने खास तौर पर उसके जैसे शैतान लड़कों के लिए बनवाई थी। सड़ाक-सड़ाक बेंत जब हाथ पर पड़ती, तो ऐसा लगता बिजली का करंट लगा है। थोड़ी देर के लिए हाथ ही सुन्न हो जाता और उसके जरा-सी देर बाद ही ऐसा दर्द उठता कि न चाहते हुए भी आंखों से आंसू निकल जाता। स्कूल के सारे बच्चे सर जी की इस बेंत से डरते थे। कई तो ऐसे थे कि सर जी की इस बेंत को देखते ही रोने लगते। स्कूल में सर जी बहुत कड़क बने रहते, मगर स्कूल के बाहर जब भी उसकी उनसे मुलाकात होती, उसे लगता सर जी वह वाले नहीं हैं। वह हमेशा उन्हें दोनों हाथ जोड़कर नमस्ते करता था। सर जी के मुकाबले उसकी मैडम जी से खूब पटती थी। मैडम जी रिश्ते में सर जी की बीवी लगती थीं। उसने सुन रखा कि उनकी शादी प्रेमविवाह थी। सर जी उसके कस्बे के रहने वाले नहीं थे। उनका गांव उसके कस्बे से थोड़ी दूरी पर था। शादी के बाद आजीविका का संकट पैदा हुआ तो उन्होंने स्कूल खोल लिया। उनकी मेहनत का नतीजा था कि उनका छोटा-सा स्कूल कुछ ही सालों में पूरे कस्बे में मशहूर हो गया था। मैडम अल्लन को गाल खींचकर प्यार भी करती थीं। अल्लन को दर्द होता, मगर फिर भी उसे मैडम जी का प्यार से गाल खींचना बेहद पसंद था। मैडम जी की वजह से ही वह स्कूल में कई बार मार खाने से बच जाता था। सर जी जब भी उसे कड़ी सजा देते मैडम जी उसे बचा लेतीं। मैडम जी उसे सजग करतीं।

''बेटा गेहूं के साथ घुन भी पिसता है। बच के रहो। पढ़ो-लिखो गंदा काम मत करो।''

वाकई में अल्लन जब तक छोटा था, तब तक सबकी आंखों का तारा था। मगर पांचवीं क्लास तक आते-आते वह प्रेम और अधकचरी काम-कलाओं

के बारे में काफी कुछ जान गया था। भद्दी-भद्दी गालियां उसकी जबान पर रखी रहतीं। काम-कलाओं के बारे में अकसर वह अपने दोस्तों से चर्चा किया करता। घुरहुवा अकसर गंदी फोटो वाली किताबें लाता था, जिसे स्कूल के बाथरूम में छुप-छुपकर देखा जाता। छठवीं में पहुंचते-पहुंचते तो अल्लन ने गजब कर दिया। उसे अपने साथ पढ़ने वाली नीलू से इश्क हो गया। वैसा इश्क जैसा पिक्चर में होता है।

"ए अल्लन, तुम नीलू को फंसा क्यों नहीं लेते।" नीलू की चिंता में डूबे अल्लन को घुरहुवा सलाह देता।

"कइसे?"

"बात करके देखो।"

"क्या बात करें? भोसड़ी के... सर जी से कह देगी, बड़ी मार मारेंगे।"

"अच्छा सुनो, तुम उसको अपने साथ रस्सी कूदने के लिए कहके देखो।"

"चलो ठीक है।"

अल्लन के स्कूल में दोपहर के वक्त रस्सी कूदने की बहार चली थी। उसके अजीज दोस्त अभिषेक, भवानी सब मिलके रस्सी कूदते। रस्सी कूदने में शर्त लगती, नमकीन, टॉफी और बिस्कुट की। नीलू से तेज रस्सी कोई नहीं कूद सकता। अल्लन एक बार उसे चैलेंज करके देख चुका था। मगर उसे मुंह की खानी पड़ी थी। बहरहाल, इन सारी बातों के बावजूद स्कूल में अल्लन की बहुत चलती थी। वह हर क्लास में मानीटर बनता था। रमेश मास्टर साब मानीटरी के लिए वोट कराते थे। वह खड़ा होता और उसके खिलाफ नीरज को खड़ा किया जाता। सब बच्चे अल्लन का नाम आते ही अपना हाथ उठाते और नीरज भी झटके में उसके पक्ष में अपना हाथ खड़ा कर देता। नीरज शुक्ला स्कूल में आया नया लड़का था। उसके आने से पहले अल्लन हर साल फर्स्ट आता था, मगर उसके आने के बाद तमाम कोशिशों के बावजूद उसे दूसरे स्थान पर संतोष करना पड़ा। पढ़ाई-लिखाई की तमाम ऊंच-नीच के बावजूद अल्लन नीरज को अपना खास दोस्त मानता था। उसकी कापी से सवालों को हल करता। ज़रूरत पड़ती तो कापी-किताब मांग के घर भी ले जाता। क्लास में अल्लन को हर कोई पसंद करता। मगर एक ऐसी लाबी थी, जो उसे पसंद नहीं करती। इसमें कई लड़कियां शामिल थीं। वह अल्लन को मियां कहतीं। अल्लन को जब कोई लड़की मियां कहती, वह उसे बीबी कह देता। लड़की

शर्मिंदा हो जाती। अल्लन को मियां नाम से बड़ी उलझन होती। स्कूल में पढ़ने वाले कई बड़ी क्लास के लड़के उसे 'कटुआ' कहते थे। अल्लन दांत पीस के रह जाता। मगर कर भी क्या सकता था। हालांकि इस मामले की शिकायत वह एकाध बार मैडम जी से कर चुका था, मगर अल्लन ने देखा था कि हर मामले में उसका साथ देने वाली मैडम जी इस मामले में चुप रह जाती थीं। अल्लन को उन पर गुस्सा आता था। एक के बाद एक साल पूरी रफ्तार से गुजरा चला जा रहा था। अल्लन पांच पास करने की तैयारी में जुट गया। पांच का बोर्ड इग्जाम था। सर जी ने स्कूल में बच्चों के पास होने के लिए पूजा करवाई थी। अल्लन ने यज्ञ में पूरे जोशो-खरोश के साथ अपनी आहुति दी थी।

पांच की तैयारी के लिए रामा मास्टर ने भी कमर कस ली थी। रामा माट साब अल्लन के घर पढ़ाने के लिए आया करते थे। उससे पहले वह आलम को पढ़ाया करते थे। दिमाग से तेज थे, सरकारी स्कूल की टीचरी करते थे, मगर ऊपरी आमदनी के लिए ट्यूशन का सहारा लिए हुए थे। रामा मास्टर पढ़ाते अच्छा थे, मगर थे बड़े बेदर्द...गुस्साते तो अल्लन को उठाकर पटक देते। बाल इतनी जोर से पकड़कर नोचते कि लगता सिर से भेजा ही निकल जाएगा। अपने इस मास्टर को अल्लन माट साब कहता था। एक महीने पढ़ाने का माट साब पचास रुपया लेते थे। पास के गांव में ही उनका घर था। उनके पास भी अब्बा की तरह कई बीघा खेत था। ऊख का महीना होता तो माट साब गट्ठर भर ईख लाकर घर पटक देते। अल्लन सुबह-शाम ईख चूसता रहता। अम्मा चिल्लातीं

"कमबख्त ईखिए से पेट भरेगा क्या?" मगर अल्लन को इन बातों से कब फर्क पड़ा था।

चार-पांच ईख चूसे बिना उसके दिल को चैन नहीं पड़ता था। माट साब के कई किस्से थे, जो उनको अल्लन की निगाहों में अजीब बनाते थे। मसलन माट साब हमेशा साइकिल से ही चलते थे। बनारस तक साइकिल से ही चले जाते। अल्लन हैरान हो जाता। साइकिल से सकलडीहा तक तो जाया जा सकता है, पर बनारस बाप-रे-बाप। पता नहीं माट साब कैसे जाते हैं।

"क्या माट साब, पैर तो बड़ा दर्द करता होगा...।"

"नहीं, क्या दर्द करेगा। एक घंटा चलाओ, एक घंटा आराम करो। उसके बाद फिर एक घंटा चलाओ और पहुंच जाओ।"

माट साब बताते कि वह सुबह हमेशा चार बजे नहा लेते हैं। सर्दी हो या फिर गर्मी उनका यह रूटीन कभी नहीं बदलता।

''माट साब जाड़े में...। सर्दी नहीं लगती आपको।''

''हट पागल, कुआं के पानी से नहाते हैं न। सवेरे-सवेरे पानी गरम रहता है।''

''फिर भी कितना गरम रहता होगा...?''

''अब पढ़ोगे भी कि बतकहिए होगी।''

माट साब गुस्सा जाते। अल्लन पढ़ाई में व्यस्त हो जाता। माट साब कभी नागा नहीं करते थे। उनके आने का टाइम भी फिक्स था। माट साब भगत थे। मियां लोग के हाथ का कुछ खाते नहीं थे। अल्लन यह बात जानता था, इसलिए उनके सामने कभी कुछ पेश नहीं किया जाता। एक कप चाय भी नहीं। जाड़े में माट साब को नई सनक सवार हुई। अंडा खाने की। अल्लन हैरान था। भगत माट साब अंडा खाएंगे। मगर माट साब कहते।

''अंडे में कुछ नहीं होता। तुम लाओ दू ठो।''

अल्लन फटाफट बाज़ार से दौड़कर दो उबले अंडे लाता। माट साब गपागप अंडा खा जाते थे। माट साब को खुश करने के लिए अल्लन पैसा अपनी जेब से देता था। हालांकि माट साब उसे ऐसा करने से रोकते थे, मगर उसे पता था यह सिर्फ औपचारिकता है। असल में तो माट साब चाहते हैं कि वह उन्हें दो नहीं चार अंडा खिलाए और पइसा अपनी जेब से अदा करे।

रामा मास्टर की पढ़ाई लगातार जारी थी। अल्लन पांचवीं का इम्तहान दे चुका था। रिजल्ट आया तो पता चला कि स्कूल में उसके सबसे ज्यादा नंबर आए हैं। आलम भाई को यकीन नहीं था। सर जी से पूछने चले गए। पूछ के आए तो पता चला कि स्कूल ही नहीं पूरे जिले में अल्लन के सबसे ज्यादा नंबर आए हैं। अल्लन सोचता था, न जाने क्यूं आलम भाई को उसकी बातों पर एतबार न था। हर बात पर नुक्ताचीनी करते रहते थे। सब्जी खरीदकर लाता और आलम भाई घर पर होते तो फिर ऐसा हो नहीं सकता था कि पैसे का हिसाब न लिया जाए। आलम घर में होता, मगर फिर भी अल्लन सब्जी के पैसे में धांधली कर ही डालता। हिसाब मांगा जाता तो वह पहले से जोड़ा-घटाया गया अपना रेट सबको सुना देता। उसके रेट को सुनने के बाद आलम भी ज्यादा कुछ बोल नहीं पाता, यह जानते हुए भी कि उसने पैसे इधर-उधर किए हैं। हालांकि उसकी पैंट की तलाशी ली जाती थी, मगर मोहरी में पैसे

छिपाने वाले अल्लन को भला कौन पकड़ सकता था। पांच में टाप करने के बाद स्कूल और घर में अल्लन की धाक और ज्यादा जम गई थी। हर मास्टर उसे पसंद करता था। आलम भाई ने भी उसके साथ मारपीट कम कर दी थी। अल्लन पास होने के बाद एक बार फिर खेलकूद में जुट गया था।

गर्मी की छुट्टी हो गई थी। अल्लन एक बार फिर अम्मा की डोलची थामे रामनगर जा पहुंचा। रामनगर में अल्लन के पास गंगा के अलावा दिलचस्पी की एक दूसरी चीज भी मौजूद थी। वह था रामनगर का किला। रामनगर के किले को अल्लन ने बाहर से देखा था, मगर वह उसके अंदर कभी नहीं गया था। अंदर जाने के लिए दो रुपया टिकट लगता था। अल्लन ने ठान लिया था कि वह इस बार किले को अंदर से जरूर देखेगा। सुबह-सवेरे किला देखने के नाम पर अल्लन ने अम्मा से पांच का नोट झटक लिया था। दो रुपए का किले का टिकट और तीन रुपया खा-पीकर ऐश करने के लिए। नाश्ता करने के बाद अल्लन किले पर पहुंच गया। टिकट खिड़की पर पहुंचा तो देखा कि उसकी उम्र के बच्चे मां-बाप का हाथ थामे मुफ्त में किले की सैर कर रहे हैं। अल्लन को एक बार लगा कि वह भी किसी के साथ शामिल हो जाए, मगर उसे डर था कि कहीं कोई गड़बड़ी न हो जाए। ऊहापोह के बाद उसने टिकट लेने का फैसला कर लिया। पांच रुपए का नोट खिड़की से अंदर डालते हुए उसने हाथ से एक का इशारा कर दिया। टिकट देने वाले ने एक टिकट फाड़ा और तीन रुपए के साथ उसके हाथ में रख दिया। अल्लन किले के अंदर चल पड़ा। किसी ने उससे टिकट के बारे में नहीं पूछा। राजा के किले में सबसे पहले अल्लन पुरानी कारों के सेक्शन में जा पहुंचा। बड़ी-बड़ी कारें खड़ी धूल फांक रही थीं। गाइड बता रहा था, ''राजा साब यह कार लंदन से लाए थे, 1890 में।''

गाइड एक-एक करके सभी कारों की खासियत गिना रहा था, मगर अल्लन सोच रहा था, कार लंदन से यहां आई कैसे। अल्लन का जी कार देखने में न लगा। आगे बढ़ा तो राजा-महाराजाओं के हथियार सेक्शन में पहुंच गया। कानी ऊंगली के बराबर बंदूक, बारह-बारह हाथ की दुनाली। तलवार, भाले, अइसे कि गर्दन पर रख भर दो तो गर्दन कट के गिर जाए। आंखें फाड़े अल्लन महाराजाओं की धरोहर देख रहा था। एक-एक करके चीजों को देखते हुए वह दरबार से जुड़े कमरे में जा पहुंचा। झरोखे से सिंहासन साफ दिख रहा था, लाल रंग के मखमली गद्दे से बने सिंहासन को देखकर अल्लन का जी आया कि काश उसे भी एक बार उस पर बैठने का मौका मिले। मगर वह जानता

था कि ऐसा नहीं होगा। पूरे महल में जिस चीज से अल्लन सबसे ज्यादा प्रभावित हुआ, वह थे, मिट्टी के तेल से चलने वाले पंखे। गाइड बता रहा था कि एक लीटर तेल में पंखा एक पूरी रात फर्राटे से घूमता रहता। किले में घूमते हुए अल्लन ने तुलसीदास के हाथ से लिखे रामचरित मानस के पन्ने भी देखे थे। अल्लन पन्नों को देखकर हैरान था। ऐसी खूबसूरत राइटिंग उसने पहले कभी नहीं देखी थी। इन सारी चीजों के अलावा महल की अंदरूनी दीवारों पर सजे तरह-तरह के जानवरों के सिर भी उसने आंख फाड़-फाड़ कर देखे। शेर, दीवार पर ऐसे मुंह बाए लटका था, जैसे अभी गड़ाप से निगल जाएगा। इसके अलावा चीता, भालू, हिरन समेत कई और दूसरे जानवरों के सिर भी दीवारों की शोभा बढ़ा रहे थे। अल्लन को, बेज़ुबान जानवरों का शिकार करने वाले राजाओं पर बेपनाह गुस्सा आ रहा था।

"मादरचो... सबको मार डाले सब...।"

उसका दिल किले से उचट गया था। घूमते-घामते वह किले की छत पर पहुंच गया। छत पर से बनारस साफ नजर आता। उससे भी साफ नजर आती रामनगर और बनारस को अलग करने वाली खूबसूरत गंगा। नदी का पानी हमेशा की तरह धूप में चमक रहा था, मोती की तरह। किले से निकलकर अल्लन घाट की तरफ चला गया। वह पानी से देर तक खेलता रहा। खेलकूद में उसके पूरे कपड़े पानी से तर हो गए। शाम हो रही थी, अल्लन ने देखा सूरज नदी के दूसरे छोर पर पानी के भीतर समा रहा है। एक पल को तो वह समझ नहीं पाया, मगर बाद में उसे समझ आ गया। दूर तक फैली जलराशि की वजह से उसे ऐसा आभास हो रहा था। सूरज डूब चुका था। अल्लन थका-हारा घर की तरफ चल पड़ा।

6

गंगा में अठखेलियां कर अल्लन घर लौटा तो रात हो चुकी थी। मामू घर लौट चुके थे। अम्मा उसे कोस रही थीं।

"आने दो बताते हैं।"

अल्लन के कान में अम्मा की आवाज पड़ी। वह बाहर से ही नाना के कमरे में चला गया।

"नाना, ए नाना, सो रहे हैं क्या?" अल्लन ने बूढ़े नाना को झकझोर के रख दिया।

नाना उठकर बैठ गए।

"क्या हुआ?"

"अम्मा हमें मारे खातिर ढूंढ रही हैं।"

"क्या कर दिए?"

"कुछ नहीं, गंगा में नहाने गए थे ए खातिर।"

"अकेले गए थे।"

"हां, कोई गया नहीं तो क्या करें। रिज्जू भाई दुकान चले गए। फिर किसके साथ जाएं।"

"अच्छा, अब न जाओगे न।"

"नहीं।"

"अल्ला कसम।"

"अल्ला कसम।"

"ए नफीसा-नफीसा।" नाना अम्मा को पुकार रहे थे।

"हां अब्बा।" अम्मा आ गईं। दूर से आती अम्मा की आवाज सुनकर अल्लन नाना के पीछे छिपकर बैठ गया। कोशिश इस बात की थी कि अम्मा के लात और घूंसों से बचा जा सके।

"इ यहां बैठा है।" अम्मा उसकी तरफ बढ़ीं, मगर नाना ने रोक लिया।

"जाए दो बच्चा है, हम समझा दिए हैं।"

"नहीं अब्बा, आप नहीं जानते। रोज-रोज की आदत पड़ गई है। जबसे आया है। गंगे में जा रहा है, मरे ख़ातिर। कोई दिन डूब जाएगा तो आप देखिएगा।" उसे पीटने की कोशिश में विफल होने के बाद अम्मा पैर पटकती हुई चली गईं।

अल्लन नाना के पास बैठा रहा। अल्लन के नाना भी तहसील में काम करते थे। रिटायर होते-होते नायब तहसीलदार बन गए थे। अम्मा बताती थीं कि मामू की नौकरी अब्बा की सिफारिश पर ही लगी थी। नाना को रिटायर हुए बीस साल गुजर चुके थे। बूढ़े नाना वक्त के साथ चिड़चिड़े हो गए थे। उनके बदन में दर्द रहता था। किसी वैद्य ने उन्हें हिरन के सींग की हड्डी पीसकर सीने पर लगाने को कहा था। मामू कहां-कहां से तलाश करके हड्डी लाए थे। शाम होती तो कोई-न-कोई हड्डी लेकर घिसने बैठ जाता। घंटा भर

की घिसाई के बाद जो कुछ भी निकलता नाना के सीने पर मल दिया जाता। तमाम बीमारियों के बावजूद नाना नमाज के बड़े पाबंद थे। पांचों वक्त की नमाज पढ़ते। नाना अल्लन को भी समझाते थे।

''नमाज़ पढ़ा करो बेटा...।''

अल्लन उनकी बातों को एक कान से सुनता दूसरे से निकाल देता। अल्लन को नाना बड़े सीधे और शरीफ लगते थे। मगर अकसर किसी बात पर जब उन्हें गुस्सा आ जाता तो, चिल्ला-चिल्लाकर सारा घर अपने सिर पर उठा लेते।

''ए असग़र...असग़रवा कमबख़्त मर गए क्या?''

नाना मामू को गालियां बकनी शुरू कर देते। मामू बेचारे दौड़े-दौड़े जब तक अपने अब्बा के पास आते, अब्बा जमाने भर की गालियों से उन्हें नवाज़ चुके होते।

''तुम्हारे लड़की-लड़के मेरी जान ले लेंगे। नमाज के लिए लुंगी धो के आंगन में पड़ी रही, बताओ कोई उसमें अपनी नाक पोंछकर चला गया। अब कैसे पढ़ें नमाज़।''

मामू बेचारे तमाम बातें सुनकर भी चुप रह जाते। अल्लन को न जाने क्यूं लगता कि मामू के दिल में अभी भी नाना का डर है। मगर क्यों। मामू इतने बड़े हो गए मगर...। अल्लन को आलम भाई याद आ जाते। आलम भाई तो अपने अम्मा-अब्बा को गालियां देकर चले गए।

''ए नाना आप कभी गए हैं। उ पुल पर।''

''कउन... पीपे वाले पर?''

''हां।''

''सैकड़ों बार गए हैं।''

''अच्छा इ कब से बनना शुरू हुआ है?''

''पचासों साल हो गया।''

''पानी में बहता नहीं।''

''भक्क...बहेगा कइसे। रस्सी से जकड़ा रहता है।''

''पानी के अंदर रस्सी कउन डालता है?''

''मजदूर सब अउर कउन?''

''डूबते नहीं।''

''नहीं। सबका काम ही वही है। हर साल गर्मी आई कि पीपे का पुल बनाए में जुट गए।''

''ए नाना, रिज्जू भाई बताते हैं कि आप पहले रोज वहीं पर टहलने जाते थे।''

''हां जाते थे।'' अल्लन ने देखा नाना के चेहरे पर हल्की-सी मुस्कराहट थी।

''डर नहीं लगता था।''

''कइसा डर?'' नाना गर्व से कह रहे थे।

''मान लीजिए तेज पानी में पुल बह जाए।''

''चुप... ऐसा नहीं होता।''

पीपे का यह पुल हर साल रामनगर और बनारस के आम लोगों के लिए बनता था। गर्मी में सूख रही गंगा में लोहे के बड़े-बड़े पीपे डाल दिए जाते और उसके बाद मोटे-मोटे बरहे से उन पीपों को एक साथ जोड़ दिया जाता। पीपों की हिफाजत के लिए खूंटा गाड़ के मोटी-मोटी चेन भी बांधी जाती थी। पीपे का यह पुल अल्लन को हैरानी में डालता था। शुरू-शुरू में उसे पुल से गुजरने में काफी डर लगता था। मगर बाद में धीरे-धीरे वह इस पुल पर चलना सीख गया था। पीपे के इसी पुल पर घूमते-फिरते अल्लन को नदी में तैरते स्टीमरों को भी देखने का मौका मिला था। बड़े-बड़े ये स्टीमर मोटर के सहारे चलते। इनमें आने-जाने वाले ज्यादातर साइकिल से चलने वाले आम लोग होते थे। ये लोग अपनी साइकिल भी स्टीमर पर लाद लेते। अल्लन ने पता किया था। रामनगर से बनारस जाने के लिए स्टीमर से तीन रुपया किराया लगता था। अल्लन का दिल स्टीमर पर बैठने के लिए मचलता था, मगर उसे पानी से डर लगता था। स्टीमर पलट गई तो गुड़प-गुड़प करके पानी में जान निकल जाएगी।

''ए अल्लन, चलो कुछ खा लो कि रात भर यहीं बैठे रहोगे।'' म्वानी नाना को चाय देने आई थीं।

नाना अपनी दाढ़ी उठा-उठाकर चाय पीने लगे। अल्लन घर के अंदर चला गया। अम्मा का मुंह फूला हुआ था। मगर अल्लन को इसकी परवाह न थी। शाम के खाने में रोटी-सब्जी के अलावा दाल-चावल भी बना था। मामू के घर का दस्तूर था, चावल सुबह भी बनता और शाम को भी। मामू के सारे बच्चों को चावल से खासा लगाव था। लिहाजा अल्लन की चांदी हो गई थी। शाम में उसने डटकर दाल और चावल खाया। न जाने क्यों उसे यहां का दाल-चावल बेहद पसंद भी था। अम्मा के हाथ खाने में लज्जत तो थी, मगर

इतनी नहीं जितनी यहां बनने वाले खाने में उसे लगती। पेट भर खाने के बाद अल्लन का काम टीवी देखना था। अल्लन के घर टीवी नहीं थी। इसलिए वह जब भी रामनगर आता, खूब टीवी देखता। मामू के बच्चों ने यहां पिक्चर देखने के लिए केबल कनेक्शन भी ले रखा था। अल्लन बस टीवी और उसमें आ रही फिल्मों में डूब जाता। अल्लन तब तक टीवी देखता रहता, जब तक कोई उसे डांटकर टीवी बंद न कर देता। टीवी बंद हो जाने के बाद अल्लन आंख बंद किए अपने बिस्तर पर पड़ा रहता। उसके पेशाब की वजह से यहां भी उसके लिए प्लास्टिक लगाकर बिस्तर बिछाया जाता। अल्लन को बड़ी शर्म आती थी। मामू के लड़की-लड़के उसके ऊपर हंसते थे मगर जिस चीज पर उसका जोर नहीं उसके लिए वह कर भी क्या सकता था। नींद न आने की वजह से अल्लन करवट बदल-बदलकर रह जाता। मामू के यहां रात में छत पर जाना मना था। छत के ठीक सटे मकान में ही एक छोटा-सा मस्जिद था। अल्लन ने सुना था, उसमें जिन्नात रहते हैं। मामू के बच्चे उसे जिन्नातों के बारे में तरह-तरह के किस्से सुनाते थे। अल्लन आंख फाड़े हैरानी से सारी कहानी सुनता रहता था। हालांकि घर में इस बारे में दबी जुबान में ही चर्चा होती थी, मगर फिर भी अल्लन को सब पता था। आखिर वह कोई गैर थोड़ी ही था। जिन्नातों की कहानी सुनाने वाले अल्लन को ऐसी-ऐसी अजीब बातें बताते कि उसे यकीन न होता। मगर जब अल्ला कसम, कुरान कसम खाई जाती तो अल्लन को हार मानकर बातों को सच मानना पड़ता। बातों-ही-बातों में अल्लन ने यह सुना था कि जिन्नात रात में मामू की छत पर टहलते भी हैं। उनके चलने से इंसानों की तरह ठक-ठक की आवाज आती है। अल्लन का दिल कांप-कांप जाता था। रात में डर के मारे वह पेशाब करने भी नहीं उठता। क्या जाने कोई जिन्नात गलती से आंगन में उतर आया तो...। गर्मी के दिनों में भी वह अपने मुंह को चादर से ढककर सोता। क्या जाने कोई नजर आ जाए। जिन्नातों के बारे में अल्लन ने ढेर सारी कहानियां सुन रखी थीं। इनमें से एक यह भी थी कि जिन्नात हमेशा बुरे नहीं होते। बहुत से अच्छे जिन्नात भी होते हैं जो लोगों की मदद करते हैं। बेपनाह मदद। अल्लन कभी-कभी सोचता काश ऐसा कोई जिन्नात उसे भी मिल जाए। फिर वह क्लास में कभी सेकंड नहीं आएगा। अपनी कापी उसी जिन्नात से लिखवाएगा। क्योंकि जिन्नात को कोई देख नहीं सकता, इसलिए उसके पकड़े जाने का भी कोई चांस नहीं है। अल्लन देखता कि घर में रहने वालों को जिन्नातों का डर नहीं सताता।

मुन्नाभाई तो रात में भी छत पर टहलते थे। नाना भी कभी-कभी जिन्नातों के बारे में दिलचस्प किस्से सुनाते थे। अल्लन को याद है उन्होंने एक बार जिन्नातों से जुड़ा बेहद खतरनाक किस्सा सुनाया था।

नौकरी के दिनों में एक बार उन्हें घर लौटने में देर हो गई। रात ज्यादा हो गई थी, इसलिए उन्हें पैदल ही वापस लौटना पड़ा। चलते-चलते वह किले के पास आए तो देखा पास वाली मस्जिद में मिलाद हो रहा है। वह मस्जिद के सामने से गुजर रहे थे कि अचानक एक आदमी उनके सामने आ गया। उसने उनसे कहा मिलाद का तबर्रुक तो लेते जाइए। नाना को भला क्या एतराज हो सकता था। उस आदमी ने उन्हें दोने में गरमागरम जलेबियां दी थीं। घर लौटने के बाद उन्होंने जलेबियां खाईं और बची हुई अगले दिन के लिए रख दी। अगले दिन फिर जलेबियों का दौर चला। सबने जलेबियां खाईं। लज़ीज जलेबियों से सबका पेट भर गया। मगर एक दोना जलेबी खत्म होने का नाम नहीं ले रही थी। नाना चौंक गए। वह फिर उस मस्जिद पर पहुंचे। शाम का वक्त था। वहां के मोली साब और दो-चार लोग मस्जिद में बैठे थे। ये सब नाना के जानने वाले थे। नाना ने जब गुजरी रात के मिलाद के बारे में पता किया तो उनका मुंह हैरत से खुला रह गया। पता चला कि रात क्या महीने भर से यहां कोई जलसा नहीं हुआ है। नाना माजरा समझ गए। मोली साब से पूछताछ करने के बाद उन्होंने जलेबी का दोना जमीन में गाड़ दिया था। नाना के इस किस्से के बाद अल्लन को जिन्नातों से कुछ ज्यादा ही ख़ौफ हो गया था। खासकर रामनगर में वह काफी सजग रहता था।

इन सारे मसलों के अलावा रामनगर में कई दूसरी चीजें भी अल्लन के लिए दिलचस्पी का सबब थीं। इसमें से ही एक पैकेट बंद दूध था। अल्लन के कस्बे में सिर्फ गाय के थन से दूध मिलता था, मगर यहां थैली में दूध की बिक्री होती। ठंडा दूध। सवेरे उठने के बाद अल्लन म्वानी के सामने जाकर खड़ा हो जाता।

''म्वानी, कितने पैकेट लाना है।''

अल्लन जब दूध लेकर चलता तो बार-बार दूध के ठंडे पैकेट को अपने गाल पर रख लेता।

''आह! कितना ठंडा है।''

ठंडे-ठंडे इस दूध को अल्लन ने एक बार चखा भी था। चार रुपए पैकेट दूध के लिए उसने अम्मा की डोलची में से पांच का नोट चुरा लिया था।

हालांकि ठंडा होने के बावजूद एक पूरा पैकेट दूध वह पी नहीं पाया। रास्ते में ही उसने बचे हुए दूध का पैकेट नाली के हवाले कर दिया। ''ए नाना, ई दूध फ्रिज में क्यों रखते हैं।''

''गरमी में रहेगा तो फट जाएगा।''

''अच्छा हम लोग के यहां तो नहीं फटता। बिना फ्रिज में रखे चलता रहता है?''

''ए बेटा, ई बेचे ख़ातिर है।''

''बेचे ख़ातिर है तो क्या हुआ?''

''कुछ नहीं, तुम जाओ जाकर चाय पियो।'' नाना खीझ जाते।

चाय पीकर फिर अल्लन गंगा के तीर निकल जाता। अल्लन को गंगा के सफेद बालू में दूर तक दौड़ना बहुत पसंद था। दौड़ते-दौड़ते वह दूर चला जाता। फिर आराम से रेत में लोटते-पोटते वापस गंगा में नहा-धोकर लौट आता। रामनगर आने के बाद अल्लन को गंगा से कुछ ज्यादा ही मुहब्बत हो गई थी। अकसर रात में सपने में भी गंगा को देखा करता।

''गंगा मइया की...जय...'' अल्लन चिल्लाता।

हालांकि आवाज़ इतनी ही तेज होती कि वह अपना नारा खुद सुन सके। अम्मा को ऐसे नारे सुनाकर अल्लन को अपने गाल नहीं लाल करने थे। ''ए नाना हम घर जा रहे हैं।''

''अरे... इतनी जल्दी।'' उसकी बात पर नाना चौंक गए।

''तो क्या करें। स्कूल खुला है, अम्मा हमको जबर्दस्ती लाईं हैं।''

''अब्बा बुलाइन हैं का।''

''हां, कल मंजर मामू के यहां फोन आया था।'' मामू के घर फोन नहीं था, सबको पड़ोस के मंजर रजा का पीपी नंबर दिया गया था। जब फोन आता तो उनके घर से कोई आकर इत्तला कर देता।

अम्मा का मन अभी कुछ दिन और यहीं रुकने का था, मगर अब्बा की बार-बार की बुलाहट ने उनको जाने के लिए मजबूर कर दिया। अल्लन खुश था। भोसड़ी के ओली-गोली सब छूट गई। पता नहीं घुरहुवा क्या करता होगा। चलें तो खेला-कूदा जाए। लेकिन फिर भी रामनगर से लौटते वक्त अल्लन के दिल में मलाल होता। यहां की मौज-मस्ती उसे बेतरह पसंद थी। मगर यह उसका अपना घर थोड़ी था, एक-न-एक दिन लौटना तो था ही। अल्लन फिर से अपने कस्बे लौट रहा था। अम्मा का हाथ पकड़े-पकड़े अल्लन जब घर

पहुंचा तो शाम हो गई थी। अब्बा नमाज़ पढ़ रहे थे। अम्मा को देखते ही बदस्तूर बोल पड़े।

"कब चली थीं?"

"चार बजे।"

"अच्छा बड़ी जल्दी आ गईं। अब्बा कैसे हैं?"

"ठीक हैं।"

"असगर भाई के ट्रांसफर का क्या हुआ?"

"रुक गया। भाभी बताती रहीं कि दस हजार देना पड़ा।"

"अच्छा, बड़ा पइसा लग गया। मगर चलो सुकून से घर में तो है। कहां बनारस कहां लखनऊ।"

अल्लन हर बार देखता था। रामनगर से लौटने के बाद अम्मा वहां का पचड़ा लेकर बैठ जातीं। अब्बा को भी इन सारी बातों को जानने में बड़ा मजा आता। कउन कहां है, क्या कर रहा है।

7

दुर्गापूजा का त्यौहार नज़दीक आ गया था। मठ की रौनक एक बार फिर से लौट आई थी। शाम को मठ में बच्चों का जमावड़ा न लगता। मठ के मैदान में लगे खास पंडाल के स्टेज पर मूर्तियां रखी गई थीं। बनारस से आने वाली मूर्तियों को खरीदने के लिए कस्बे में चंदा लगता था। मंदिर की कमेटी के पदाधिकारी घर-घर चंदा मांगने जाते थे। चंदा मांगने वालों के साथ कस्बे के लड़कों का हुजूम भी होता। अल्लन भी इसी हुजूम का एक खास हिस्सा था। आखिर होता भी क्यों न ये वही लोग थे, जिनके साथ वह साल भर खेलता-कूदता था। दुर्गापूजा के दौरान चंदा इकट्ठा करना और पूजा-पाठ से जुड़ी चीजों का इंतजाम करना ही इन लड़कों का खेल हो जाता। चंदा मांगने वालों की टोली जब निकलती तो हिंदू-मुसलमान न देखा जाता था। जिस किसी के घर या दुकान पर पहुंच गए उसने दस-पांच जो भी जी में आया पूजा के नाम पर दे दिया। अल्लन पूरे कस्बे के चक्कर में मांगने वालों की इस फौज में शामिल रहता, मगर जब जुलूस उसके अब्बा की दुकान पर पहुंचता तो पीछे से गायब हो जाता। अब्बा हर साल चंदे के नाम पर दस रुपया देते थे। हालांकि

उनको इस हराम काम के लिए चंदा देना कतई पसंद नहीं था। शाम को जब घर लौटते तो नमाज पढ़ते वक्त देर तक तौबा-तौबा करते रहते। अम्मा कहतीं कि

"मना क्यों न कर दिए।"

तब अब्बा के चेहरे की रंगत बदल जाती, जवाब होता।

"क्या करें। गली-मुहल्ले वालों से लड़ाई तो नहीं कर सकते।"

बहरहाल, अल्लन भी यही चाहता था कि अब्बा मंदिर के नाम पर दस-पांच रुपया देते रहें। यहां मंदिर के लिए चंदा देने वाले मुसलमानों को बड़ी इज्जत की नजर से देखा जाता था। मूर्तियों की पूजा का कार्यक्रम जारी था। शाम को श्रद्धालुओं का जत्था बार-बार मंदिर की तरफ जाता नजर आता। मंदिर के पुजारी भी व्यस्त रहते। उन्हें इन दिनों अल्लन के गेहूं-चावल की जरूरत न होती। चढ़ावा चढ़ाने वालों की भीड़ मंदिर को इतना कुछ दे डालती कि अकेले पुजारी जी से यह सबकुछ न संभल पाता। न चाहते हुए भी उन्हें लजीज़ मिठाइयां यहां काम में हाथ बंटाने वाले लड़कों के बीच बांटनी पड़ती थीं। पंडित जी मिठाई न भी बांटते तो लड़कों को पता था कि मिठाई गायब कैसे की जाती है। लौंडों का गिरोह बिना पंडित जी के जानकारी हुए पूजा में मिले दर्जनों सामान गायब कर देता। बाद में पंडित जी जब सामान गायब देखते तो गाली दे-दे के रह जाते।

"ई सब मादरचो... मेरे ही पीछे पड़े हैं। ए भगवान, इन कमीनों को दुनिया से उठा लो।"

कई बार लड़के जानबूझकर पंडित जी के पास जाते और पूछते,

"क्या हुआ पंडित जी कुछ चोरी हो गया?"

पंडित जी शायद इन फरेबियों की चाल समझते थे।

"भागो भोसड़ी वालों...बड़े आए हो हमदर्द बनने।" पंडित जी लड़कों की तरफ दौड़ पड़ते।

अल्लन को लगता कि जब पंडित जी गुस्से में हों और उनके हाथ कोई लड़का लग जाए तो वह उसका कूट-कूट कर कचूमर निकाल दें। मगर लड़के आसानी से उनके हाथ आने वाले कहां थे।

मठ की भीड़भाड़ से जब अल्लन का जी ऊब जाता, तो वह मिडिल स्कूल में खेलने चला जाता। मठ बंदी के दौरान लड़के यहीं खेलने के लिए जाते। खेलकूद कर अल्लन थक जाता, तो पसीने में सरोबार होकर वापस घर लौट

आता। अल्लन रोज़ाना की तरह घर लौट आया था। आज दुर्गापूजा का आख़िरी दिन था। शोरगुल ज़्यादा हो रहा था। अल्लन नज़ारे को देखने के लिए छत पर चढ़ गया। पूरे मठ में आदमी-ही-आदमी नजर आते थे। मंदिर की कमेटी ने दर्शन करने वालों के लिए बांस गाड़कर लाइन में आने का प्रावधान किया था। औरतें अलग आएं, आदमी अलग। पूरे माहौल में धूप और अगरबत्ती का धुआं फैला हुआ था। मूर्तियों के आगे ढोल-नगाड़े बजने का दौर जारी था। पूजा जब चरम पर पहुंचती तो ढोल-नगाड़ों के बजने की आवाज भी तेज हो जाती। दर्शन करने आए लोग इस भक्तिमय माहौल में झूम रहे थे। पूजा आगे बढ़ती चली जा रही थी। दर्शन करते लोगों के माथे पर पंडित जी का टीका चिपक रहा था। पूजा देर तक चली थी। लाउडस्पीकर पर चिल्ल-पों मचा रहा। हाशिम मियां रात भर करवट बदल-बदलकर हिंदुओं के धर्म को गालियां देते रहे।

"मंदिर को रंडीखाना बना लिए हैं, सब। आदमी तो आदमी, औरतें भी नाच रही हैं। न शर्म, न लिहाज। लानत है ऐसे देवी-देवता पर।"

अगली सुबह मठ-मंदिर वीरान हो चुका था। मूर्तियां खुली बाडी की टाटा चार सौ सात पर लद चुकी थीं। शाम का इंतजार हो रहा था। अल्लन घूम-फिरकर मूर्तियों वाली गाड़ी के पास पहुंच गया था। गणेश जी की सूंड़ थोड़ी-सी टूट गई है। दुर्गा माई की धोती फट गई है। राक्षस के सीने में घुसा उनका त्रिशूल टेढ़ा हो चुका था। अल्लन ने पहली बार दुर्गा माई के त्रिशूल को हाथ लगाया। वह चौंक गया। त्रिशूल लकड़ी का बना हुआ था। प्लास्टिक की चमकीली पन्नी उस पर ऐसी चढ़ी थी कि वह चांदी का नज़र आता था। न जाने क्यों अल्लन मूर्तियों में कुछ ज्यादा ही दिलचस्पी लेता था। अल्लन करीब आधे घंटे तक गाड़ी के आसपास मंडराता रहा। शाम के चार बज गए थे। लड़कों की टोली इकट्ठी होने लगी थी। मूर्तियों को विसर्जित करने के लिए बनारस जाना था।

"मूर्ति विसर्जन कैसे होता है?" अल्लन अपने पड़ोसी गुड्डू चच्चा से पूछ रहा था।

"पानी में डाल दी जाएगी, सब मूर्ति।"

"अरे! फिर तो खराब हो जाएंगी।"

"हां, तो अगले साल फिर नई आएंगी।"

"अच्छा, चच्चा ई सब गंगाजी में डाली जाएंगी न।"

"हां।"

"गंगाजी के अलावा और दूसरी कोई नदी में नहीं डाला जा सकता।"

"नहीं।"

"क्यों?"

"गंगाजी का महत्त्व है। उसमें जो जाता है, उसको स्वर्ग मिलता है।"

"मगर ई सब तो मूर्ति है।"

"तो क्या हुआ, धर्म की मान्यता यही है।"

ढोल बजने लगा था। लड़के नाचने लगे। घुरहुवा, मनोजवा, पंकजवा, केसरिया सब-के-सब। अल्लन का मन भी किया वह इस भीड़ में घुसकर नाचने लगे। मगर छत पर अब्बा खड़े होकर उसे देख रहे थे। अल्लन की निगाहें अब्बा से मिलीं, उसने तत्काल अपनी निगाह हटा ली। क्या पता अब्बा उसे बुला लें। मूर्तियों का जुलूस कस्बे का चक्कर काट रहा था। कस्बे में हर साल मूर्ति विसर्जन के दिन जुलूस निकलता था। नशे में डूबे लड़के मूर्तियों के आगे खूब नाचते। गुलाल और रंग तो इतना उड़ता कि हर किसी का चेहरा लाल हो जाता। अल्लन जुलूस में शामिल था। मगर वह नाच नहीं रहा था। वह मियां था। 'कटुआ'। जुलूस कस्बे का चक्कर काट रहा था। आखिर चलते-चलते जब अल्लन थक गया तो वापस घर की तरफ लौट चला। शाम हो चुकी थी। रोजाना की तरह लाइट नहीं थी। अल्लन घर पहुंचा तो देखा, अब्बा चौकी पर बैठे हुए हैं।

"कहां गए थे।"

"कहीं नहीं।"

"और उ जुलूस में कउन नाच रहा था।"

"अच्छा? नाचे कहां। बस साथ गए थे।"

"झुट्ठा।" अब्बा गुस्सा गए। उठकर अल्लन के पास आए और एक जोरदार तमाचा अल्लन के कानों के ठीक नीचे जड़ दिया।

"साले काफिर, नमाज पढ़ना आज तक न सीख पाए, मगर हिंदुअन के त्यौहार में खूब नाचोगे। दोज़ख़ में जाओगे देख लेना, वक्त है अभी सुधर जाओ।"

अल्लन सिर झुकाए चुपचाप खड़ा रहा। अब्बा पता नहीं, क्या-क्या बके जा रहे थे। अम्मा बीच में आ गई थी।

"जाए दीजिए बच्चा है।"

"का बेटा, कितनी बार समझाए हैं। मत जाया करो। मगर मानोगे नहीं। उ हिंदू हैं, हम लोग मुसलमान। ई सब देवी-देवता से हम लोग का क्या मतलब। रसूल कहे हैं कि ई सब करे वाले का ईमान खुदा पर कायम नहीं रह सकता।"

"कउन रसूल?"

"अरे, रसूलल्लाह सलल्लाह वाले वसल्लम।"

"अच्छा।" अल्लन को अपने कम ज्ञान पर शर्म आ गई।

"हर दौर में इ शैतान पूजे जाएंगे। जो इसके चक्कर में नहीं फंसेगा वही जन्नत में जाएगा, बाकी सब दोज़ख़ में झोंक दिए जाएंगे। समझे बेटा, मंदिर वंदिर में न जाया करो।"

अल्लन, खामोशी से अम्मा की बात सुन रहा था। अम्मा बताती जा रही थीं कि मुसलमान अल्ला रसूल के अलावा कुछ और नहीं मान सकता। अम्मा चुप हो गई थीं। अल्लन चुपचाप बड़के कमरे में जाकर लेट गया था। नींद नहीं आ रही थी। रात गहराती जा रही थी। अल्लन को अपने धर्म से नफरत हो रही थी।

"न नाच सकते हैं न गा सकते हैं। टीवी देखना भी मना है। सब लड़के मौज करते हैं, मगर अब्बा, अल्ला रसूल के नाम पर हमेशा उसके पीछे पड़े रहते हैं।"

अल्लन कई बार गंभीर होकर इन चीजों के बारे में सोचता था। अल्ला पर उसे भरोसा था, मगर इतना भी नहीं। अल्ला की झूठी कसम खाने में उसे जरा भी झिझक नहीं होती। छोटी-छोटी बात पर वह अपने को सच साबित करने के लिए धड़ल्ले से अल्ला मियां के नाम का सहारा ले लेता था। अब्बा की तमाम शिक्षाएं अल्लन की अपनी सोच के आगे नाकाम थी। वह छोटा था, मगर जानता था कि सब को मिल-जुलकर रहना चाहिए। फिर वह चाहे जो भी हो, हिंदू या फिर मुसलमान। उसने गुस्से में खाना नहीं खाया था। उसके रूठने पर भी अब्बा भी उसे मनाने नहीं आए। मगर रात में उसे भूख लग गई। रसोई में जाकर शाम की दो रोटी निकाल ली, बोतल में से अचार निकाला और खाना लेकर छत पर आ गया। मठ के मंदिर सुनसान पड़े थे। अल्लन मुंडेर पर बैठकर खाना खाने लगा। उसकी निगाहें, शिवजी के मंदिर पर लगे त्रिशूल पर टिकी हुई थीं। आसमान की ओर तने त्रिशूल पर लाल रंग की चुनरी बंधी हुई थी। डमरू भी बंधा था। अल्लन को शिवजी के बारे में काफी कुछ पता था।

‘‘उनका घर कैलाश पर्वत पर है, जहां हमेशा बर्फ-ही-बर्फ पड़ती है। इसके अलावा शंकरजी दुश्मनों के विनाश के लिए अपना त्रिशूल चलाते हैं। उनको जब गुस्सा आता है, वह डमरू और त्रिशूल लेकर नाचना शुरू कर देते हैं। और हां...नाचते-नाचते उनकी तीसरी आंख खुल जाती है। तीसरी आंख खुलने का मतलब विनाश...। शिवजी जिस दिन दुनिया को तीसरी आंख से देख लेंगे, दुनिया ख़त्म हो जाएगी।''

पंडित जी बताते हैं कि गंगाजी भी इन्हीं शिवजी की चोटी से निकली हैं।

‘‘पहले गंगा इन्हीं की चोटी में बंधी रहती थीं। मगर महाराज भगीरथ को जब अपने पुरखों को तारने के लिए उनकी आवश्यकता पड़ी तो उन्होंने शंकरजी के सामने प्रार्थना की। भगवान ने उनकी प्रार्थना स्वीकार की और गंगाजी पृथ्वी पर आ गईं।''

अल्लन चकित भाव से यह सब सोचता था।

‘‘अम्मा से बता दो तो यकीन न मानेंगी। कहेंगी सब ढकोसला है। भला किसी की चोटी से इतनी बड़ी नदी निकलेगी।''

‘‘पता नहीं अम्मा, शंकरजी को छोटा काहे समझती हैं।'' अचानक अल्लन को कुछ याद आया और वह हंस दिया।

‘‘शंकरजी का लिंग।''

भोलवा कहता है, इतना लंबा है कि नापे न नपाएगा। बनारस के विश्वनाथ जी में उनके लिंग की पूजा होती है। अल्लन ने इसी चक्कर में कई बार मंदिर के शिवलिंग पर हाथ फिराया था। पत्थर के लिंग को छूने से ज्यादा वह इस बात को महसूस करना चाहता था कि शंकरजी का लिंग आम आदमी की तरह होता है या फिर उसमें कुछ खास होता है। अल्लन को शंकरजी के पत्थर के लिंग में कुछ खास नजर नहीं आया। अल्लन खाना खा चुका था। भोर होने वाली थी। मजीद के मुर्गे-मुर्गी चिल्ला रहे थे। अल्लन उठा और नीचे अपने पलंग पर सो गया। सोने के पहले पेशाब करना वह नहीं भूला था। अल्लन, अल्लन को जब पेशाब लगे उठा देना। पूजा का त्यौहार खत्म हो चुका था। मठ-मंदिर एक बार फिर वीरान हो गया था। लाउडस्पीकर की तेज आवाज से लोगों को राहत मिल गई थी। अल्लन देखता, अब्बा का चेहरा खुशी से खिल गया है। शाम में अब्बा आराम से लेट जाते। अम्मा से कहते

"अब जाकर सुकून हुआ। पंद्रह दिन से जान खाए थे, इ सब मट्टीमिले।" अम्मा भी उनकी हां में हां मिलातीं। मगर अल्लन को इस शोरगुल का थमना बुरा लगता। मठ की रौनक उसके दिल में रौनक लाती थी। अब यहां फैला सन्नाटा उसे कचोटता था। कस्बे के माहौल के हिसाब से देखा जाए तो अल्लन सही भी था। अब कस्बा शाम के आठ बजे ही नींद की आगोश में चला जाता था। छत पर टहलते हुए अल्लन को ऐसा लगता कि यह एक बड़ा-सा कब्रिस्तान है। जहां जिंदा मुर्दे रहते हैं। फिलहाल रौनक खत्म होने के बाद राहत की बात सिर्फ इतनी-सी थी, कि कस्बे के लड़कों को एक बार फिर अपने खेलने-कूदने की जगह वापस मिल गई। अल्लन भी अपना दु:ख भूलकर इन्हीं खेलने वालों में शामिल हो गया। फिर वही गोली, सरपट, गुल्ली-डंडा।

8

तमाम व्यस्तताओं के बीच अल्लन को आज स्कूल जाने की फुर्सत मिली थी। हालांकि उसे स्कूल के बारे में रोज़ फिक्र होती थी, मगर क्या करे उसके पास वक्त नहीं था। अब मनोज के साथ साइकिल पर सवार होकर वह स्कूल जा रहा था। पिछले एक महीने से अल्लन स्कूल नहीं गया था। ज़हन में तरह-तरह के ख़्याल आ रहे थे। मगर उसे यकीन था अपनी कला पर। जो सामने आए, पैर छूते जाओ बस, काम बन गया। क्लास में घुसा तो उसे घबराहट हो रही थी। न जाने मास्टर साहब क्या पूछ लें। मगर वह अपने ऊपर काबू रखे रहा। एक के बाद एक घंटे आते रहे, मगर किसी ने अल्लन की उपस्थिति पर ध्यान नहीं दिया, ठीक वैसे ही जैसे उसकी अनुपस्थिति के बारे में ध्यान नहीं दिया गया था। विज्ञान के घंटे का वक्त हो चुका था। अल्लन का दिल अब जोर-जोर धड़क रहा था। मास्टर पी.एन. सिंह रजिस्टर दबाए क्लास रूम में घुसे तो सारे बच्चे उनके सम्मान में खड़े हो गए। पी.एन. सिंह क्लासटीचर थे। पढ़ाने के अलावा सबकी उपस्थिति या फिर अनुपस्थिति का लेखा-जोखा रखना उन्हीं के जिम्मे था। यूं तो वह सीधे थे, मगर न पढ़ने वाले लड़कों से जैसे उनकी दुश्मनी थी। स्कूल न आने वालों को वह एक बार पकड़ लेते तो फिर अल्लाह मालिक। अल्लन ने सुना था, जिसने भी उनसे एक बार मार खा ली वापस लौटकर स्कूल नहीं आया। रजिस्टर खोलकर जैसे ही उन्होंने हाजिरी लगानी

शुरू की। अल्लन का कलेजा धुकधुका उठा। एक के बाद एक लड़के तेज आवाज में अपनी उपस्थिति का डंका पीट रहे थे।

"अलीम।"

"उपस्थित गुरुजी।"

"एक दो-तीन चार...तीस। एक महीने तक कहां रहे?"

अल्लन खामोश रहा।

"बताओ।" खामोश क्लास में मास्टर साब की आवाज भयानक तरीके से गूंज गई। अल्लन डर गया।

"जी, नाना की तबीयत खराब थी।"

अल्लन ने उनकी बात का जवाब देते हुए वापस बेंच पर बैठने का प्रयास किया।

"बैठो मत, इधर आकर खड़े हो जाओ। तुमसे बाद में निपटते हैं।"

अल्लन बेंच से उठकर क्लास के एक कोने में आकर खड़ा हो गया। यह पहला मौका था, जब वह इस बदनाम कोने में खड़ा हुआ था। दरअसल कोने में उन्हीं लड़कों को खड़ा कराया जाता था, जिनका नाम मास्टर साब की गुड बुक से कट चुका होता। अल्लन सिर झुकाए खड़ा रहा। सामने की बेंच पर बैठे मनोजवा ने उसे आंख भी मारी, मगर वह अपनी हंसी दबा गया। क्या पता हंस दे और मास्टर साब उसके ऊपर पिल पड़ें। अल्लन का सोचना गलत भी नहीं था। मास्टर साब बड़े पिनपिनहे थे। लड़कों की खुशी उनसे देखी न जाती। क्लास के बाहर छुट्टी के वक्त भी लड़कों को उछलते-कूदते देख लेते, तो जबरन मुर्गा बना देते। उनकी इसी आदत की वजह से लड़के उन्हें पीठ पीछे खूब गालियां देते थे। मास्टर साब को भी अपने ऊपर होने वाली गालियों की बौछार में अच्छी तरह से पता था, मगर फिर भी आदत से मजबूर थे। हाजिरी खत्म होने तक अल्लन वहीं खड़ा रहा।

"हां, तो क्या बता रहे थे तुम।"

"जी, नाना की तबीयत खराब थी।" अल्लन के बदन में झुरझुरी-सी दौड़ रही थी। जाने क्या होने वाला था।

"कहां रहते हैं तुम्हारे नाना?"

"रामनगर में।"

"दवा कराने का जिम्मा तुम्हारे ही पास था।" लड़के फिस्स से हंस दिए।

"जी नहीं।"

"चुप्प...।" अल्लन की जबान दराज़ी उन्हें खल गई।

"स्कूल न आना पड़े बस... ।" कान के पास से निकला सरसराता हुए एक झापड़ अल्लन के गाल पर रसीद हो गया।

"पढ़ना-लिखना नहीं है। ननिअउरे जाएंगे।"

मास्टर साब अल्लन को पीटे चले जा रहे थे। दस-पंद्रह झापड़ के साथ उन्होंने छड़ी से उसकी जमकर मरम्मत कर दी। मास्टर साब का गुस्सा ठंडा हुआ, तब कहीं जाकर अल्लन छूट पाया। चेहरा लाल हो गया। वह वापस आकर बेंच पर बैठ गया। आंखों में आंसू छलछला रहे थे, मगर अल्लन रोया नहीं। क्लास खत्म होने के साथ ही वह वापस लौट पड़ा। इस कसम के साथ कि दोबारा स्कूल नहीं आएगा। बाहर निकला तो माट साब वहीं खड़े थे, मगर वह डरा नहीं। चुपचाप स्कूल का लंबा गलियारा पार करते हुए अपनी साइकिल के पास पहुंच गया। अल्लन वापस चला तो पीछे-पीछे मनोजवा भी आ गया।

"नहीं पढ़ोगे अब।"

"नहीं।"

"चोट कसकर लग गई क्या।"

"देख नहीं रहे थे।" अल्लन गुस्से से किचकिचा गया।

"भोसड़ी वाला दम लगाकर मारता है।"

मनोज उससे सहानूभूति दिखाने की कोशिश कर रहा था।

"मादरचो...की साइकिल पंचर कर दे। एक नहीं बीस जगह लंगड़ा प्रकार मार। ट्यूब-टायर दोनों खराब हो जाए साले का।"

"हम करें...।"

"तब क्या। मादरचो...एतनी जोर से मारा है कुछ तो नुकसान करो।"

"अच्छा छोड़ चल सकलडीहा चलें।"

"चल।" अल्लन ने साइकिल पर पैडल मारते हुए कहा।

मनोज ने भी अपनी साइकिल निकाल ली थी। क्लास न करने के दिनों में अल्लन साइकिल से सकलडीहा चला जाता था, घूमने-फिरने। हालांकि गेट से निकलते वक्त यहां खड़े चपरासी को पटाना मुश्किल था, मगर फिर भी अल्लन उसको दांव दे ही जाता। गेट पर पहुंचने के बाद वह पेट में दर्द होने का नाटक करता था। साथ ही यह भी जोड़ देता कि माट साब से पूछकर

आया है। चपरासी कभी-कभी यकीन कर लेता, तो कभी माट साब से तस्दीक करने के लिए चला जाता। इधर चपरासी तस्दीक करने के लिए जाता उधर अल्लन साइकिल समेत स्कूल से बाहर। चंदौली से सकलडीहा तक का पंद्रह किलोमीटर का सफर एक घंटे में पूरा हो जाता था। आराम-आराम से साइकिल चलाने और दस-पंद्रह मिनट रुककर मौज-मस्ती करने के बावजूद। सकलडीहा पहुंचने के बाद दोनों ने नींबू का शर्बत पिया।

"ए अल्लन, समोसा खाओगे।"

"हां, ले लो।"

"कितना।"

"चार।"

मनोजवा समोसा लेकर आ गया। साइकिल स्टैंड पर खड़ी करके दोनों समोसा खाने लगे। सकलडीहा उसके कस्बे के पास का दूसरा सबसे नजदीकी कस्बा था। ऐसा नहीं था कि यहां घूमने-फिरने की कोई ऐसी जगह थी जो अल्लन को यहां आने के लिए आकर्षित करती। मगर फिर भी अल्लन अपने कस्बे और आसपास की दूसरी जगहों के बारे में जानने के लिए बेहद उत्सुक रहता था। सकलडीहा के बेहद गंवई-से बाज़ार में घूमना भी उसकी इसी प्रवृत्ति का एक हिस्सा था। मनोरंजन का एक साधन जिसमें उसे खूब साइकिल चलाने का मौका मिलता था।

"चलो कउनो दिन साइकिल से बनारस चला जाए।"

"भक्क। बनारस दूर है, गांड फट जाएगी।"

"अइसहीं...फट जाएगी। अरे जैसे एतना आ जाते हैं, वइसे बनारस भी पहुंच जाया जाएगा।"

"छोड़ो साले को, मार बस चल रही है बनारस खातिर। साइकिल से जाने की क्या जरूरत है।"

"चलो अब चला जाए।"

"अभी, अरे अभी तो दू बजा है। तीन बजे चला जाएगा।"

"चल ठीक है।"

"महमूद इधरे मैच लिया है।"

"कहां।"

"सलेमपुर में।"

"अच्छा।"

''चल देखकर आया जाए। सलेमपुर इंटर कॉलेज, ढेर दूर नहीं है।''

''जाने दो। बाद में कभी चला जाएगा। चल अब घर चलें।''

दोनों वापस लौट पड़े। लौटते वक्त अल्लन के पैर में दर्द हो रहा था। मगर साइकिल चलाना मजबूरी थी। घर लौटते-लौटते पांच बज चुके थे। अल्लन बरामदे में साइकिल खड़ी करके। अम्मा को ढूंढने लगा।

''अम्मा, ए अम्मा।''

''आ गए तुम।''

''खाना दो।''

''पहले कपड़ा बदलो, और हाथ-मुंह धुलो।''

''अच्छा।''

अम्मा खाना लेने चली गई। अल्लन मुंह धोकर वापस चौकी पर आकर बैठ गया। अरहर की दाल-चावल के साथ पेट भर खाने के बाद अल्लन चौकी पर ही पसर गया। लाइट नहीं थी। अम्मा पंखा झल रही थीं।

''मास्टर साब कुछ कहे तो नहीं।'' अम्मा पूछ रही थीं।

''क्या कहेंगे।''

''नहीं, इतने दिन स्कूल नहीं गए, इसलिए पूछ रही हूं।''

अल्लन कुछ नहीं बोला। मार खाकर पहले ही उसका मूड खराब हो गया था। फिर उस पर से मनोजवा के साथ सकलडीहा घूम आया था। बदन बुरी तरह से दर्द कर रहा था। अल्लन सो गया। सोकर उठा तो शाम हो गई। सूरज डूबने को आया था। उसने फिर मुंह धुला और चौकी के नीचे घुसकर अपना लट्टू तलाश करने लगा। अल्लन अकसर अपना लट्टू चौकी के नीचे ही छिपाया करता था। अब्बा को लट्टू पसंद नहीं था। हालांकि उसकी खुद की दुकान पर लट्टू बिकते थे। लट्टू के साथ लत्ती लिए अल्लन मठ की तरफ चल पड़ा। गूंजमार जारी थी। अल्लन भी उस भीड़ में शामिल हो गया था। बोदरा का लट्टू गोले के अंदर फंसा हुआ था। गूंजमार के इस खेल में एक बड़ा-सा गोला खींचा जाता। सारे लड़कों को उसी गोले में लट्टू नचाना पड़ता। जिसका लट्टू नाचने के बाद गोले के अंदर रह जाता। उसे अंदर ही रख दिया जाता। तब तक, जब तक किसी दूसरे लट्टू की चोट से बाहर न आ जाए। कस्बे के माहिर खिलाड़ी जब इस खेल को खेल रहे होते फिर किसी नौसिखिए का लट्टू फंसने का मतलब, उसका लट्टू से हाथ धोना था। अंदर पड़े लट्टू पर जब बाहर से सरसराते लट्टुओं का हमला होता, तो

कई बार लट्टू के चीथड़े उड़ जाते। दो-दो रुपए के अपने लट्टू के लिए लड़कों की आंखों से आंसू निकल जाते। वह खिलाड़ियों के पास गुहार लगाते रहते

"भइया हमारा निकाल दो...।" मगर खिलाड़ी मजे में चूर एक के बाद एक गूंज मारते रहते। अल्लन के दो लट्टू भी गूंजमार के इसी खेल में शहीद हो चुके थे। अल्लन के आते ही चिंटू उसके पास आ गया।

"ए अल्लन, हमारा लट्टू फंस गया है। निकाल दो।"

और अल्लन ने वाकई अपने लट्टू से ऐसी टक्कर मारी कि एक बार में ही उसका लट्टू बाहर आ गया। गूंजमार जारी थी। सूरज निढाल होकर डूबता चला जा रहा था। और फिर थोड़ी देर में कस्बा अंधेरे की आगोश में था। अल्लन थका-हारा वापस घर लौट पड़ा। अब्बा दुकान बंद कर रहे थे।

"ए अल्लन, अम्मा से पूछ लो। कउन सब्जी लानी है।"

"अच्छा।"

अल्लन अम्मा से पूछने चला गया।

"आधा किलो भिंडी, पियाज और कउनों एक ठो सब्जी और..."

अब्बा मन-ही-मन हंस दिए थे। अल्लन जब भी सब्जी बताता उसमें उसकी मनपसंद भिंडी जरूर शामिल होती।

"सुनो कहां जा रहे हो घर!" अब्बा ने अल्लन को पकड़ लिया।

"चलो हम घर जा रहे तुम ही लाओ जाकर अपनी भिंडी।" अल्लन ने देखा अब्बा हंस रहे थे।

अब्बा को हंसता देख उसे भी हंसी आ गई। वह जोर से हंस पड़ा। मगर एकाएक रुक भी गया, माट साब की मार की वजह से उसके गाल दुख रहे थे। अब्बा से पैसे लेकर अल्लन बाज़ार की तरफ चल पड़ा। इस बात का हिसाब लगाते हुए कि बीस रुपए की नोट में सब्जी खरीदने के बाद कितने रुपए बचाए जा सकते हैं। बाज़ार तक पहुंचते-पहुंचते अल्लन तीन रुपए का मुनाफा सोच चुका था। सब्जी खरीदने के बाद वह पास की ही एक दुकान में आमलेट खाने के लिए चला गया। अंडों से अल्लन को खूब मुहब्बत थी। उसका बस चले तो पूरी एक ट्रे का सफाया कर दे। मगर नहीं, इसके लिए जेब में पैसे भी तो होने चाहिए। इधर-उधर से पैसे झटकने के बाद वह अपनी पसंद की इस दुकान पर पहुंचता था। दो अंडे के साथ दो ब्रेड लगाकर खाना

उसे बेहद पसंद था। तीन रुपए में मिलने वाले इस लजीज खाने को खाने के बाद भी उसका पेट नहीं भरता, मगर वह ढेर सारा पानी पी लेता। अंडे का आमलेट खाने के बाद अल्लन घर पहुंचा तो देखा, अम्मा रोटी बना रही हैं। रोटी बनने का मतलब था कि सब्जी बन चुकी है। अल्लन ने पतीली का ढक्कन उठाया तो देखा चार अंडे पतीली में पड़े सालन में तैर रहे हैं। अल्लन दिल-ही-दिल हंस दिया।

"अंडा कउन लाया?"

"तुम्हारे अब्बा, अउर कउन।"

"चार ठो कउने हिसाब से बनाए हो।" अल्लन अम्मा से पूछ रहा था।

"दू ठो तुम्हारा और एक-एक ठो हम लोग का।"

"वाह..."अल्लन खुश हो गया।

आज उसकी चांदी थी, अंडे पर अंडा खाने को मिल रहा था। खाने में आज अल्लन ने रोटियां ज्यादा नहीं खाईं। उसे लगा कि शाम में अंडे के साथ पेट में गई ब्रेड अंदर फूल रही है। दो रोटी खाने के बाद वह फारिग हो गया। हालांकि अपने हिस्से के दोनों अंडों का सफाया करना वह नहीं भूला था। खाना खाने के बाद अल्लन बिस्तर पर लेट गया। पेट इतना ज्यादा भर गया था कि उससे चला नहीं जा रहा था। अम्मा उसके सिरहाने बैठी थीं। कड़ुवा तेल ले के।

"बाल देखो, लेढ़ा हो गया है खेल-खेल के, लड़का अपना बदन खराब कर रहा है। पैर में धूल की वजह से जैसे कालिख पुती हुई है। सुबह हम नहलाएंगे लबड़-लबड़ नहाकर भाग जाते हो।" अम्मा बड़बड़ाती जा रही थीं।

उनका हाथ अल्लन के सिर पर था। अल्लन को पता नहीं चला, वह न जाने कब सो गया। सुबह आंख खुली तो बिस्तर भीगा हुआ था। ऐसा पहली बार नहीं था। अकसर ऐसा होता। अम्मा के पास लेटे-लेटे वह सो जाता और सुबह उठता अपने बिस्तर पर। शुरू में उसने अम्मा से इस बात का भेद पूछा भी था। अम्मा हंस दीं।

"तोरे अब्बा पागल। अब्बा उठाकर दूसरे बिस्तर पर कर दिए। देखे इतनी खराब है नींद कि कुछ पता नहीं चलता।"

अल्लन भी हैरान होकर सोचने पर मजबूर हो जाता। रात को उसके साथ इतनी हेर-फेर हो जाती और उसे पता भी नहीं चल पाता।

9

अब्बा आजकल न खुद बनारस जाते हैं न ही उससे बनारस जाने के लिए कहते हैं। अल्लन सोचता है, पता नहीं क्या हुआ। सुनाई दिया कि बनारस में हिंदू और मुसलमान में लड़ाई हुई है। दंगा। बनारस में दंगा उन दिनों आम बात थी। छोटी-छोटी बातों पर यहां के हिंदू और मुसलमान आपस में भिड़ जाते। छोटी-छोटी इस भिड़ंत को भी वहां दंगा कहा जाता। एक बार दंगे के दौरान अल्लन बनारस में फंस चुका था। हालांकि वह काफी छोटा था, मगर फिर भी उसे सबकुछ समझ आ रहा था। उसके साथ अम्मा और अब्बा भी थे। चारों तरफ कर्फ्यू लगा हुआ था। आबिद चच्चा के यहां रात गुजारनी पड़ी। वह अब्बा के दोस्त थे। चौहट्टे में उनका अपना मकान था। उसने देखा रात हुई तो मुहल्ले के ढेर सारे मुसलमान लड़के यहां मस्जिद की छत पर चढ़ गए। जोर-जोर से नारे लगने लगे

"नारा-ए-तकबीर अल्लाहो अकबर...।"

मुसलमानों की बुलंद आवाज के जवाब में अल्लन को पास के मंदिर से दूसरी आवाजें भी सुनाई पड़ीं।

"हर हर महादेव...।"

अल्लन के पूरे बदन में झुरझुरी दौड़ गई। उसे डर लगने लगा न जाने कब हिंदुओं की भीड़ आए और सबका कत्लेआम कर डाले। दंगे की भयावहता को वह पहली बार करीब से महसूस कर रहा था। उसने देखा औरतें अपने घरों के भीतर कैद थीं, सहमी-सहमी, डरी-डरी। जवान लड़कियां तो चादर ओढ़कर बैठी हुई थीं। उनके बदन का एक-एक हिस्सा चादर से ढका हुआ था। चौहट्टे के लोग यूं तो आपस में लड़ने के लिए मशहूर थे। मगर यही लोग अब एक-दूसरे के हमदर्द थे। घरों में मौजूद बुजुर्ग महिलाएं मुसल्ला खोलकर नमाज में बैठी हुई थीं। दुआ में उठे हुए हाथ सलामती की दुआ मांगते रहे थे। नारेबाजियों और मन में उठते ख्यालों के बवंडर का दौर रात भर चला। सुबह माहौल ठंडा पड़ गया। कर्फ्यू में दो घंटे की ढील थी। अब्बा फौरन घर लौट चलने को तैयार हो गए। हालांकि आबिद चच्चा उन्हें रोक रहे थे। मगर नहीं, उन्हें यहां रहना मंजूर नहीं था। अल्लन का परिवार वहां से लौट आया। अल्लन को सब एक बार फिर याद आ गया।

बनारस का हाल जानने के लिए वह अखबार खरीद लाया। खबरों में वह दंगे को तलाशने लगा। चौहट्टा लाल खां की मजार पर गंदगी फेंकने को लेकर बवाल। अल्लन ने पूरी खबर पढ़ी तो उसे लगा कि मामला कुछ ज्यादा खास नहीं है। अखबार में इसके अलावा उसके मन लायक कोई खबर नहीं थी। वाराणसी समाचार के आसपास का पन्ना जो उसके कस्बे की खबरों के लिए अहम था, उस पर भी कोई कायदे की खबर नहीं थी। उसने अखबार एक किनारे रख दिया। उसका मन बनारस जाने को कर रहा था। वह दुकान पहुंच गया था।

''अब्बा, ए अब्बा, रसूल चच्चा के यहां से सामान नहीं लाना है क्या?''

''नहीं।''

''क्यों?''

''बनारस में बवाल चल रहा है।''

''अइसा कुछ नहीं है।'' अल्लन अब्बा पर रुआब झाड़ता हुआ बोला।

''कइसे तुमको पता?''

''हम अखबार पढ़े हैं, उसमें तो कुछ खास नहीं लिखा है।''

''नहीं लिखा है तो क्या हुआ। बवाल हो रहा है न। दू मुसलमान मर गए।''

''कउन मार दिया?''

''हिंदू सब और कउन।''

''क्यों! उ लोग कुछ किए थे का।'' अब्बा की विशेष जानकारी ने अल्लन को और जिज्ञासु बना दिया था।

''नहीं।''

''तो अइसहीं।''

''हां, अइसहीं।''

''अच्छा, बनारस न जाएंगे तो सामान कैसे आएगा?''

''न आए।''

''दुकान कैसे चलेगी?''

''तुमको ज्यादा फिकर लगी है। भाग...।'' अब्बा नाराज होकर अल्लन को मारने के लिए उठ खड़े हुए।

अल्लन मठ की तरफ चल पड़ा। दोपहर में पंडित जी अपने कमरे में किवाड़ बंद किए पड़े थे।

''ए पंडित जी, दरवाजा खोलिए।''

"कउन है।"

"हम हैं, अल्लन।"

"का बेटा, दुपहर में कहां टहल रहे हो।"

"आपको पता है। बनारस में दंगा हुआ है।"

"अरे का दंगा। ऊहां तो हर साल होता है।"

"अच्छा। कइसे?"

"इ सब भोसड़ी वाले नेता कराते हैं।"

"क्यों?"

"वोट खातिर।"

"खाली बनारसे में होता है कि दूसरे शहर में भी।"

"हर जगह होता है।"

"हम लोग के यहां तो नहीं होता।"

"अरे इ छोटी जगह है न। सब लोग एक-दूसरे को जानते हैं।"

"अच्छा पंडित जी, इ बताइए कोई कैसे पहचानता है कि इ हिंदू है ई मुसलमान?"

"क्यों इसमें क्या दिक्कत है?"

"मियां लोग का कटा रहता है।" पंडित जी कहने में शायद सकुचा रहे थे, मगर फिर भी उन्होंने कह ही दिया।

"तो क्या पैंटिया उतरवा के देख लेते हैं सब?" अल्लन ने दिमाग में उपजा एक और सवाल दाग दिया।

"हां और क्या।"

"अरे बाप रे बाप।" अल्लन ने विस्मय से अपने मुंह पर हाथ रख लिया।

"अच्छा ई सब छोड़िए, नारियल का गोला कहां है?"

"नहीं है।"

"क्यों, कोई चढ़ावा नहीं चढ़ाया क्या इस बीच?"

"नहीं बेटा।"

"सब कंजूस ही आ रहे हैं आजकल इधर।" अल्लन ने मुंह बिचका कर पंडित जी से सहानुभूति जताई।

"और क्या समझ रहे हो। अपने ऊपर खर्च करने के लिए सबके पास पइसा है, मगर मंदिर में दू पइसे का चढ़ावा चढ़ाने में प्राण निकलते हैं।" पंडित जी की पीड़ा उनके चेहरे पर झलक रही थी।

"जाने दीजिए। हम जा रहे हैं।" अल्लन वापस घर लौट पड़ा।

अब्बा दोपहर में घर खाना खाने के लिए आए थे।

"कहां घूमते रहे?"

"कहीं नहीं।"

"फिर झूठ।"

"बाजार में भी नहीं थे। मंदिर गए थे?"

"पंडित जी ने बुलाया था।"

"उनको तुमसे कउन काम पड़ गया।"

"अइसहीं।"

"अइसहीं की? पूजा करे।" अब्बा एक-एक लफ्ज चबाकर बोल रहे थे।

"किसकी पूजा?"

"शंकरजी की और किसकी। दिन भर मंदिर में घुसे रहते हो। पूछ रहे हो किसकी पूजा?" गुस्से में किचकिचा रहे अब्बा चिल्लाने लगे।

"मत समझाओ इसको तुम। देखना काफिर दोज़ख़ में जाएगा। अरबी का एक लफ्ज नहीं आता। मगर संस्कृत के मंत्र याद हैं। जाओ जो करना है करो। तुमसे तो अल्ला मियां निपटेंगे।"

बचपन से ही अब्बा चाहते थे कि अल्लन को उर्दू और अरबी आ जाए। चालीस रुपए महीने की तनख्वाह पर हाफिज़ जी को बुलाया गया। अल्लिफ, बे, ते से सिखाने के बाद जब हाफिज़ जी ने उसे कुरान पढ़ानी शुरू की तो उसके छक्के छूट गए। जबर की जगह जेर लगाकर पढ़ता और जेर को जबर कर देता। हाफिज़ जी मारते भी, मगर उससे जितना हो पाता, उतना ही करता। अल्ला-अल्ला करके उसने कुरान पढ़नी शुरू कर दी। रोज आने वाले हाफिज़ जी की शर्त थी।

"एक पारा पढ़ो और छुट्टी।"

अल्लन झूम-झूम करके कुरान पढ़ना शुरू कर देता। हाफिज़ जी की आंख भी बंद हो जाती। अल्लन बड़ी सफाई के साथ जोर-जोर चिल्लाते हुए चार चार पेज एक साथ पलट देता। पूरी कुरान रट मारने वाले हाफिज़ जी को अल्लन की इस सफाई का कुछ पता न चल पाता। आधे घंटे से कम वक्त में एक पारा खत्म और अल्लन मठ के मैदान में। मगर सिलसिला ज्यादा दिन तक न चल सका। अल्लन की चोरी पकड़ी गई। हाफिज़ जी ने पहले तो उसकी कसकर धुलाई की। फिर अब्बा को बुलाकर सारी बातें तफसील से बयां कर

दी। अब्बा ने भी उस दिन अल्लन को खूब जमकर पीटा। अल्लन खूब रोया-चिल्लाया। उस दिन के बाद अल्लन की जैसे हाफिज़ जी से दुश्मनी सी हो गई। हाफिज़ जी पढ़ाने आते और अल्लन चुपचाप पढ़कर किनारे हो जाता। हाफिज़ जी भी अब अल्लन से बात करना ज्यादा पसंद नहीं करते। उनकी नजर में वह बेहद बदतमीज़ था। अल्लन कुरान का बीसवां पारा पढ़ने में मशगूल था। हाफिज़ जी हमेशा की तरह आंख मूंदे उसके पाठ को ध्यान से सुन रहे थे। अचानक उनको लगा कि अल्लन ने फिर एक पन्ना ज्यादा पलट दिया। हाफिज़ जी ने आंख खोल दी।

"फिर पलट दिए पन्ना।"

"नहीं...।"

"झूठ।" हाफिज़ जी ने पारा अपने हाथ में लिया और एक पिछली सूरे और अगली सूरे को अल्लन के सामने कर दिया। एक पन्ना वाकई ज्यादा पलट गया था। अल्लन सफाई देने लगा।

"चिपकने से हो गया होगा।"

"चिपकने से...।"

हाफिज़ जी गुस्से में आगबबूला हो गए। पूरी रफ्तार से दो तमाचे अल्लन के गाल पर जड़ दिए। तीसरा तमाचा मारने ही जा रहे थे कि अल्लन ने उनका हाथ पकड़ लिया।

"अब मारिएगा तो दाढ़ी नोच लेंगे...।" अल्लन की आंखों में आंसू नहीं ख़ून था। पारा किनारे फेंककर वह उठ गया। अम्मा भी कमरे में आ गई थीं। अम्मा ने उसे मारना चाहा, मगर उसने अम्मा को जोर से धक्का दे दिया। अम्मा का सिर दीवार से जा टकराया। अल्लन दौड़ते हुए बाहर चला गया। शाम होने के बाद भी अल्लन घर नहीं लौटा तो अम्मा का गुस्सा रुलाई में तब्दील हो गया। अब्बा पागलों की तरह उसे हर जगह ढूंढते फिर रहे थे। रात में नौ बजे उसे पास के गांव की एक नहर की मुंडेर से पकड़ा गया। अल्लन ने अब्बा से साफ कह दिया। मारेंगे तो नहर में कूद जाएंगे। अब्बा का गुस्सा भी शायद अब ठंडा पड़ गया था। उन्होंने उसी लहजे में उससे कहा, "कूद जाओ। दोज़ख़ में जाओगे अउर क्या। अपनी जान देने वाले आदमी को अल्लाह मियां बहुत कड़ी सजा देते हैं।"

अब्बा की साइकिल के अगले डंडे पर बैठकर रात अल्लन घर लौटा तो अम्मा ने उससे सिर्फ इतना पूछा था

''हाफिज़ जी को मार दिए थे क्या?''

''मारे कहां। सिर्फ उनका हाथ पकड़े थे। चिपकने के कारण पन्ना पलट गया तो कहने लगे कि जबर्दस्ती पलट दिए। फालतू कई थप्पड़ मार दिए।''

''जाए दो, नहीं पढ़ना है तो मत पढ़ो।'' अब्बा पहली बार अल्लन का पक्ष ले रहे थे।

रात खाना खाकर अल्लन सोया तो उसे अपने किए पर जरा भी अफसोस नहीं था। हाफिज़ जी फिर कभी नहीं आए। अब बाज़ार में उसे हाफिज़ जी मिलते तो वह उन्हें सलाम करने के बजाय मुंह फेर लेता।

अल्लन ने सुना था कि हाफिज़ जी बीमार चल रहे हैं। उसने कभी ध्यान नहीं दिया। एक दिन शाम के वक्त अब्बा ने अल्लन से साथ चलने को कहा। अल्लन साथ चल पड़ा। अब्बा हाफिज़ जी के घर पहुंच गए। बरामदे में हाफिज़ जी बीमार लेटे हुए थे। अल्लन ने लंबे अर्से के बाद उन्हें सलाम किया। हाफिज़ जी ने सिर हिलाकर जवाब दे दिया। शायद बोलने में तकलीफ थी। अल्लन उनके सिरहाने खड़ा था। अचानक हाफिज़ जी ने उसका हाथ पकड़कर उसे अपने पास बैठा लिया। देर तक न जाने कउन सूरे पढ़कर फूंकते रहे। हाफिज़ जी ने अल्लन के सिर पर हाथ फेरा तो अल्लन सिहर उठा। वापस लौटा तो रात हो चुकी थी। अल्लन अपने सिर पर अभी भी हाफिज़ जी का हाथ महसूस कर रहा था। अल्लन सो के उठा तो अब्बा नदारद थे। अम्मा से पूछा

''अब्बा कहां गए?''

''मस्जिद।''

''इतनी सुबह-सुबह।''

''हाफिज़ जी मर गए।''

''मर गए।'' अल्लन चौंक गया।

''हां, उनके कफन-दफन का इंतजाम हो रहा है।''

अल्लन का हाथ सबसे पहले अपने सिर पर गया। हाफिज़ जी मर गए। अल्लन को अफसोस हो रहा था।

''ए अम्मा, हाफिज़ जी तो जन्नत में जाएंगे न?''

''अउर क्या। शरीफ आदमी थे बेचारे।''

''हां बहुत शरीफ।'' अल्लन इतना कहकर खामोश हो गया।

शाम को जब हाफिज़ जी का जनाज़ा निकला तो अल्लन छत पर पतंग उड़ा रहा था। सफेद रंग के कफन में लिपटे हाफिज़ जी का मुंह थोड़ा-सा

खुला हुआ था। बढ़ी हुई उनकी दाढ़ी हवा के जोर में इधर-उधर लहरा रही थी। अल्लन हाफिज़ जी को देख रहा था। हाफिज़ जी चले जा रहे थे। अल्लन थोड़ी देर कुछ सोचता रहा, फिर पतंग उड़ाने में मसरूफ हो गया। देर तक पतंग उड़ाने के बाद जब वह छत से नीचे उतरा तो अब्बा घर आ चुके थे। अब्बा नहा के गुसलख़ाने से निकले तो अल्लन उनके पीछे-पीछे हो लिया।

"क्या हुआ...?"

"कहां?"

"हाफिज़ जी का।"

"दफना दिए गए अउर क्या।"

"कौन-कौन था?"

"सब लोग थे।"

"अब्बा, हाफिज़ जी तो जन्नत में जाएंगे न...।"

अल्लन अपना पुराना सवाल फिर से दुहरा रहा था। अब्बा खामोश थे, अल्लन को लगा शायद अब्बा को ठीक तरीके से पता नहीं है कि हाफिज़ जी का हश्र क्या होगा।

10

अल्लन का जी अब पढ़ाई में न लगता। जब भी पढ़ने बैठता दिमाग यहां-वहां भटकने लगता। उलझन के मारे वह किताब बंद कर देता। फिलहाल उसकी सारी दिलचस्पी पतंग उड़ाने के इर्द-गिर्द घूम रही थी। सुबह एक बार वह परेता लेकर छत पर चढ़ जाता तो शाम से पहले नीचे न उतरता। अम्मा चिल्लातीं। अब्बा गाली देते, मगर अल्लन को किसी बात की कोई फिक्र न थी। वह अपनी पतंग ताने एक के बाद एक पतंगों को अपना निशाना बनाता रहता। शाम हो चुकी थी। पतंगबाजी का आखिरी दौर था। हवा में घूमती-फिरती अल्लन की पतंग किलोमीटरों दूर आसमान में अपना झंडा गाड़े हुई थी। अचानक तेजी से आई एक पतंग ने अल्लन की पतंग को काट दिया। अचानक हुई इस कार्रवाई से अल्लन भौंचक्का रह गया। उसने अपना मंझा वापस समेटने के लिए वापस परेते की घिर्री मारनी शुरू की, मगर ये क्या। मिश्रा जी की छत पर किसी ने मंझा पकड़ लिया। अल्लन आवाजें देता रहा।

''कौन है...कौन है...'' मगर कोई न निकला।

धागा फंसा रहा। अल्लन का सब्र टूट गया। उसने गालियां देनी शुरू कर दी। अल्लन की गालियां शुरू ही हुईं कि मंझा पकड़ने वाला उसके ठीक सामने आ गया। मिश्रा जी की लड़की नीलू। नीलू जिसे नीलुवा के नाम से पुकारा जाता था। वह हंस रही थी। अल्लन चुप हो गया। वह मंझा छोड़ने की दरख्वास्त भी नहीं कर सकता था। न जाने कैसी झिझक थी जो उसे रोक रही थी। मंझा पकड़े नीलू का इतराना जारी था। अल्लन उसकी आंखों में नहीं देख पा रहा था। मगर उसे नजर आ रहा था कि उसकी आंखों की चमक कह रही है कि

''अब बताओ तुम्हारे साथ क्या सलूक किया जाए।''

कक्षा आठ तक नीलू अल्लन के साथ ही पढ़ी थी। वहीं सर जी वाले स्कूल में। अल्लन के साथ बैठती। उसी के साथ खेलती। मगर आखिरी साल तक आते-आते अल्लन की पौरुषग्रंथी जागृत हो गई थी। लड़की के साथ रहना ठीक नहीं और अल्लन ने उसके बाद नीलू का साथ छोड़ दिया। नीलू उसके पास मंडराती रहती, मगर वह उससे जानबूझकर बात नहीं करता। गली में टकराती तो उसके पास से ऐसे गुजर जाता, जैसे उसे देखा ही न हो। आखिरी साल की पढ़ाई खत्म होने को थी। नीलू लगातार उसके पास आने की अपनी कोशिशों में जुटी थी। मगर अल्लन जैसे अपनी जिद पर अड़ा था। और फिर एक दिन स्कूल की पढ़ाई खत्म भी हो गई। अल्लन ने महेंद्रा में दाखिला ले लिया। और उसने मुहल्ले की दूसरी लड़कियों की तरह कन्या इंटर कॉलेज में। गली एक थी, मगर अब दो सालों से अल्लन और उसकी मुलाकात नहीं हुई थी। आज नीलू ने जानबूझकर उसे परेशान करने के लिए उसका मंझा पकड़ लिया। अल्लन थोड़ी ही देर में गुस्से से सुलगने लगा। उसने अपने हाथ को एक खास अंदाज में जुंबिश दी और नीलू के हाथ से मंझा टूट गया। मंझे में आए खिंचाव की वजह से उसका हाथ थोड़ा-सा कट गया, मगर अल्लन को क्या परवाह। अल्लन फिर से परेते में मंझा लपेटने में लग गया। अंधेरा घिरने को था। छत से नीचे जाते-जाते उसने एक बार पलटकर नीलू को देखा। शायद उसकी आंखों में कुछ चमक रहा था। आंसू। अल्लन ने अपनी निगाहें घुमा लीं। नीलू वहीं खड़ी रही।

अल्लन लौट गया। नीचे उतरने के साथ ही वह अब्बा की दुकान बंद करवाने चला गया। अब्बा के सामने ही गल्ले से पांच का एक नोट निकाल लिया।

दुकान बंद की और कुछ खाने-पीने की तलाश में बाज़ार की जानिब चल पड़ा। घूम-टहलकर अल्लन जब वापस घर लौटा तो अच्छी-खासी रात हो चुकी थी। उसने आज खाना नहीं खाया। अम्मा से कह दिया कि बाज़ार में खाना खा चुका है। अम्मा ने भी बहुत इसरार नहीं किया। अल्लन आज अपना बिस्तर लेकर छत पर आया है। सोने के लिए। हालांकि उसे अकेले सोने से डर लगता है, फिर भी आज वह अकेले ही रहना चाहता है। अल्लन को नींद नहीं आ रही थी। वह आसमान में फैले तारों की गिनती करने लगा। पचास तक पहुंचते-पहुंचते उसे थकान महसूस होने लगी और सत्तर-अस्सी में नींद आई। अचानक अल्लन को महसूस हुआ नीलू आई है। उसने वही पुराना स्कूली यूनीफार्म पहन रखा है। सफेद रंग की शर्ट और नीले रंग की स्कर्ट। नीलू उसे स्कूल ले जाना चाहती थी। मगर क्यों? अल्लन घबरा रहा था। स्कूल से निकले उसे दो साल हो चुके थे। इसके अलावा अब उसकी नीली हाफ पैंट भी फट चुकी थी। वह नीलू को समझाने की कोशिश करना चाहता था मगर उसकी जबान से तमाम कोशिशों के बाद कुछ नहीं निकल रहा था। नीलू उससे लगातार स्कूल चलने की बात कह रही थी। मगर वह चुपचाप बैठा हुआ था। आखिरकार नीलू नाराज हो गई। उसकी आंखों में फिर वैसे ही आंसू उमड़ आए थे। वह वापस जा रही थी। अल्लन उसे रोकना चाहता था, मगर एक बार फिर उसकी ज़बान उसका साथ नहीं दे रही थी। नीलू चली गई। अल्लन की नींद टूट गई। छत पर कोई नहीं था। उसने ख्वाब देखा था। अल्लन ने अपने दिल पर हाथ रखा जिसकी स्पीड काफी तेज़ थी। अल्लन के माथे पर पसीना चुहचुहा आया। उसने नीलू की छत पर देखने की कोशिश की, मगर उसे कुछ नजर नहीं आया। लाइट नहीं थी। पूरा कस्बा अंधेरे में डूबा हुआ था। अल्लन को डर लग रहा था। उसने अपना बिस्तर उठाया। और अम्मा के पास भाग खड़ा हुआ।

"ए अल्लन, क्या हुआ।" अम्मा की आवाज थी।

अल्लन खामोश खड़ा रहा।

"क्या हुआ बेटा?"

अम्मा, अल्लन का सिर सहला रही थी। उन्हें एहसास हो गया था। अल्लन शायद डर गया है। उन्होंने हमेशा की तरह अपनी नादेअली पढ़ी और अल्लन के चेहरे पर फूंक मार दी। अल्लन, अम्मा से चिपककर सो गया। रात भर उसकी नींद नहीं खुली। सुबह उठा तो देखा चारों ओर सुनहरी धूप फैली हुई है। साढ़े आठ बज गए। उसे हैरानी हो रही थी।

सुबह उठने के बाद अल्लन को पहला ख्याल नीलू का आया था। नीलू ने उसका मंझा क्यों पकड़ा, फिर पकड़ा भी तो छोड़ा क्यों नहीं? बेचारी शायद उसका हाथ मंझा खींचने की वजह से कट गया। अल्लन को अपने ऊपर गुस्सा आ रहा था। उसे अपने ऊपर काबू करना चाहिए था।

सुबह अल्लन जानबूझकर नीलू के घर के सामने से गुजरा था। नीलू की एक झलक पाने के लिए लिए, मगर नहीं। दरवाजे पर पड़े पर्दे ने सारा खेल बिगाड़ दिया था। अंदर से नीलू की आवाज आ रही थी। मगर वह दिखाई नहीं दे रही थी।

मनोजवा घर के बाहर से उसे आवाज दे रहा था।

"अल्लन, ए अल्लन।"

"क्या है?"

"चलो स्कूल नहीं चलना है क्या?"

"नहीं।"

"फारम भरा जा रहा है।"

"कउन चीज का?"

"बोर्ड वाला। नहीं भरोगे तो इम्तहान में बैठने को नहीं मिलेगा।"

"अच्छा।"

"सिंह माट साब कह रहे थे कि बर्फी लानी होगी। पूजा होगी, तब न सब लोग पास होंगे।"

"तू रुक, हम आ रहे हैं।" अल्लन दौड़कर घर के भीतर चला गया।

"अम्मा, ए अम्मा, हम स्कूल जा रहे हैं।"

"जाओ न, हम पकड़े हैं क्या?"

"पकड़ोगी तो छोड़ा न लेंगे।"

अल्लन बस्ता समेटते हुए कसकर बोला।

"बीस रुपया दो।"

"क्यों?"

"फारम भरना है।"

"कउन चीज का?"

"बोर्ड वाला। इम्तहान नहीं देना है क्या?"

अम्मा से पैसे लेकर अल्लन दौड़ पड़ा। साइकिल पूरी रफ्तार के साथ महेंद्रा की तरफ भागी जा रही थी। अल्लन थोड़ी देर में स्कूल के भीतर था।

सब बच्चे आ गए थे। सिंह माट साब का इंतजार हो रहा था। आज माट साब आए तो हाजिरी का रजिस्टर नहीं था। हाथ में एक मोटा-सा लिफाफा था।

"सब लोग आ गए।"

"जी माट साब।"

"चलो फिर सब लोग फार्म भर डालो फटाफट।" माट साब सबको फार्म बांटने लगे।

अल्लन के हाथ में फार्म आ गया। नाम, पिता का नाम, व्यवसाय, गली मुहल्ला, विषय जैसा-जैसा माट साब ने बताया, वह लिखता गया। फार्म जमा होने के बाद सरस्वती मां की पूजा हुई। अल्लन सारे बच्चों के साथ हाथ जोड़े खड़ा था। उसकी आंखें बंद थीं।

"अच्छा, अब घर जाकर सब लोग पढ़ाई करो। आज क्लास नहीं चलेगी।"

चार बजे के बजाय अल्लन बारह बजे ही खाली हो गया। मनोजवा सकलडीहा जाने का इसरार कर रहा था। मगर उसने इनकार कर दिया। वह घर जाना चाहता था। लौटते वक्त आज उसने बाज़ार में नीलू को देखा था। गुप्ता जी की दुकान पर रबड़ पेंसिल खरीद रही थी। नीलू ने उसे देखा तो हमेशा की तरह उसने अपना मुंह घुमा लिया। अल्लन घर में घुसा तो अम्मा सो रही थी। मगर जैसे उन्हें अल्लन के आने की आहट मिल चुकी थी।

"फारम भर गया।"

"हां।"

"बस फारम भर के पास हो जाओगे कि पढ़ाई-लिखाई भी होगी। अक्टूबर आ गया। पांच महीने में इम्तहान होगा। कैसे पास होओगे बेटा।"

अल्लन चुप था। आज उसने पहली बार किताब निकाली थी। पाइथागोरस का प्रमेय, निर्मेय। अल्लन सब रट जाना चाहता। वह शाम तक पढ़ता रहा। अम्मा खुश थीं। अल्लन का जी पढ़ाई में लग रहा था। शाम को अल्लन फिर परेता मंझा लेकर छत पर चढ़ गया। मगर उसका मन पतंग उड़ाने में नहीं लग रहा था। नीलू अपने छत पर खड़ी होकर उसे देख रही थी। ई साली हमको क्यों देखती रहती है। अल्लन मन-ही-मन झुंझला गया। उसने पतंग नहीं उड़ाई। छत की मुंडेर पर बैठके मठ में खेलते बच्चों को देखने लगा। शाम हो रही

थी। नीलू अभी भी छत पर रुकी हुई थी। किसलिए। अल्लन मन-ही-मन सोच रहा था। हालांकि उसकी निगाह बच्चों के खेल पर टिकी थी, मगर वह गर्दन घुमा-घुमा उसे भी देख रहा था। अल्लन जब भी उसकी ओर देखता, उसे अपनी ओर देखता पाता। शाम का धुंधलका गहराने लगा था। अल्लन छत से उतरने की सोच रहा था। मगर नीलू अभी भी छत पर खड़ी थी। अचानक अल्लन को महसूस हुआ कि उसे किसी ने आवाज़ दी। शायद नीलू ने। अल्लन पूरी फुर्ती के साथ पीछे घूमा, मगर वहां कोई नहीं था। नीलू जा चुकी थी। अल्लन छत से नीचे उतर आया।

"अल्लन, ए अल्लन।" अम्मा चिल्ला रही थी।

"कभी-कभी अपने अब्बा की भी मदद कर दिया करो। जाओ दुकान बंद करवाओ।"

अल्लन बाज़ार में निकल गया। दुकान पर पहुंचा तो देखा, अब्बा कुछ ग्राहकों के साथ लगे हुए थे।

"ए मोली साब, इ सिंदूर की डिबिया कितने की है।"

"चौदह रुपए की।"

"का मोली साब, हम लोग को भी ठगने लगें। ओ बाजार में यही चीज दस रुपए में मिल रही है।"

"ए बहिन, दस में मिलेगी तो तुमसे पइसा न लेंगे।"

अल्लन अब्बा की सारी बातें सुन रहा था। रात गहराती जा रही थी।

"अब्बा, ए अब्बा, घर नहीं चलना है क्या। दुकान बंद करें।" खड़े-खड़े उकता चुके अल्लन ने आख़िरकार पूछ ही लिया।

"बंद करो।"

अब्बा का हुकुम पाते ही अल्लन दुकान बंद करने लगा। छोटी-सी इस दुकान को बांस की बल्लियां लगाकर बंद करना पड़ता। दुकान के एक तरफ तहसीलदार के बंगले की लाल दीवार थी। बाकी तीन तरफ बांस की बल्लियां लगाई गई थी। शुरू-शुरू में चोरी-चकारी के डर से हाशिम दुकान के भीतर सोते थे, मगर बाद में धीरे-धीरे उन्हें यकीन हो गया कि उनका सामान महफूज है। हालांकि अभी भी वह कभी-कभी रात में दुकान का चक्कर लगाते।

अल्लन की दुकान को सहारा देने वाले तहसीलदार के बंगले की भी लंबी दास्तान थी। बीस साल पहले तक बंगला गुलजार था। इस छोटी-सी तहसील का सारा कामकाज यहीं से अंजाम दिया जाता था। तहसीलदार यहीं रहते थे।

बंगले में एक दर्जन कमरे थे। बड़ा-सा आंगन और खूब बड़ा-सा बगीचा, जिसमें ढेर सारे पेड़-पौधे लगे हुए थे। अल्लन को ज्यादा कुछ नहीं याद था, मगर इतना याद था कि वह जब छोटा था, तब इसी बंगले के भीतर लगे आम के पेड़ से आम चुराकर लाता था। तहसीलदार का बंगला अंग्रेजों के जमाने में बना था। मोटी-मोटी लाल ईंटें इसकी खूबसूरती में चार चांद लगाती थीं। मगर वक्त के गुजरने के साथ-साथ बंगले की चमक फीकी पड़ती चली गई। एक कमरे का हिस्सा ढह गया, जिसके बाद नए तहसीलदारों ने यहां रहने से इनकार कर दिया। लिहाजा बंगला खाली हो गया। शुरू में पूरे कस्बे में इसे भूत बंगले के नाम से जाना जाता था। यहां अकेले जाने में भी लोगों को डर लगता, मगर बाद में एक-एक करके बंगले की दीवारें ढहने लगी थीं। बस अल्लन के अब्बा के दुकान वाली दीवार सही सलामत थी। जो भी हो इस पूरे बंगले के साथ पूरे कस्बे की यादें जुड़ी हुई थीं। बंगले की ही वजह से छोटी-सी इस जगह के लोगों ने बड़े-बड़े साहबों का रसूख देखा। अब्बा अकसर बंगले के बारे में पुरानी बातें बताया करते थे। अब बंगले में कुछ भी नहीं बचा था। सब खत्म हो गया। अल्लन अकसर सोचता था।

''आह, वक्त की करवट।''

दुकान बंद करने के बाद वह सीधे घर गया। घर जाने के बाद वह छत पर चढ़ गया। नीलू की छत पर देखा। वहां कोई नहीं था। अल्लन आधे घंटे तक इंतजार करता रहा, मगर कोई नहीं आया। आख़िरकार वह वापस नीचे लौट आया। अब्बा नमाज पढ़ चुके थे। अम्मा रोटियां बना रही थीं।

''ए अल्लन, तुम्हारी भिंडी बनी है।'' खाना निकालते हुए अम्मा ने कहा।

''हूं।''

अल्लन ने अनमने तरीके से सिर हिला दिया। खाना खाकर उठा तो रात के नौ बज चुके थे। लाइट आ चुकी थी। अल्लन किताब लेकर चौकी पर बैठ गया। अब्बा उसे हैरानी से देख रहे थे। वह चुप थे। अल्लन पढ़ाई कर रहा था। पढ़ते-पढ़ते अल्लन को कब नींद आई, पता नहीं चला। सुबह उठा तो बिस्तर गीला था। उसने फिर से तोशक पर मूत दिया था। अल्लन अपनी हाफ पैंट ले के बाथरूम में घुस गया। बाहर निकला तो देखा, अम्मा तोशक धूप में डाल रही थी। अल्लन अपने आपको कोस रहा था।

''अब रात में कभी चावल नहीं खाएंगे। चावल खाने के बाद पेशाब जरूर होता है।''

11

बनारस का बवाल खत्म हो चुका था। अब्बा आज अल्लन को बनारस जाने के लिए कह रहे थे। सामान की लिस्ट लंबी है। क्रीम-पाउडर के अलावा कई और सामान अल्लन को लाना था। अब्बा उसे ताकीद कर रहे थे।

"सामान ज्यादा हो जाएगा तो अपने बगल वाली सीट पर रख लेना। एक आदमी का किराया अउर दे देना। टूट-फूट न हो पाए।"

अल्लन ने आज अरविंद का इंतजार नहीं किया। जीप से मुगलसराय गया, उसके बाद उसने वहां से फिर बनारस की जीप पकड़ ली। अल्लन आज काफी दिनों के बाद राजघाट के पुल से गुजर रहा था। जीप पुल पर हिचकोले खा रही थी। पुल के नीचे गंगा की अपार जल राशि झरझराती हुई बहती जा रही थी। अल्लन मन-ही-मन एक बार फिर गंगा के आगे नतमस्तक हो गया। जी में आया कि एक बार फिर यहीं उतरकर नहा-धोकर फिर खरीदारी करने जाए। मगर नहीं।

"सामान ज्यादा है। देर हो जाएगी तो अब्बा नाराज होंगे।" मन के डर ने अल्लन को इस काम को करने की इजाजत नहीं दी।

वह चुप्पी साधे बैठे रहा। बेनियाबाग के अपने रास्ते से उतरकर दालमंडी पहुंचते-पहुंचते दोपहर के दो बज चुके थे। हड़हा सराय पहुंचा तो लगा जैसे रसूल उसी के इंतजार में बैठे हुए हैं।

"अरे अल्लन आओ! क्या बेटा, बहुत दिन बाद आए।"

"क्या करें। आप लोग तो मार-काट मचाए रहे।"

"अरे हम लोग कि ऊ भोसड़ी वाले।"

"ऊ कउन?"

"हिंदू सब।"

"अच्छा चच्चा हुआ क्या?" अल्लन ने अपना माथा सिकोड़कर बड़ी गंभीरता के साथ सवाल किया।

"ऊ देखे हो न चौहट्टे लाल खां वाली मजार।"

"कउन वाली जिसका रास्ता राजघाट पुल के बगल से होकर जाता है।"

"हां, वही वाली।"

"हां, देखे हैं"

"वहीं पर कोई पाखाना कर दिए था।"

"तौबा तौबा।" अल्लन ने अपने गालों पर हाथ से हल्का-सा चांटा मारा।

"फिर क्या हुआ?"

"हमहूं लोग क्या कोई से डरते हैं? मुहल्ले में एक ठो मूर्ति रही, हनुमान जी की। उसका मुंह काला कर दिए। बंदर की जात भगवान बनेंगे। बस यही बात पर भड़का-भड़की हो गई। ऐसी जमकर मारपीट हुई कि पूछो मत। गदर पूरे शहर में फैल गया। दंगा रोकने की खातिर पुलिस ने कर्फ्यू लगा दिया।"

"अच्छा कोई मरा भी।"

"नहीं। मरे की बात तो झूठी थी। ऊ पीलीकोठी पर एक ठो लड़का मरा। मगर उसको पहले से पीलिया था। लोग उड़ा दिए की हिंदू सब मार दिए।"

"अच्छा ई हुआ।" अल्लन ने एक गहरी सांस ली।

मामला वही था। जैसा उसने पेपर में पढ़ा था। अब्बा जैसे लोग इस बात को ज्यादा तूल देते हैं। हुंह...ख्यालों को एक तरफ झटककर वह एक बार फिर हकीकत की दुनिया में वापस आ गया।

"ए चच्चा, ई लीजिए लिस्ट। हम शाम को आएंगे।"

"ठीक है। अउर अब्बा मजे में हैं ना।"

"हां।"

अल्लन दालमंडी की तरफ चल पड़ा। उसे भूख लगी थी। आज उसने गोश शीरमाल नहीं खाई। अंडे का सालन खाया था। पांच रुपए में दो अंडे का सालन और रोटी, अल्लन को काफी सस्ता लगा था। गरमागरम तंदूरी रोटियों के साथ अंडा खाकर मजा आ गया। खाना खाने के बाद अल्लन ने अपनी उंगलियां देखी जो पीली हो गई थीं। ठीक वैसे ही जैसे मठ के मंदिर में प्रसाद के रूप में मिलने वाले पूड़ी-सब्जी को खाकर हो जाती हैं। खाना खाने के बाद अल्लन फिर से बाज़ार में निकल पड़ा। तरह-तरह की दुकानों को देखता-घूरता। करीब दो घंटे तक अल्लन यूं ही दुकान-दर-दुकान भटकता रहा। बिना किसी मकसद। चार बजे के करीब अल्लन फिर रसूल मियां की दुकान की तरफ लौट पड़ा। पहुंचा तो देखा। रसूल मियां उसी का हिसाब कर रहे हैं।

"बत्तीस सौ पचास रुपया।" फाइनल हिसाब करके उन्होंने अल्लन को बता दिया।

‘‘क्या चच्चा, सब हमसे ही ले लेंगे,’’ अल्लन ने लंबे-चौड़े हिसाब को लेकर मजाक किया।

‘‘अरे नहीं बेटा। तुमसे कउन छिपाना। सब खरीद रेट पर दिया है।’’

अल्लन चुप रहा। उसने रसूल की बात का कोई जवाब दिए बगैर पैसे अदा कर दिए।

‘‘चच्चा...ई क्या है।’’ रैक पर लगे चूड़ियों के एक सेट की तरफ अल्लन ने इशारा किया।

‘‘डिजाइनर कंगन हैं, कलकत्ते के। ले लो, खूब बिकेंगे। औरत तो देखते ही दीवानी हो जाती हैं। किसी के पास ई सामान नहीं है।’’

‘‘अच्छा।’’ अल्लन कुछ सोचते हुए बोला।

‘‘ए चच्चा, एक जोड़ी ले जाकर अब्बा को दिखा दें। फिर अगली बार आएंगे तो अउर ले जाएंगे?’’

‘‘हां-हां, क्यों नहीं। ले जाओ।’’

‘‘लाल पत्थर वाला दे दीजिए।’’

अल्लन कंगन लेकर चल पड़ा। उसे नीलू याद आ रही थी। नीलू को कंगन देगा। मगर कैसे? जैसे भी। वह अपने दिल को समझा रहा था। रास्ते में उसे किसी का होश नहीं रहा। गंगा का भी ध्यान नहीं रहा। हर बार की तरह इस बार भी अल्लन घर पहुंचा तो शाम हो चुकी थी। सूरज छिप चुका था। बस हल्का-सा उजाला था। अल्लन जेब में कड़ा दबाए। सीधे छत पर चला गया। नीलू खड़ी थी, मगर वह उसकी तरफ नहीं देख रही थी। अल्लन बेचैन हो गया। या अल्लाह वह उसे देख ले। मगर ऐसा नहीं हुआ। वह अल्लन की तरफ नहीं घूमी। अल्लन की परेशानी बढ़ती जा रही थी। मगर तभी नीलू की आंखें उसकी तरफ उठीं। अल्लन आज कायरता नहीं दिखाना चाहता था। उसने अपनी आंख नहीं हटाई। मगर ये क्या, नीलू ने अपनी आंखें हटा लीं। थोड़ी देर में नीलू छत से उतरकर चली भी गई। अल्लन खामोश छत पर खड़ा रह गया। वह हैरान था। ये सब कैसे हो गया। रोज नीलू उसे देखती थी और वह हट जाता था, मगर आज उसने पहली बार उसे देखने की कोशिश की थी और वह चली गई। अल्लन रात में सोया तो कंगन उसकी जेब में पड़ा था। कंगन में जड़े लाल पत्थर उसकी जांघ में चुभ रहे थे। वह उठा और उसने कंगन अपने बस्ते में किताबों के पीछे छिपा दिए। अल्लन सोना चाहता था,

मगर उसे नींद नहीं आ रही थी। कंगन और नीलू उसे सोने नहीं दे रहे थे। वह नीलू से बात करना चाहता था मगर कैसे, ये उसे नहीं सूझ रहा था। रात भर अल्लन नीलू के बारे में सोचता रहा। नींद जाने कब आ गई, पता ही नहीं चला। सुबह उठा तो सबसे पहले उठकर छत पर पहुंचा। छत पर पहुंचा तो देखा नीलू बस्ता लिए छत पर ही बैठी थी। अल्लन को देखकर वह हंस पड़ी थी। अल्लन खुश हो गया। वह भी हंस दिया। अल्लन ने पहली बार उसे इशारा किया था। हंसी का इशारा। अल्लन आज फिर स्कूल गया था, मगर उसे लौटने की जल्दी थी। एक बजे नीलुवा की छुट्टी होती है, वह मस्जिद वाली गली में उससे मिलेगी। वहां कोई रहता भी नहीं। गणित का क्लास करने के बाद अल्लन ने अपनी साइकिल उठाई और तेज रफ्तार से पैडल मारनी शुरू कर दी। दस मिनट बाद वह मस्जिद वाली गली में था। गली संकरी थी, इसमें कोई आता-जाता न था। नीलू का स्कूल इसी गली के दूसरी तरफ था। उसका रोज घर आने का रास्ता यही था। अल्लन इस बारे में अच्छी तरह जानता था। हालांकि वह इस गली में आना नहीं चाहता था। बचपन में उसने सुना था, इस गली में भूत रहता है। डेढ़ बज चुका था। नीलू आने वाली थी। अल्लन का कलेजा धड़-धड़ कर रहा था। क्या कहेगा वह उससे। अपने पापा से कह दिया तो। अल्लन ने लाल पत्थर के उन कड़ों पर अपनी पकड़ और मजबूत कर ली। लड़कियां एक-एक करके उसके सामने से गुजर रही थीं। लड़कियों की इस भीड़ में वह झेंप रहा था, मगर फिर भी खड़ा था। दस मिनट बाद आखिरकार नीलू आ ही गई। हंसती-मुस्कुराती दूसरी लड़कियों के साथ बात करती। उसने अल्लन को देखा तो चौंक गई। अल्लन को लगा, वह उसके सामने आकर रुकेगी, मगर वह ऐसे गुजर गई, जैसे उसने उसको पहचाना ही न हो। अल्लन का दिल टूट गया। मायूस दिल से उसने अपनी साइकिल उठाई और वापस कॉलेज की तरफ चल पड़ा। आधे रास्ते पहुंचा तो देखा कि मनोज इमली तोड़ रहा है। अल्लन का चेहरा खुशी से खिल गया। इमली तोड़ना उसका पसंदीदा काम था।

''क्या बे, कहां चले गए थे? श्याम जी माट साब पूछ रहे थे। अल्लन नहीं आ रहा है, आजकल।''

श्याम जी माट साब उसे अंग्रेजी पढ़ाते थे। अल्लन से उनकी खूब पटरी खाती थी। अल्लन कुछ नहीं बोला। पत्थर उठा-उठाकर मारता रहा। हरी-हरी इमलियां टूट-टूटकर गिरती रहीं। मनोज उसे बटोर रहा था। खूब सारी इमली

खाने के बाद उसका पूरा मुंह खट्टा हो गया था। दांत भी खट्टेपन की वजह से अजीब से हो रहे थे।

''चल कहीं, घूमने चला जाए।''

''कहां?''

''नहर आई है, चल देखकर आते हैं।''

नहर आने का मतलब नहर में पानी छोड़े जाने से था। पानी से लबालब भरी नहर के किनारे बैठकर पानी में पांव डालना अल्लन को पसंद था। मनोजवा तो कपड़े उतारकर नहर में नहाना भी शुरू कर देता था। साइकिल का रुख पास के गांव से गुजरने वाली नहर की ओर मुड़ गया। जेब में भरी इमली अल्लन अभी भी खा रहा था।

''ए मनोज, नीलुवा फिर हमको देख रही थी।'' शर्माते हुए अल्लन ने असली बात शुरू की।

''कब?''

''शाम को जब हम पतंग उड़ा रहे थे।''

''अच्छा।''

''तुमको विश्वास न होगा मगर कसम से... उ हमसे फंस गई है।'' अल्लन कस्बाई लड़कों की भाषा बोल रहा था।

''ठीक है। फंसाए रखो।'' मनोज ने धीमे स्वर में उससे कहा।

अल्लन भांप गया। मनोज को उससे जलन हो रही थी। उसने बात बदल दी।

पानी से उबली नहर देखकर अल्लन उछल पड़ा। मगर मनोज ज्यादा खुश नहीं हुआ, अल्लन को लगा। नीलुवा की बात अभी भी उसके दिल में गड़ी हुई है। लौटते वक्त उसने मनोज के साथ ज्यादा बातचीत नहीं की। गली के पास आकर मनोज अपने घर की तरफ मुड़ गया। अल्लन दुकान की तरफ चल पड़ा। दुकान पहुंचा तो देखा, अब्बा बैठे-बैठे सो रहे हैं।

''ए अब्बा... अब्बा।'' उसने अब्बा को उठा दिया।

''आप घर चलिए, हम बइठेंगे।''

अब्बा बिना कुछ बोले घर की तरफ चल पड़े। अल्लन दुकान पर बैठा रहा। शाम होने को आई थी। अब्बा जैसे घर जाकर चिपक गए थे। उसे अब्बा पर गुस्सा आ रहा था। वह अपनी इन्हीं सोचों में गुम था कि अब्बा आ गए। अल्लन फौरन दुकान से हट गया।

12

अल्लन बोर्ड इम्तहान की अपनी तैयारियों में जुटा हुआ था। पतंग उड़ाना भी कम कर दिया था। नीलू से पिछली मुलाकात हुए तीन दिन बीत चुके थे। अल्लन उससे मिलना चाहता था, मगर इसकी कोई सूरत नहीं थी। अल्लन की उलझन बढ़ती जा रही थी। दोपहर हुई तो अल्लन घूमते-फिरते मंदिर की तरफ चल पड़ा। पंडित जी के कमरे में पहुंचा तो देखा पंडित जी पत्तल पर खाना खा रहे हैं।

"अरे पंडित जी, बरतन क्या हुआ?"

"चोर ले गए।"

"कब?" अल्लन चौंक पड़ा।

"परसों रात को। ओ बाजार में पूजा कराने गए थे तब।"

"ताला नहीं लगाए थे क्या?"

"अरे बेटा, लगाए थे मगर पापी सब तोड़ दिए।"

"कउन था, पता चला।"

"वही मलियाने के हीरोइनचिया सब।" कस्बे के बाहर रहने वाले मलिनों की बस्ती को यहां मलियाना कहा जाता था। पंडित जी वहीं के कुछ बदमाश हीरोइन पीने वाले लड़कों पर अपनी चोरी का इल्जाम धर रहे थे।

"अच्छा।"

"बाहर का खड़े हो, आओ बैठो।" अल्लन जाकर पंडित जी की चौकी पर बैठ गया।

"अउर बताओ, सब ठीक चल रहा है।"

"ठीक क्या, बोर्ड का इम्तहान देना है।"

"तो चिंता करने की कउन बात है। शंकरजी सब करा देंगे। खाली पास नहीं होगे। पहला नंबर आएगा देख लेना।"

"सच्चो पंडित जी।"

"अउर का? तुम क्या जानो शंकरजी का प्रताप। कितने लोग दूर-दूर से आते हैं, पास होए की मन्नत मांगने। पास हो जाते तो पूजा-पाठ कराते हैं।"

"अच्छा तो हम पास हो जाएंगे तो हमको भी पूजा करानी पड़ेगी।"

"मन करेगा तो करा देना।"

"मगर हम तो मुसलमान हैं।"

"इससे क्या हुआ?"

"आप कर दीजिएगा न।"

"कर देंगे चुप्पे से। किसी को पता भी नहीं चल पाएगा।" होंठों पर कुटिल मुस्कान लाते हुए पंडित जी एक आंख दबाकर बोले।

"चलिए तो ठीक है, शंकरजी से कह दीजिएगा, हमें फर्स्ट क्लास पास करा दें। हम पूजा कराएंगे।"

"मगर इसका मतलब इ नहीं है कि पढ़ाई छोड़ दो। पढ़ना पड़ेगा कड़ी मेहनत के साथ।"

"ठीक है, हम पढ़ेंगे।"

"तो फिर घूमो मत, घर जाकर पढ़ो।"

अल्लन मंदिर से वापस निकल आया। अब्बा दुकान पर थे। उन्होंने उसे बुला लिया।

"कहां टहल रहे हो?"

"कहीं नहीं, बस अइसहीं।"

"बैठो, हम खाना खाकर आ रहे हैं।" अल्लन दुकान पर बैठ गया।

अब्बा चले गए, वह जानता था कि अब अब्बा दो घंटे से पहले नहीं आएंगे। पहले नमाज पढ़ेंगे, फिर खाना खाएंगे, उसके बाद एक घंटा सोएंगे। अल्लन दुकान पर बैठकर स्टाक देख रहा था। काला धागा खत्म होने को आया था। सिंदूर की डिबिया खाली चार ठो बची हैं। फेरन लबली का डिब्बा भी खाली हो चुका है। अल्लन एक-एक सामान लिखता जा रहा था। अब्बा अकसर खत्म हुए सामान के बारे में बताना भी भूल जाते थे। फिर अल्लन बनारस जाकर वापस लौट आता, मगर उस सामान की दिक्कत बनी रहती। अब्बा के भुलक्कड़पन की वजह से ग्राहकों को वापस लौटना पड़ता था।

"अल्लन... दुकान पर। वाह भाई, आज तो मौज आएगी...।" मनोज आ गया था।

उसने अल्लन को खास अंदाज में आंख मारी थी। अल्लन जब दुकान पर बैठता इसका फायदा मनोज को भी मिलता। दुकान से चुराए पैसों से शाम को जब खाने-पीने का दौर चलता तो मनोज भी उसमें पार्टनर होता।

"पढ़ाई-वढ़ाई चल रही है कि नहीं।" मनोज ने गंभीर होते हुए सबसे बड़ा सवाल उसके सामने रख दिया।

"पढ़ रहे हैं बेटा, हमको फेल नहीं होना है।"

"उ तो रिजल्ट के बाद पता चलेगा। दस का इम्तहान है, क्या समझ रहे हो नकल कर लोगे? उड़ाका दल आएगा तो गांड़ फट जाएगी।"

वह अपने खास अंदाज में अल्लन को समझा रहा था।

"अच्छा चुप, ग्राहक आ रहे हैं।"

"मोली साब नहीं हैं क्या?" बाज़ार की ही एक औरत थी।

"नहीं।"

"क्या चाहिए?"

"दू मीटर काला धागा।"

"अउर।"

"प्लास्टिक का चार ठो डिब्बा दे दो।"

"डिब्बा कउन वाला चाहिए?"

"सामान रखने वाला।"

"एक ठो पंद्रह रुपए का है।"

"अरे बेटा, पहले दोगे कि दाम ही बताओगे।" औरत ने कहा तो अल्लन थोड़ा शर्मा गया।

"नहीं, बता दे रहे हैं ताकि बाद में किच-किच न हो।" अल्लन ग्राहकों की झिक-झिक से डरता था। थोड़ी देर में औरत चली गई। दाम को लेकर चली तमाम बातों के बावजूद उसने अल्लन को चार रुपए कम दिए थे। अल्लन फिर भी संतुष्ट था।

"गाइड खरीद लिए।" मनोजवा ने फिर बात आगे बढ़ाई।

"नहीं, अभी खरीदनी है।"

"विद्या खरीदना। गुप्ता बता रहे थे कि एक बार पूरा रट जाओ तो समझो पास हो गए। ई सब बोर्ड वालों को पइसा देकर पेपर पहले से पता कर लेते हैं।"

"कितने की आ रही है?"

"बीस-बीस रुपए की।"

"चलो तो, आज शाम में ही खरीदेंगे।"

"ठीक है, हमको दिखाना जरूर।"

"पक्का।"

"हम जा रहे हैं अब।"

"बैठो।"

''खाना नहीं खाए हैं। मम्मी ढूंढ रही होगी।''

''शाम को मिलना।''

''हूं।'' सर हिलाकर हामी भरने के बाद मनोज चला गया। अब्बा जब आए तो शाम के चार बज चुके थे। अब्बा को देखकर अल्लन सकपका गया। मनोजवा से बात करने के चक्कर में उसने गल्ले से पैसे नहीं निकाले थे। अब अब्बा आ गए थे।

''हम जाएं।''

''पहले घर जाओ, अम्मा बुला रही हैं।''

अल्लन दुकान से चल पड़ा।

''अम्मा, ए अम्मा, क्या हुआ?''

''क्या हुआ। अरे तुमको कोई की फिक्र ख्याल है कि नहीं। अब्बा की तबीयत खराब है। सीना जकड़ गया। अलाऊ के यहां से गोड़ी लाओ तो पिला दें।''

''लाओ, पइसा दो।''

अम्मा ने बीस का एक नोट अल्लन के हाथ में थमा दिया। अल्लन दौड़ते हुए अलाऊ की दुकान पर पहुंच गया। अलाउद्दीन कस्बे का इकलौता कसाई था, कस्बे वालों ने कई दूसरे नामों की तरह उसका नाम बिगाड़कर अलाऊ या फिर अलऊवा कर दिया था। अल्लन से उसकी खूब पटरी खाती थी। उसका घर भी अल्लन के घर के पास ही था।

''का चच्चा, बकरी काटे हैं की बकरा।'' अल्लन ने दुकान पर पहुंचते ही अलऊवा की खिंचाई की।

''न बकरी है न बकरा, भेंड़ा है, अब बताओ क्या करोगे?'' अल्लन के तुर्रे पर तुर्रा छोड़ते हुए अलाऊ ने जवाब दिया।

दुकान पर मौजूद लोग हंसने लगे।

''बीस रुपए की गोड़ी दे दो।''

''दस मिनट रुको दे रहे हैं।''

अलाऊ का तेज चाकू कट चुके बकरे के टुकड़े-टुकड़े करने में जुटा हुआ था। अल्लन को शुरू-शुरू में यहां आने से डर लगता था। उसने एक बार कटते हुए बकरे को देखा था। बकरा बें-बें चिल्ला रहा था, मगर अलाऊ पूरी जान के साथ उसका मुंह अपनी जांघ से दबाए हुए था। गर्दन पर दो बार चाकू फिरा और बकरा तड़पने लगा। उसका बदन जोर-जोर से थरथरा रहा था।

अल्लन को उल्टी आ गई थी। वह मुंह दबाकर भाग आया था। मगर अब उसे आदत पड़ गई थी। बकरी-बकरों का कटना उसे परेशान नहीं करता था। मुर्गा लेने आता तो कहता।

"ए चच्चा, हम काटें।"

"काटो। मगर कलमा पढ़ लेना।" अलाऊ ने बिना किसी हिचकिचाहट के मुर्गे की गर्दन उसके आगे कर दी।

"ला इलाहा इल्लल्लाह मोहम्मदुर्रसूलल्लाह..." अल्लन ने अपने शिकार मुर्गे की गर्दन पर चाकू फिरा दिया। खून का फौवारा निकला तो अल्लन घबरा गया। उसकी बुशर्ट पर खून के ढेर सारे छींटे पड़ गए थे। मुर्गा तड़फड़ाकर शांत हो गया। अलाऊ हंस रहा था। अल्लन के घबराए हुए चेहरे को देखकर उसे न जाने क्यूं मजा आ रहा था।

"लो अपनी गोड़ी।" अलाऊ ने काली थैली के भीतर रखी गोड़ी उसे थमा दी।

गोड़ी लेकर अल्लन लौटा तो अम्मा चावल चुन रही थीं। आज रात में चावल बनेगा। अल्लन खुश हो गया। गोड़ी रखने के बाद अल्लन अपना परेता उठाकर छत पर चढ़ गया। पतंग उड़ने लगी। थोड़ी देर में अल्लन ने देखा कि नीलू अपने छत पर आई है। अल्लन ने एक बार उसकी तरफ नजर घुमाई और उसके बाद फिर से पतंग उड़ाने में व्यस्त हो गया।

"साली कम चंठ नहीं है। पहले इशारा करती है बाद में मिलने से इनकार।"

अल्लन मस्जिद वाली गली में नीलू की ओर से की गई अपनी उपेक्षा से काफी नाराज था। अब देखेंगे, ज्यादा इशारेबाजी करेगी तो सीधे मिश्र जी से कह देंगे।

"संभालो अपनी लड़की को। छत पर चढ़ के बवाल करती है।"

मगर अल्लन ज्यादा देर तक नीलू की ओर देखने से खुद को रोक न सका। उसने पतंग पर टुन्नी मारते हुए वापस पलटकर नीलू को देखा। नीलू उसकी ओर पहले से ही निगाहें गड़ाए हुई थी। वह हंस रही थी, अल्लन ने फिर अपनी निगाहें उस पर से हटा लीं। पतंग उड़ाते-उड़ाते अल्लन थक गया था। अब उसका दिल पतंग में नहीं लग रहा था। पतंग नीची कर उतारने की तैयारी कर रहा था कि अचानक सरसराती हुई एक पतंग आई और अल्लन का पेंच काट गई। अल्लन पल भर के लिए चौंक गया। मगर अब कार्रवाई हो चुकी थी।

अल्लन ने फुर्ती से अपना परेता उठाया और मंझा लपेटने में जुट गया। कटी पतंग से अलग हुआ मंझा मिश्रा जी की छत पर घिसट रहा था मगर आज उसे कोई नहीं पकड़ रहा था। नीलू पास खड़ी थी। मंझा उसने अपने हाथ से पकड़ लिया, मगर तोड़ने या फिर नोचने के लिए नहीं। वह अपने हाथ से एक खास अंदाज में अल्लन को सुर्री दे रही थी। अल्लन पूरी रफ्तार से मंझा लपेट रहा था। नीलू उसे देख रही थी और उसने भी अपनी निगाहें हिम्मत करके नीलू के ऊपर गड़ा रखी थीं।

13

अब्बा की तबीयत इन दिनों कुछ खराब चल रही थी। अल्लन के इम्तहान नजदीक आ गए थे। लिहाजा वह पढ़ाई में जुटा हुआ था। अब्बा की बीमारी का असर सबसे ज्यादा दुकान पर पड़ रहा था। दुकान सही वक्त पर न खुल पाती। ज्यादातर ग्राहकों को खाली हाथ वापस लौटना पड़ता। दुकान न खुलती तो घर में पैसे की तंगी भी रहती। अल्लन को इन बातों की ज्यादा फिक्र न थी। स्कूल में प्रैक्टिकल चल रहे थे, वह सुबह निकल जाता तो फिर शाम को ही घर लौटता। आज अल्लन लौटा तो देखा, अब्बा बड़े कमरे की चौकी पर सो रहे हैं। अम्मा घर में नहीं हैं। कहां चली गईं। ऐसे तो कहीं नहीं जाती। घर भर खोज लेने के बाद जब अल्लन को अम्मा की खबर न मिल सकी, तो उसने सोए हुए अब्बा को झकझोर डाला।

"अम्मा कहां गई...।"

"दुकान पर?"

"दुकान पर क्या करने?"

"क्यों...कोई नहीं बैठेगा तो काम कैसे चलेगा?"

अल्लन चुप हो गया। अब्बा के पास से तेजी से भागते हुए वह दुकान पर जा पहुंचा। सिर पर चादर लपेट अम्मा ग्राहकों से बतिया रही थी। अम्मा ने उसे देखा, मगर कुछ नहीं बोलीं। ग्राहकों को निपटाती रहीं।

"तू क्या करे यहां आ गई।"

"क्यों, कोई नहीं बैठेगा तो काम कैसे चलेगा।" अब्बा से मिला जवाब अल्लन को अम्मा से भी सुनने को मिला।

"कोई क्या कहेगा?"

"कहने दो, का फर्क पड़ता है। जेब में पइसा न रहे आदमी भूखा मर जाए, मगर काम न करे...आएं।"

अम्मा के तर्क के आगे अल्लन कोई दूसरी दलील पेश नहीं कर सका।

"खाना बना है कि नहीं।"

"बना है।"

"हम जा रहे, घर खाना खाए।"

"खा लो, अब्बा का ख्याल रखना।"

अल्लन बिना कुछ बोले घर लौट पड़ा। अम्मा अब रोज दुकान पर बैठतीं, हालांकि अब्बा की तबीयत अब ठीक हो गई मगर अब दोपहर में जब अब्बा खाना खाने और नमाज पढ़ने के लिए जाते, तो दुकान संभालना अम्मा की ड्यूटी होती। अम्मा अब दुकान पर बैठने के सारे हुनर सीख गई थीं। ग्राहकों से बात करना, उन्हें समझाना, सामान खरीदने के लिए पटाना सब उसे आता था। अब्बा को मोलबी साहब कहने वाले ग्राहक अम्मा को मोलबियाइन कहते। अल्लन इस नाम को सोच के मन-ही-मन हंसता।

"अम्मा मोलबियाइन।"

अल्लन पढ़ाई पर जोर दिए हुए था। हालांकि नीलू का ख्याल उसे परेशान करता था, वह नीलू से बात करने का मौका तलाश रहा था, मगर उसे मौका मिल नहीं पा रहा था। अल्लन ने आज फिर छुट्टी के वक्त मस्जिद वाली गली में जाने का फैसला किया था। साइकिल लेकर वह एक बजे मस्जिद वाली गली में खड़ा हो गया। एक बार फिर कन्या इंटर कॉलेज की छुट्टी हुई और लड़कियों का हुजूम स्कूल से बाहर निकल पड़ा। आज अल्लन ने एक खास बात देखी थी। उसकी ही तरह कई दूसरे लड़के साइकिल लिए गली में खड़े थे। पान खाते, रंगीन बुशर्ट पहने। शायद अपनी-अपनी सेटिंग से मिलने के लिए। अल्लन सोच रहा था। तभी उसे लड़कियों की भीड़ में नीलू का चेहरा दिखा। नीलू उसके ठीक सामने से आ रही थी। अल्लन एक बार फिर नर्वस होने लगा। मगर इस बार नीलू ने उसे जलील नहीं किया। अल्लन की जबान तालू से चिपक गई थी। नीलू उसके ठीक सामने खड़ी थी, मगर वह कुछ कह नहीं पा रहा था। बात उसे करनी थी, मगर वह समझ नहीं पा रहा था कि आखिर शुरू कहां से करे। अल्लन कुछ कह न सका और नीलू चली गई। गली में मुड़ने से पहले नीलू ने उसे कई बार मुड़कर देखा था। अल्लन भी

उसकी आंखों में देख रहा था। मगर आंखों में देखने से क्या। कह तो वह कुछ पाया नहीं। लौटकर उसने मनोजवा को सारा किस्सा सुनाया था।

"भोसड़ी... के कहने में क्या दिक्कत थी। कुछ भी कह देते। कापी या किताब मांग लेते। वह भी तो दस में है। अच्छा अब ऐसा करो एक ठो चिट्ठी लिखो।" मनोज उसे आशिकों के पुराने आजमाए फंडे को अपनाने की सलाह दे रहा था।

"हां, कि पकड़ा जाए तो खूब मराएं। तोरी मां के चोदों, यही राय दो तू पिटाए वाली।"

"जाए दो भइया, मुंह से कुछ कहोगे नहीं। चिट्ठी लिखोगे नहीं। गांड़ मराओ, हमसे क्या मतलब।"

अल्लन को मनोजवा की फालतू बकवास पर गुस्सा आ रहा था। वह चुपचाप वहां से उठा और घर की तरफ चल पड़ा। अब्बा आज फिर घर में लेटे हुए थे। जाहिर था कि अम्मा दुकान पर होंगी। अल्लन बिना कुछ बोले दुकान पर चल पड़ा। पहुंचा तो देखा, अकेली अम्मा दुकान की चीजों की झाड़-पोंछ कर रही थीं।

"खाना खा लिए बेटा।"

"हां।" अल्लन बिना कुछ सोचे-समझे बोला।

"अब्बा सो रहे हैं?"

"हूं।"

"चलो ठीक है, ज्यादा सोएंगे तो तबीयत ठीक रहेगी। तुम्हारी पढ़ाई-वढ़ाई चल रही है कि नहीं।"

"चल रही है।"

"हां बेटा, पढ़-लिख लो तो दिल को तसल्ली मिले।" अम्मा कुछ भावुक हो गईं।

अल्लन के सिर पर उनका हाथ था। यानि आज अम्मा को आलम भाई की याद आ रही है। अल्लन ने दिल में सोचा। अम्मा जब आलम भाई को याद करती हैं, यही कहती हैं पढ़-लिख लो।

"मगर पढ़-लिख के हम भी दुबई चले जाएंगे तब!" अल्लन ने अम्मा के साथ मजाक किया।

"चले जाओ बेटा। तुम भी चले जाओ। हम लोग का क्या है, इधर पैदा हुए इधरे दफन हो जाएंगे।"

अम्मा उदास हो गई थीं।

"हम तुमको छोड़कर कभी न जाएंगे।"

"अइसहीं आलम भी कहता था।" अब अम्मा अल्लन को परेशान कर रही थी।

"शादी हो गई तो जुलेखा के अलावा सब उसका दुश्मन हो गया। देखेंगे, तू शादी के बाद कउन गुल खिलाते हो।"

"देख लेना, जउन आलम भाई किए हम नहीं करेंगे।" अल्लन उत्तेजित होकर पूरे गर्व से अम्मा से वादा कर रहा था।

अब्बा आ गए थे। उनके आने की आहट से ही मां-बेटे दोनों चुप हो गए।

"क्या हुआ।" हाशिम मियां ने तेज आवाजों के बाद एकाएक फैली खामोशी का सबब जानना चाहा।

"कुछ नहीं।" लेकिन अल्लन और अम्मा उनके सामने आलम का जिक्र नहीं छेड़ना चाहते थे।

"अच्छा, तुम लोग जाओ, हम देख लेंगे।" अम्मा घर की तरफ चल पड़ी। अल्लन उनके साथ था।

"ए अम्मा, सब्जी लानी है।"

"हां।"

"जाओगे लेने।"

"अउर क्या।"

"जाओ, तब लाओ।"

सब्जी का झोला लेकर अल्लन निकल पड़ा। गोभी, मूली, गाजर जो भी उसके हाथ लगा, उसने खरीद लिया। सब्जी खरीदकर जब अल्लन लौटा तो अम्मा बरतन मांज रही थीं। आज अल्लन ने सब्जी के पइसे में से एक भी रुपया चोरी नहीं किया था।

"अम्मा, हम जा रहे खेलने।"

"फिर खेलने, एक महीना पढ़ लो, इम्तहान होने वाला है।"

"रोज तो पढ़ी रहे हैं।" अल्लन रुक के अम्मा से सवाल-जवाब करने के मूड में नहीं था।

मठ की तरफ चल पड़ा। मठ में पहुंचा तो देखा पंडित जी अपना सिर पकड़कर बैठे लड़कों की माई-बहन एक कर रहे हैं।

"क्या हुआ, पंडित जी?"

''मारो ई सब मादरचोदों ने सिर फोड़ दिया।''

''गेंदा खेलेंगे। भोसड़ी वालों से कहते हैं बाहर जाकर खेलो, मगर रोज यहीं आ जाते हैं...मराने के लिए।''

पंडित जी पूरी रफ्तार से गालियां बके जा रहे थे। अल्लन ने उनके सिर को देखा सिर फूटा नहीं था। अलबत्ता गुम्मा जरूर निकल आया था। मठ सुनसान था। लड़के किसी तरह अपनी गेंद वापस चाहते थे, मगर वह पंडित जी के कब्जे में थी। सबको पता था कि एक बार पंडित जी के कब्जे में जाने के बाद गेंद का वापस मिलना मुश्किल नहीं, नामुमकिन था।

14

अल्लन के इम्तहान शुरू होने में अब सिर्फ एक महीने का वक्त बचा था। वह रोज सुबह पांच बजे उठकर छत पर जाकर पढ़ाई करता। ब्रश करने के बाद अम्मा उसे वहीं पर उबला हुआ अंडा, चाय और फिर बाद में पराठा-सब्जी दे देतीं। हालांकि छत पर पढ़ने में अल्लन को तकलीफ होती थी। सवेरे-सवेरे मठ में लगे लाउडस्पीकर पर जोर-जोर से भक्ति गीतों का सिलसिला शुरू हो जाता था। अल्लन ने इससे बचने की अच्छी तरकीब निकाली, कुछ याद करते वक्त वह अपने कानों पर हाथ रख लेता था। अल्लन याद में मसरूफ था कि अचानक उसकी नजर मठ के शिवजी वाले मंदिर पर पड़ी, अचानक उसे लगा जैसे नीलू मंदिर आई है। अल्लन ने मंदिर में कभी नीलू को नहीं देखा था। इसलिए उसे पहले अपनी आंखों पर यकीन नहीं आया, मगर उसने देखा थोड़ी देर बाद नीलू बाहर निकली और शिवजी की पिंडी पर फूल चढ़ाकर हाथ जोड़कर प्रणाम किया। अल्लन ने जब तक वहां पहुंचने का फैसला लिया, तब तक नीलू जा चुकी थी। अल्लन छत पर खड़ा उसे जाता देखता रहा। नीलुवा मंदिर में रोज आती है? अल्लन सोच रहा था। दोपहर में फिर वह पंडित जी के कमरे में जा पहुंचा। पंडित जी लेटे हुए कुछ पढ़ रहे थे।

''पंडित जी प्रणाम।''

''खुश रहो। क्या बेटा इधर कइसे? पढ़ाई-लिखाई चल रही है न।''

''हां।''

''अउर बताओ।''

"क्या बताएं वही सब है...आजकल तो खूब चढ़ावा चढ़ रहा होगा।" अल्लन काम की बात पर आ गया था।

"कइसे।"

"खूब लड़के-लड़की आ रहे हैं। पास होने की मनौती मांगने।"

"तो तुम भी आओ, कोई मना किया है क्या?"

"बाप रे बाप... पिटाना नहीं है।"

"क्यों, कउन मारेगा?"

"अब्बा अउर कउन।"

"थोड़ी देर के लिए भी इधर आओ तो समझ जाते हैं।"

"हां, मोली साब का दिमाग बड़ा तेज है।"

"तबीयत कइसी है आजकल उनकी?"

"ठीक है।"

"दुकान पर अम्मा बैठती हैं कि नहीं आजकल।" अल्लन ने पंडित जी को इसका जवाब नहीं दिया।

"अच्छा पंडित जी, एक ठो बात बताइए।"

"उ मिश्रा जी की लड़कियां रोज आती है?"

"कउन नीलुवा।"

"हां।"

"तब अउर क्या। दस में है। पास होने की मनौती मांगने आती है।"

"अच्छा। रोज-रोज आने से पास हो जाएगी।

"अउर क्या। भगवान हैं कोई मजाक थोड़ी है।"

"तो ठीक है, कल से हम भी आया करेंगे।"

अल्लन पंडित जी से कल सुबह आने का वादा करके वापस लौट आया। खुशी उसके चेहरे से टपक रही थी। उसने नीलू से मिलने का अच्छा तरीका ढूंढ लिया था। दोपहर बाद से ही अल्लन सुबह होने का इंतजार करने लगा। सूरज भी आज डूबने में काफी देर लगा रहा था। अल्लन किताब खोल-खोलकर बंद कर चुका था। पढ़ने में उसका जी नहीं लग रहा था। वह नीलू से मिलना चाहता था। हालांकि इस बार भी उसको पता नहीं था कि वह नीलू से मिलकर क्या कहेगा। रात हुई तो अल्लन फटाक से अपने बिस्तर पर जाकर लेट गया। आंख बंद करके सोने की कोशिश करने लगा। मगर नींद हो तब तो आए। अल्लन जैसे ही आंख बंद करता, उसके सामने नीलू का चेहरा

घूमने लगता। न जाने अल्लन को क्या हो रहा था। अपनी इस बेचैनी का सबब उसे भी समझ नहीं आ रहा था। सोचते-सोचते पूरी रात गुजर गई। चिड़ियों की चहचहाट गूंज रही थी। अल्लन बिस्तर छोड़कर उठ खड़ा हुआ। रात भर वह सोया नहीं था, इस वजह से उसकी पैंट भी सूखी हुई थी। अल्लन मुंह धोकर बिना बताए गेट की चाभी लेकर चल पड़ा। रोज अब्बा गेट खोलते हैं मगर आज काफी दिनों बाद अल्लन अब्बा का काम कर रहा है। पिछली बार गेट खोले उसे दो महीने से ज्यादा हो गए। अब्बा बीमार थे, इसलिए अम्मा ने उससे गेट खोलवाया। अल्लन मंदिर पहुंचा तो देखा, पंडित जी दतुअन कर रहे हैं।

"पंडित जी प्रणाम।"

"खुश रहो... आ गए।"

"अउर क्या, आप झूठ समझ रहे थे।"

"नहीं बेटा, हम क्यों झूठ समझेंगे।" अल्लन पंडित जी से ज्यादा बात नहीं करना चाहता था, मगर अब पंडित जी सामने पड़ ही गए थे तो फिर बात करना लाजिमी ही था।

अल्लन का कलेजा धड़क रहा था। नीलू के आने का वक्त हो गया था। अल्लन शिवजी के मंदिर के ठीक सामने खड़ा था। नीलू आ चुकी थी। उसने अल्लन को देखा तो मुस्करा दी। अल्लन भी खुश हो गया। उसका मकसद पूरा हो रहा था।

"कुछ मांगने आए हो क्या?" नीलू ने उससे पूछा।

"नहीं, बस ऐसे ही।"

अल्लन नीलू से खड़ी जबान में बोल रहा था। बचपन में स्कूल में भी वह उससे ऐसे ही बात किया करता था।

"इम्तहान की तैयारी चल रही है।" नीलू ने शंकरजी की पिंडी पर जल चढ़ाते हुए कहा।

"हां, कर रहे हैं।"

"पास तो हो जाओगे न?"

"बिल्कुल।"

अल्लन पूरे जोश के साथ बोला।

"अच्छा इतना विश्वास है। खैर छोड़ो...मंदिर में आए हो, पूजा नहीं करोगे?" सवाल का जवाब देने में एकबारगी अल्लन सकपका गया। लेकिन तुरंत भी संभल गया।

"क्यों नहीं कर सकते।" वह मंदिर की तरफ बढ़ा।

"अरे नहीं, बस मजाक कर रहे हैं।" उसकी अचानक प्रतिक्रिया से नीलू के माथे पर बल पड़ गए।

"मज़ाक की क्या बात है। हम मुसलमान हैं तो क्या...।"

अल्लन ताव खा गया था। उसने नीलू की डलिये में से फूल निकालकर शंकरजी की पिंडी पर चढ़ा दिए। अल्लन बोलता जा रहा था

"हमको सब आता है। गायत्री मंत्र, हनुमान चालीसा।" अल्लन शंकरजी की पिंडी के आगे हाथ जोड़कर खड़ा था।

"अच्छा, पूजा के बाद भगवान से फर्स्ट आने की मनौती भी मान लेना।"

नीलू अब जाने के मूड में थी। अल्लन शायद उससे कुछ कहना चाहता था, मगर उसकी जबान फिर तालू से चिपक रही थी। नीलू वापस लौट रही थी। आज फिर वह बार-बार मुड़कर अल्लन को देख रही थी। अल्लन की निगाहें भी उसी पर टिकी थीं। अल्लन घर लौटा तो सुबह के सात बज गए थे। सूरज चढ़ गया था। अम्मा उसका इंतजार कर रही थी।

"कहां गए थे?"

"कहीं नहीं।"

"बाहर कैसे पहुंच गए... उड़कर।" अम्मा नाराज थीं।

"मनोजवा के पास गए थे।"

"किसलिए?"

"कापी लेनी थी।"

"हो तो खाली हाथ।"

"उ मिला नहीं।" अल्लन पूरी सफाई के साथ झूठ बोलना जारी रखे हुए था।

अम्मा चुप हो गईं। अब्बा चौकी पर बैठकर चाय सुड़क रहे थे। सामने अखबार बिखरा पड़ा था। वाराणसी आसपास का पन्ना अब्बा के हाथ में था। अब्बा को अखबार में सिर्फ इसी पन्ने में दिलचस्पी थी। इसमें कस्बे की खबरें होती थीं। अब्बा अखबार पढ़ते वक्त आंखों पर चशमा चढ़ा लिया करते थे। मोटा चशमा जो धागे के सहारे अब्बा के कानों पर टिका रहता। अल्लन ने अब्बा के पास बिखरे अख़बार उठा लिए थे। पहले पन्ने पर प्रधानमंत्री अटल बिहारी वाजपेयी के विदेश दौरे की खबर थी। अल्लन को अटल बिहारी पसंद थे, इसलिए नहीं कि वह उनके बारे में कुछ खास जानता था, इसलिए कि उसने

उनको साक्षात् देखा था। उसी के स्कूल में आए थे, चुनावी रैली को संबोधित करने। प्रधानमंत्री के दौरे से तो अल्लन को कुछ न मिला, मगर उसने इसी भागदौड़ में हेलीकाप्टर जरूर देख लिया। गड़गड़ाते हुए हेलीकाप्टर से जब अटल बिहारी उतरे तो वह एक क्षण के लिए चकित रह गया। फिर उस दिन से इस प्रधानमंत्री के साथ उसका नाता हो गया। किसी को फोटो दिखाता तो कहता

"हम इनको सच में देखे हैं।"

अब्बा वाराणसी आसपास पढ़ चुके थे। अल्लन के हाथों में पसंदीदा पन्ना आ गया था। अल्लन देर तक अखबार पढ़ता रहा। आठ बज गए थे। अब्बा दुकान जाने की तैयारी में जुटे थे। अल्लन उठा और तौलिया लेकर गुसलखाने में घुस गया। नहाने में अल्लन को सिर्फ पांच मिनट लगता। अम्मा लाख चिल्लाती मल के नहाओ, मगर नहीं, अल्लन नहाने के मामले में रस्म अदायगी का शौकीन था। पांच-छह मग्गा पानी डालता और एक बार साबुन फिरा लेता, हो गया नहान। नहा के निकला तो देखा चौकी पर रखा उसका नाश्ता ठंडा हो रहा था। पराठा और आलू की भुजिया। अल्लन तौलिया लपेटे-लपेटे सीधे चौकी पर जाकर बैठ गया। नाश्ता खत्म होने को था। अम्मा झाड़ू लगा रही थी।

"अरे कपड़ा तो पहन लो, कहीं भागा जा रहा है खाना।"

खाने में मशगूल अल्लन चुप रहा। कपड़ा पहनने के बाद वह मनोजवा की तलाश में निकल पड़ा। मनोजवा न जाने कहां निकल गया है। अल्लन को उसके घर से यही खबर मिली। वह परेशान हो गया।

"गादरचो...कहां-कहां घूमा करता है। प्रैक्टिकल की कॉपी लेने जाना है।" अल्लन दांत पीस रहा था।

अल्लन को गुस्सा खूब आता था और वह अपना गुस्सा गालियों की मार्फत ही बाहर निकाला करता। अल्लन बाजार में बिना मतलब घूम रहा था, तभी सामने से उसे मनोजवा आता दिख गया। मनोजवा उसके पास आकर रुक गया।

"क्या रे।" अगले ही पल अल्लन का तमाचा उसके गालों पर गूंज चुका था। मनोजवा सकपका गया।

"यही नहीं अच्छा लगता। इतना कसकर मार दिए।"

अल्लन हंस दिया। अल्लन अकसर मनोजवा को मार दिया करता, मगर उसने कभी इसका विरोध नहीं किया। यह दोस्ती थी।

''चल, कॉपी नहीं लेनी है क्या।''

''पहले घर चलो हम नहाएंगे।'' अल्लन मनोजवा के कंधे में हाथ डालकर चल पड़ा।

15

मंदिर जाने का सिलसिला जारी था। नीलू से रोज उसकी मुलाकात होती। हंसती-मुस्कराती नीलू उसे अच्छी लगती। बात करने में अब उसे ज्यादा झिझक नहीं होती। अब अल्लन नीलू के साथ-साथ ही शिवजी की पिंडी पर जल चढ़ाता था। पंडित जी अल्लन की कारस्तानियों पर निगाह रखे हुए थे। आज पंडित जी अल्लन के पास आए।

''ए बेटा, इ सब ठीक नहीं है।''

''क्या ठीक नहीं है।'' अल्लन ने अनजान बनने की पूरी कोशिश की।

''वही, जो तुम कर रहे हो।''

''हम क्या कर रहे हैं?'' अल्लन ने पंडित जी पर उल्टा सवाल दाग दिया।

''पूजा के नाम पर लड़की के साथ मजा लेना ठीक बात नहीं है।''

''कउन मजा ले रहा है।'' वह पूरी तरह से ढिठाई पर उतर आया था।

''तुम, अउर कउन।''

''उ मेरे साथ पढ़ी है, हम उसको बचपन से जानते हैं।''

''तो क्या हुआ। मगर सयानी लड़की के साथ रोज-रोज इस तरीके से मिलना-जुलना ठीक नहीं है।''

''नहीं तो आप क्या चाह रहे हैं कि हम कल से न आएं।''

''जो समझ लो। लेकिन कल को हमारे ऊपर उंगली उठे इससे अच्छा है कि तुम मत आओ।'' पंडित जी गुस्से से कांप रहे थे।

अल्लन को भी गुस्सा आ रहा था।

''हम उससे शादी करेंगे।''

''चुप रहो। ऐसा कभी नहीं हो पाएगा।''

''क्यों नहीं हो पाएगा?''

''उ पंडित है तुम मियां। मिश्रा जी कभी नहीं मानेंगे।''

''उनसे कउन पूछने जा रहा है।''

''तब क्या भगाकर ले जाओगे?''

''यही करेंगे।''

''अल्लन पगलाओ मत। पढ़े-लिखे में मन लगाओ। रोज पूजा करते हो, मगर तब भी आंख पर पट्टी बंधी हुई है। राम राम।''

''नहीं, आप देख लीजिएगा।'' अल्लन पंडित जी से इतना कहकर निकल आया।

घर पहुंचा तो अब्बा उसका इंतजार कर रहे थे।

''कहां गए थे?''

''कहीं नहीं।''

''झूठ... रोज-रोज सवेरे निकल जाते हो।'' अब्बा गुस्से से लाल-पीले हो रहे थे।

''टहलने गए थे।'' अपने बचाव में उसने ताजातरीन बहाना ढूंढा था।

उसका मूड खराब था और वह अब्बा से बहस नहीं करना चाहता था। मगर अब्बा मानने वाले नहीं लग रहे थे।

''सुना है, रोज मंदिर में जाते हो।'' अल्लन ने कोई जवाब नहीं दिया।

''बोलो कि मुंह पर ताला लग गया।'' अब्बा उसे बार-बार ललकार रहे थे। अल्लन का मुंह कुछ बोलने को खुला, लेकिन उससे पहले अब्बा का पुरजोर तमाचा उसके गालों पर पड़ गया। अल्लन का पूरा सिर झनझना गया। वह चिल्ला-चिल्लाकर रोने लगा। अम्मा आ गईं थीं।

''क्या हुआ, क्यों मार रहे हैं बच्चे को।''

''बच्चा है...रोज मंदिर में जाता है, पूजा करने के लिए।''

''आए अल्ला...। कउन कहा।'' अम्मा सिर पकड़कर बैठ गईं।

''कहेगा कउन। सबको पता है। मोली साब का लड़का शिवजी की पिंडी पर जल चढ़ा रहा है।''

अब्बा गुस्से में कांप रहे थे। अल्लन धीरे-धीरे सिसक रहा था।

''क्या बेटा, कितना समझाए मगर नहीं मानोगे?''

अम्मा अल्लन को नसीहत दे रही थी। मार खाकर अल्लन खुद को थका महसूस कर रहा था। वह वहीं चौकी पर पड़े-पड़े सो गया। नींद खुली तो देखा अम्मा सिरहाने खड़ी न जाने कउन-कउन सी सूरे पढ़कर उसे फूंक रही हैं। अल्लन को जगते देख अम्मा चौंककर पीछे हट गईं। अल्लन समझ गया था।

अम्मा को शक था कि उसके सिर पर किसी भूत-प्रेत का साया है। अम्मा चुपके-चुपके उसके पीने वाले पानी में भी कुछ मिलाती थीं। मगर अल्लन को क्या फिक्र थी। जो मन में आवे करें अम्मा। उनको तसल्ली हो जाए, अउर क्या। मगर एक दिन अम्मा अल्लन को लेकर बनारस चलीं।

"हम न जाएंगे।"

"क्यों?"

"हम ठीक हैं।"

"लेकिन बेटा, मोली साब को दिखाने में हर्ज क्या है।"

अल्लन अम्मा के साथ बनारस जा रहा था। बीते कई महीनों में यह पहला मौका था कि वह बजाय अकेले किसी के साथ बनारस जा रहा था। अल्लन को आज बस में नींद आ रही थी। मुगलसराय आने से पहले ही वह सो गया। जाने कब पड़ाव आया, कब राजघाट गुजरा। गंगाजी बीत गईं, मगर अल्लन सोता रहा। नींद खुली तो देखा अम्मा उतरने की तैयारी कर रही हैं। वह भी अम्मा के साथ उतर गया। अम्मा गोलगड्डा उतरी थीं। चौहट्टे जाना था। पीर वाली गली में अम्मा के मोली साब रहा करते। अल्लन जब छोटा था तो एक बार यहां आया था। मोली साब के यहां आदमी न आते थे। बस औरतों की फौज खड़ी रहती। किसी को बेटी के सुहाग की फिक्र होती तो कोई अपनी सास को बस में करने की बूटी लेने के लिए आती थी। अम्मा का हाथ पकड़े जब अल्लन मोली साब के घर पहुंचा तो दोपहर हो चुकी थी। ज्यादा भीड़ नहीं थी, मोली साब आराम कर रहे थे। अम्मा ने जाते ही पचास का एक नोट उनके चेले को थमा दिया। मोली साब उठ गए थे। अल्लन को बाहर बिठाकर अम्मा मोली साब के पास चली गईं। दस मिनट तक मोली साब से उनकी न जाने का क्या खुसर-पुसर चलती रही। अम्मा ने दरवाजे पर आकर अल्लन को आवाज दी। अल्लन उठकर चल पड़ा। मोली साब हरे रंग की पगड़ी बांधे हुए थे। आंखों का काजल नाहक डरा रहा था। मोली साब अल्लन से बड़े प्यार से पेश आए। अल्लन के सिर पर हाथ रखा और न जाने क्या बुदबुदाते रहे। थोड़ी देर तक उनकी आंखें बंद रहीं। अल्लन मन-ही-मन हंस रहा था। मोली साब आंखें खोलकर अम्मा से मुखातिब हो गए।

"तावीज़ है, रोज पानी में पिलाया करिए। और इनसे कहिए पढ़े-लिखे में जी लगाएं।"

अल्लन को जैसे मोली साब की बातें समझ ही में नहीं आ रही थीं। अम्मा वापस चलने को हुईं तो तीन बज गए थे। बाहर निकलने के बाद अल्लन अम्मा से लड़ने लगा।

"फालतू टाइम खराब करा दिए।"

"नहीं बेटा, ऐसा नहीं कहते।"

"क्या नहीं कहते। घर रहते कुछ पढ़ते-लिखते।"

अम्मा चुप हो गईं। चौहट्टे से फिर गोलगड्डा पहुंचने के बाद अम्मा ने बस पकड़ ली। अल्लन को बैठने की जगह नहीं मिली। वह करीब-करीब अम्मा की गोद में बैठा हुआ था। घर पहुंचते-पहुंचते फिर शाम हो गई थी। अब्बा दुकान बंद करके घर आकर बैठ गए थे। अल्लन ने देखा उन्हें न जाने किस बात की चिंता थी। घर पहुंचने के साथ अब्बा-अम्मा बातों में मसरूफ हो गए। अब्बा शायद अम्मा से कुछ पूछ रहे थे। अल्लन को इन दोनों की बातें सुनने में दिलचस्पी न थी। वह सीधा छत पर चढ़ गया। सामने छत पर नीलू मौजूद थी। अल्लन को नींद आ रही थी, मगर वह सब भूल गया। नीलू उसे देख चुकी थी। इसलिए इतरा रही थी। वह शायद कोई खेल खेल रही थी। अल्लन पूरी तल्लीनता के साथ उसे देख रहा था। रात घिर आई थी। मठ में पूजा शुरू हो चुकी थी। मंदिर का लाउडस्पीकर पुरजोर तरीके से चीख रहा था। मगर अल्लन को कुछ नहीं सुनाई दे रहा था, वह कान लगाकर उन लफ्जों को सुनने की कोशिश कर रहा था जो नीलू कह रही थी। अल्लन काफी देर तक सुनने की कोशिश करता रहा, मगर जब उसे कुछ समझ नहीं आया। वह लौट पड़ा। अम्मा रात के खाने की तैयारी कर रही थी।

16

अल्लन ने सुबह मंदिर जाना छोड़ दिया था। हालांकि मंदिर जा पाना उसके लिए अब संभव भी नहीं रह गया था। अब्बा गेट की चाभी अपने पास रखकर सोते थे। सुबह उठकर सात बजे गेट खोलते, तब तक नीलू मंदिर में आकर जा चुकी होती। अल्लन का दिल नीलू से मिलने के लिए कई बार बेचैन होता था, मगर वह कुछ नहीं कर सकता था। इम्तहान के दिन करीब आ चुके थे। अल्लन को अपना रोल नंबर मिल चुका था। इम्तहान का सेंटर कस्बे से

बारह–तेरह किलोमीटर दूर पड़ा था। अल्लन को अब पढ़ाई से ज्यादा सेंटर देखने और अपनी सीट पहचानने की फिक्र थी। इम्तहान में जब सिर्फ दो दिन रह गए तो अल्लन अपने दोस्तों के साथ सेंटर देखने निकल पड़ा। अपनी वही पुरानी साइकिल से। एक घंटे में सब लड़के हांफते–अफनाते सेंटर पहुंचे। सेंटर पहुंचने के बाद उन सबको निराशा ही हाथ लगी थी। यहां के बाहरी गेट पर बड़ा–सा ताला जड़ा था। लड़के परेशान थे, इतनी दूर आना बेकार चला जाएगा। आखिर में हारकर अल्लन गेट पर खड़े चौकीदारी कर रहे चौकीदार के पास जा पहुंचा।

''बंद है, परसों आओ।'' अल्लन के कुछ पूछने से पहले ही चौकीदार ने अपना रटारटाया जवाब उसे पकड़ा दिया।

''हम लोग चंदौली से आए हैं, साइकिल चलाकर। बस सीट देखकर चले जाएंगे।''

''ताला बंद है। परसों से पहले नहीं खुलेगा।'' चौकीदार अभी भी कड़ा बना हुआ था।

''ठीक, अंदर नहीं जाएंगे। बाहर से दिखा दीजिए।'' अल्लन चौकीदार की चिरौरी में जुटा हुआ था।

चौकीदार पहले कड़ा बना रहा, मगर जब अल्लन उसके पीछे पड़ गया। तो वह कमरों को बाहर से दिखाने को तैयार हो गया। अल्लन और उसके साथ आए लड़कों ने साइकिल बाहर खड़ी की और जल्दी–जल्दी बड़े से गेट में खुलने वाले छोटे–से किवाड़ में से भीतर घुस गए। अल्लन पेन कागज लेकर आया था। उसने दरवाजों के बाहर चिपके रोल नंबरों को देखकर अपना कमरा नंबर नोट कर लिया। चौकीदार सबको वापस भेज रहा था। लड़के लौट पड़े थे। घर वापसी में दोपहर हो चुकी थी। अल्लन परेशान था, उसे इम्तहान के लिए पेन–बाक्स और जाने क्या–क्या चीजें खरीदनी थीं।

''पचास ठो रुपया दो।'' अल्लन ने अम्मा से पैसा मांगा।

''क्या करोगे?''

''इम्तहान न दें।'' अल्लन अम्मा की इस बात पर गुस्सा गया था।

अम्मा भी बच्चे की पढ़ाई के साथ ज्यादा खिलवाड़ नहीं करना चाहती थी। ब्लाउज में हाथ डालकर उन्होंने अपने पुराने अंदाज में पचास का एक तुड़ा–मुड़ा नोट अल्लन के हाथ में रख दिया। अल्लन दौड़कर घर से बाहर चला गया। अल्लन लौटा तो उसके हाथ में एक चमचमाता हुआ बाक्स था।

बाक्स के अलावा एक दफ्ती और स्याही की एक दवात भी उसने खरीदी थी। अल्लन ने अम्मा से कुछ बात नहीं की, वह चुपचाप सारा सामान अपने बस्ते में रखने लगा।

"बबुरी जाना पड़ेगा।"

"क्या करे?"

"इम्तहान देने।" अल्लन अम्मा को अपने सेंटर के बारे में बता रहा था।

"ई तो बहुत दूर है।"

"सेंटर वहीं पड़ा है।"

"कइसे जाओगे?"

"साइकिल से अउर कइसे।"

"अउर लड़के कैसे जाएंगे?"

"कुछ लोग जीप किए हैं, पइसा लगाकर।"

"केतना लगा है?"

"दू दू सौ रुपया एक आदमी का पड़ा।"

"कितने दिन चलेगा इम्तहान?"

"एक महीना लग जाएगा।"

"हम तुम्हारे अब्बा से बात करेंगे, तू भी जीप से जाना। साइकिल से जाते-जाते थक जाओगे फिर लिखोगे क्या खाक।"

अल्लन देख रहा था, अम्मा परेशान हो गई थीं। अल्लन चुप था। वह अपनी किताबें लेकर पढ़ने के लिए बैठ गया। सामाजिक विज्ञान का पेपर था। उसे सब याद था, वह बस दोहरा दोहरा के सब कुछ अपने दिमाग में बैठाना चाहता था। पढ़ते-पढ़ते अल्लन को शाम हो गई थी। अब्बा आ गए थे। नमाज पढ़ने के बाद वह अल्लन के पास ही आकर बैठ गए।

"कब देना है पइसा?"

"कौन-सा?" अल्लन एकबारगी अब्बा का सवाल समझ नहीं पाया।

"जीप वाला।"

"कल शाम तक।" उसे हैरानी हो रही थी, अब्बा ने एक बार में उसके जीप से जाने को हरी झंडी दिखा दी।

"ठीक है।"

अब्बा अल्लन से सिर्फ इतना कहकर चले गए। वह सो गया था। सुबह उठा तो अम्मा ने उसके हाथ में सौ-सौ के दो नोट धर दिए।

"दे आओ।"

अल्लन ने पैसा अपनी जेब में डाला और चल पड़ा। उसके क्लास में पढ़ने वाले एक लड़के राहुल के पापा जीप की व्यवस्था कर रहे थे, पैसा उन्हीं को देना था। पैसा देने और अपनी सीट पक्की करने के बाद अल्लन लौट आया था। उसका दिल धड़क रहा था। पहली बार वह बोर्ड के इम्तहान में बैठने जा रहा था। लौटते वक्त अल्लन मंदिर के सामने से लौटा था। न चाहते हुए भी अल्लन का सिर यहां झुक गया। उसने ज़बान से कुछ नहीं कहा, मगर उसे महसूस हुआ कि उसका दिल कह रहा है।

"शंकरजी पास करा दीजिएगा।"

इम्तहान को लेकर अल्लन के दिल में बैठा डर उसे बार-बार दुआएं मांगने पर मजबूर कर रहा था। इम्तहान में साथ लेकर जाने वाली चीजों को दुरुस्त करने के बाद अल्लन पढ़ाई करने बैठ गया था। रात तक अल्लन पढ़ाई करता रहा। खाना खाने के बाद उसने अपने लिए चाय बनाई थी, इसलिए कि नींद न आए। सुबह सात बजे से उसका पेपर था। सब लड़कों को पांच बजे तक जीप के पास इकट्ठा होना था। रात तीन बजे तक पढ़ने के बाद अल्लन नहाने के लिए उठ गया। नहा के उठा तो देखा अम्मा पराठा बना रही थीं। अंडे तले जा चुके थे। अल्लन रसोई में खड़े-खड़े ही खाना खाने लगा। अम्मा उससे फिर कह रही थी।

"बेटा थोड़ा तो सब्र करना सीख लो।" मगर अल्लन चुपचाप चपर-चपर खाता रहा।

चार बजे तक अल्लन पूरी तरह से तैयार हो गया था। वह जीप पर बैठने के लिए बेताब हो रहा था। मगर घड़ी की सुईयां मानो रुक गई थीं। अल्ला-अल्ला करके साढ़े चार बजे बेसब्र अल्लन अम्मा को सलाम करके चल पड़ा। जीप वाली जगह पहुंचा तो पता चला वहां जीप ही नहीं आई है। घुप्प अंधेरे में अल्लन को डर लगने लगा। मगर वह किसी तरह हिम्मत बांधे खड़ा रहा। दस मिनट तक अल्लन का दिल धड़-धड़ बजता रहा, मगर उसके बाद उसके साथियों की फौज़ इकट्ठा होनी शुरू हो गई थी। हंसी-मजाक शुरू हो गया था। पांच बजे तक जीप आ गई थी। लड़के जीप पर सवार होकर निकल पड़े। इतनी सुबह-सवेरे ठंडी हवा से अल्लन का पहला-पहला साबका था। ठीक गेट के पास बैठे अल्लन का दिल झूम रहा था। वह मगन अपनी यादों में गुम हो गया था। बिना इम्तहान दिए वह फर्स्ट क्लास आने के सपने देख

रहा था। अल्लन के ख्वाबों का दौर अपने शबाब पर था कि जीप रुक गई। बबुरी आ गया था। लड़के जीप से उतर रहे थे। अल्लन भी उतरकर गेट के भीतर घुस गया। यहां हजारों लड़कों की भीड़ थी। सब अपनी-अपनी बातों में मस्त थे। किसी को उड़ाका दल की चिंता सता रही थी, तो कोई कठिन परीक्षा की बातें कर रहा था। अल्लन खामोश सबकी बातें सुन रहा था। आज के दिन उसका पेपर बिगड़ने का कोई चांस नहीं था। सामाजिक विज्ञान की वह पूरी गाइड ही रट के आया था। सात बजे का घंटा बजा तो अल्लन को लगा कि किसी ने उसके दिल को अंदर से जोर से हिला दिया। मगर अपने को जब्त किए बैठा रहा। पेपर बंट चुका था। लड़के अपने-अपने इष्टों को याद करते हुए पेपर खोल रहे थे। अल्लन ने भी बिस्मिल्लाह करते हुए पेपर खोला, हालांकि उसके जहन में मठ का मंदिर भी घूम रहा था। पेपर वाकई आसान था। अल्लन ने एक बार कलम उठाई तो वापस सिर उठाकर नहीं देखा। पेपर बढ़िया हुआ था। अल्लन बेहद खुश था। जीप से घर लौटते वक्त उसमें उत्साह का एक नया संचार था। हालांकि पिछली रात न सोने की वजह से उसे नींद भी आ रही थी। घर पहुंचा तो दोपहर के बारह बज चुके थे। अम्मा अल्लन का इंतजार ही कर रही थी।

"क्या हुआ बेटा, कइसा रहा पेपर?"

"बढ़ियां।"

अल्लन किसी से बात करने के मूड में नहीं था। अम्मा भी अपने बच्चे का मूड भांप रही थीं, इसलिए उन्होंने बिना कुछ ज्यादा पूछताछ किए खाना परोस दिया। खाना खाकर अल्लन ने बिस्तर पकड़ लिया। अम्मा को उसके खर्राटों की आवाज सुनाई दे रही थी।

17

इम्तहान के इन दिनों में अल्लन का रूटीन पूरी तरह से बदल गया था। उसने खेलना-कूदना कम करने के बजाय पूरी तरह से बंद कर दिया था। अब्बा अल्लन के रवैए में आए बदलाव को देखकर हैरान थे। अल्लन अब बात-बात पर अम्मा से झगड़ता भी नहीं था। मंदिर का रुख़ वह इन दिनों नहीं करता था, इसलिए भी अम्मा-अब्बा उससे खास तौर पर खुश थे। अल्लन इन दिनों

नीलू को भी भूल-सा गया था। नीलू का इम्तहान भी उसके साथ-साथ चल रहा था। नीलू उसे दिखाई नहीं देती थी। हालांकि अल्लन का दिल कभी-कभी उससे मिलने के लिए काफी बेचैन होता, मगर फिर भी वह सिर झटककर अपने काम में व्यस्त हो जाता था। एक-एक करके सारे-के-सारे पेपर होते जा रहे थे। हर पेपर के बाद अल्लन का उत्साह बढ़ता जा रहा था। इंग्लिश का पेपर कुछ खराब हुआ था, मगर अल्लन को फिर भी सुकून था। पास होने लायक नंबर उसे मिलने तय थे। उसे बस इंतजार था गणित की परीक्षा का, जिसकी फांस उसके कलेजे में अटकी हुई थी। आज आखिरी पेपर था। गणित की परीक्षा थी। अल्लन का कलेजा सवालों के बारे में सोच-सोचकर हलक में फंसा जा रहा था। मगर वह भी कर भी क्या सकता था। इम्तहान तो उसे देना ही था।

अल्लन ने अल्ला मियां से कई बार पास होने के लिए दुआएं मांगी थी। उसका दिल आज पढ़ाई में नहीं लग रहा था। शाम होते-होते अल्लन का दिमाग कुछ ऐसा घूमा कि वह बजाय पढ़ने के पतंग लेकर छत पर चढ़ गया। अम्मा ने बेटे को रोका नहीं। हां, हल्के स्वर में उससे एक बार अपना विषय दोहराने की सलाह जरूर दी। अल्लन ने हमेशा की तरह अम्मा की सलाह को ठुकरा दिया। छत पर पहुंचा तो देखा, मुहल्ले भर के लड़कों की दर्जनों पतंगें आसमान में लहरा रही हैं। अल्लन को न जाने क्यों गुस्सा आ गया। उसने अपनी पतंग तानी और एक-एक करके सबकी पतंगें काटनी शुरू कर दी। अल्लन के आक्रामक रवैए को देखकर बच्चे सहम गए। कितनी पतंग खुद-ब-खुद नीची हो गईं या उतार ली गईं। अल्लन मां-बहन की गाली देते हुए एक-एक करके पतंगों के कत्लेआम में जुटा हुआ था। एक घंटे तक खींचतान के बाद अल्लन थक गया था। उसने अपनी पतंग नीची करनी शुरू कर दी थी। पतंग उतारने के बाद अल्लन नीचे जाकर सो गया। अम्मा से उसकी कोई बात नहीं हुई। अम्मा ने उसे खाना खाने के लिए नहीं उठाया। उन्हें पता था कि वह उठेगा जरूर और हुआ भी यही। अल्लन रात के बारह बजते-बजते एक बार फिर उठ बैठा। सुबह चार बजे उसे जीप पकड़ने के लिए जाना था। खाना खाने के बाद उसने किताबों की उलट-पुलट शुरू कर दी। एक घंटे तक फार्मूलों को निहारने के बाद वह फिर लेट गया। अम्मा उसकी हरकतों पर नजर रखे हुए थीं। जिस दिन अल्लन का इम्तहान होता, अम्मा रात में सो नहीं पाती। दरअसल उन्हें नींद नहीं आती। क्या जाने अल्लन की आंख लग जाए और

पेपर छूट जाए। अल्लन का बिस्तर से उठना-लेटना जारी था। रात के दो बजे थे। अल्लन ने नहाना शुरू कर दिया। अम्मा अल्लन की हरकतों से शायद नाराज थीं। मगर वह इम्तहान के ठीक पहले डांट-डपट नहीं करना चाहती थीं। नहाने के बाद अल्लन एक बार फिर पढ़ने लगा। आधे घंटे पढ़ने के बाद वह फिर सो गया। इस बार अल्लन उठा तो सवा चार बज चुके था। घड़ी देखते हुए वह हड़बड़ा गया। मगर उसे तसल्ली हुई रसोई में अम्मा के अंडा तलने की आवाज आ रही थी। अल्लन समझ गया था, अम्मा उठी हुई थीं। उसने मुंह-हाथ धोना शुरू कर दिया। नाश्ता करने के बाद वह हमेशा की तरह जीप पकड़ने के लिए चल पड़ा। अल्लन का दिल बेचैन था। गणित के पेपर में उसके पास होने के चांस दूसरे पेपरों की तरह नहीं थे। अल्लन को गणित से डर लगता था। अल्लन मठ के सामने पहुंच चुका था। उधेड़बुन में डूबे उसके दिल में अचानक एक ख्याल आया। अल्लन के पैर ठिठक गए। उसने मंदिर के गेट का छोटा दरवाजा खोला और मंदिर के अंदर जा पहुंचा था। गेट खड़का तो मंदिर के अंदर रहने वाले कुत्ते भौंके। मगर अल्लन कुछ नहीं बोला। कुत्ते भौंकते रहे, मगर वह चुपचाप शिवजी की पिंडी के पास तक जा पहुंचा। अल्लन ने अपने कांपते हाथ शिवजी की पिंडी पर रख दिए। वह कुछ कहना चाहता था, मगर उसके मुंह से लफ्ज नहीं निकल रहे थे। अल्लन की आंखों में आंसू थे। उसका पूरा शरीर थरथरा रहा था। अल्लन ने हाथ हटाया अपने माथे पर लगाया और मंदिर की तरफ बिना पलटकर देखे फिर वापस चल पड़ा। मंदिर का दरवाजा फिर खड़का।

"कउन है...।" अल्लन इस आवाज को पहचानता था। बूढ़े पंडित जी शायद उठ गए थे।

मंदिर में अकसर रात-बिरात हीरोइन पीने वाले घुस आते थे, चोरी-चकारी न हो पाए, इसलिए पंडित जी काफी खुटके की नींद सोते थे। अल्लन जब जीप के पास पहुंचा तो देखा, सारे लोग आ चुके थे। उसी का इंतजार हो रहा है। अल्लन बिना किसी से कुछ बोले फटाफट जीप पर बैठ गया। जीप फर्राटे से चल पड़ी। क्लास के अंदर जब अल्लन के हाथ में गणित का पर्चा आया। तो उसका दिल जोर-जोर से धड़क रहा था। उसने हिम्मत करके पर्चा खोल दिया। पाइथागोरस का प्रमेय आ गया था। अल्लन की आंखों में खुशी की चमक थी। एक-एक नंबर के सवाल उसे आज आलोक से पूछने थे। उसने इसके लिए उसकी खूब चिरौरी की थी। तब कहीं जाकर वह अल्लन को

जवाब बताने के लिए तैयार हुआ था। तय यह हुआ था कि पेपर शुरू होने के ठीक एक घंटे बाद बाथरूम के पास वह दोनों मिलेंगे। आलोक एक नंबर के चार सवालों के जवाब उसे बता देगा। अल्लन आठ बजने में दस मिनट पहले से ही कुनमुनाने लगा। ठीक आठ बजे वह बाथरूम में जा पहुंचा। आलोक पहले से ही वहां पहुंचा हुआ था। चार सवालों के जवाब को अल्लन ने आनन-फानन में अपनी कलाई पर नोट कर लिया। अल्लन गणित के पेपर में नौ नंबर का काम कर चुका था। चार एक नंबरी सवाल और पांच नंबर का प्रमेय। अब उसे करीब इतने ही और नंबरों की जरूरत थी। कुछ सवालों के जवाब उसे आते थे, मगर आखिर में हल सही निकलेगा या नहीं इस बारे में उसे भ्रम था। अल्ला का नाम लेकर उसने सवाल लगाने शुरू कर दिए। दस बजे तक अल्लन का पर्चा पूरा हो चुका था। कुछ सवालों के जवाब निकले थे, मगर वह सही थे या गलत, ये अल्लन को पता नहीं था। परीक्षा खत्म हो गई थी। अब अल्लन आजाद था। शुरुआती कुछ घंटे तो वह गणित के गम में डूबा रहा। मगर जब दूसरे लड़के मस्ती और खेलने-कूदने की बात करने लगे तो उसका दिल भी डोल गया। उस दिन लौटते वक्त अल्लन जीप की छत पर बैठकर आया था। आसमान की खुली हवा उसका दिल लुभा रही थी। घर पहुंचने के बाद अल्लन ने अम्मा से छुपकर अपना बैट और बाल निकाला और मिडिल स्कूल की तरफ दौड़ पड़ा। लड़के उसका इंतजार कर रहे थे। अल्लन के पहुंचते ही हंगामा शुरू हो गया। कोई बैट लेकर दौड़ने लगा तो कोई बाल फेंकने की प्रैक्टिस करने लगा। अल्लन चिल्लाता रहा, मगर किसी को मानो उसकी बात सुनाई ही नहीं दे रही थी। अल्लन गुस्सा गया।

''मादरचो..टीम नहीं बंटाई, पहले बैटे-बाल से गाड़ मराने लगे लोग। इधर आओ सब लोग... टास होगा टीम बंटाएगी।''

अल्लन की गालियां असर दिखा गईं। लड़के उसके पास गोला बनाकर खड़े हो गए। एक टीम का कप्तान अल्लन खुद बना और दूसरी का आलोक को बनाया गया। पांच रुपए दांव पर भी लगाए गए। यानि जो टीम हार जाती उसे दूसरी को पांच रुपए देने पड़ते। खेल शुरू हो गया। अल्लन की टीम टॉस जीती थी। अल्लन ने पहले बैट पकड़ा। उसने एक महीने बाद बैट पकड़ा था। फिर भी बल्लेबाजी मानो उसके खून में थी। बाल आती गई और अल्लन एक के बाद एक चौके और छक्के जड़ता गया। लड़के मुंह में उंगली दबाए उसका प्रदर्शन देख रहे थे। अल्लन की टीम जीती थी। हालांकि पैसे का जुगाड़ न

हो पाने की वजह से उसने जीत की रकम यानि पांच रुपए लेने से इनकार कर दिया था। लड़के खेल-खेलकर थक चुके थे। अब हर किसी को घर की चिंता सता रही थी। यह घर की चिंता नहीं थी, बल्कि घरवालों की मार की चिंता थी, जो अकसर इन लड़कों को बेभाव खाने को मिलती। अल्लन भी घर लौट आया। अब्बा घर में नमाज पढ़ रहे थे। अम्मा दुकान पर बैठी थीं। अल्लन दुकान जा पहुंचा।

''हो गया पेपर।'' अम्मा ने उससे पहले यही सवाल किया।

''हां।''

''कइसा रहा?''

''ठीक।''

''आज से दुपहर को हम बैठेंगे दुकान पर।'' अल्लन को अम्मा पर प्यार आ रहा था, वह उसे खुश करना चाहता था।

''बैठो न कोई मना किया है।'' अम्मा हंस रही थीं।

18

अल्लन की जिंदगी एक बार फिर पटरी पर लौट आई थी। खेलना-कूदना, घूमना-फिरना और पतंगबाजी। मगर अब वह ये सब करके जल्दी उकता जाता था। नीलू इम्तहान खत्म होने के बाद भी उसे नजर नहीं आती थी। अल्लन उसकी ताक पर कई बार छत पर चढ़ता, मगर नहीं उसके सारे प्रयास व्यर्थ जाते। रात में जब अल्लन सोने के लिए बिस्तर पर जाता तो नीलू का ख्याल उसके जेहन में कील की तरह चुभता।

''नीलुवा कमीनी, पता नहीं कहां चली गई?''

अल्लन को झुंझलाहट होती थी। मगर वह कर भी क्या सकता था। अल्लन ने अब एक बार फिर से दुकान पर बैठना सीख लिया था। सुबह-सवेरे उठकर वह दुकान पर झाड़ू भी लगाता था। अल्लन ने इन दिनों दुकान से पैसे चुराने भी बंद कर दिए थे। जिंदगी गुजर रही थी। दोपहर में अब्बा की गैर मौजूदगी में अल्लन अपनी दुकान पर बैठा हुआ ऊंघ रहा था। अचानक किसी हाथ ने उसे हल्के से हिला दिया। अल्लन चौंक गया। नीलू थी।

''काला धागा है?''

"हां।" अल्लन को कोई दूसरा जवाब नहीं सूझा।

"दो मीटर चाहिए।"

अल्लन फिर भी अपनी जगह पर बैठा रहा। कोई दूसरा ग्राहक होता तो इतनी देर में अल्लन उसे धागा देकर रवाना कर चुका होता, मगर नहीं।

"तुम कहीं चली गई थी क्या?" अल्लन ने दिल में उठा सीधा-साधा सवाल उसके ऊपर दाग दिया।

"नहीं।" नीलू हमेशा की तरह हंस रही थी।

"दिखी तो नहीं।"

"घर पर ही तो थी।"

"नहीं, मतलब छत पर या कहीं और दिखी नहीं।"

"पापा मना करते हैं।" अल्लन ने देखा नीलू का चेहरा शर्म से लाल हो रहा था।

"किस बात के लिए?"

"सयानी लड़कियों को इधर-उधर नहीं घूमना चाहिए।"

"अपने मकान की छत पर भी नहीं जाना चाहिए।" अल्लन ने हंसकर अपनी बात उसकी बात में जोड़ दी।

"नहीं।"

"क्यों?"

"मुहल्ले के लड़के आवारा हैं।"

अल्लन को अपने ऊपर शर्म आई। मानो मिश्रा जी ने उस बात को उसी को ध्यान में रखकर कही हो।

"तुम्हारा पेपर कैसा हुआ?" अल्लन ने बात बदल दी।

"बढ़िया।"

"और तुम्हारा।"

"बहुत बढ़िया।" कहने के बाद अल्लन बेसाख्ता हंस दिया।

"फर्स्ट आ जाओगे?"

"शायद।" अल्लन की आंखों में शायद कहते हुए एक चमक थी।

"छुट्टियों में यहीं रहोगी कि गांव जाओगी?"

"जाना होगा शायद। पापा कह तो रहे थे।"

अल्लन के चेहरे पर से कई भाव एक साथ आकर गुजर गए थे।

"क्यों तुमको कोई काम है हमसे?" नीलू शरारत पर उतर आई थी।

अल्लन चुप रहा। नीलू की आंखों में एक खास भाव था, जिसे वह साफ पढ़ सकता था, मगर पढ़ने से क्या। नीलू जब तक अपने मुंह से कुछ नहीं कहती, वह आगे कैसे बढ़ सकता था। धागे के एवज में नीलू ने दस रुपए का एक नोट देने की कोशिश की। अल्लन ने हंसकर कहा

''पैसा अपने पास रखो। जानते हैं तुम्हारे पास बहुत पैसा है।'' नीलू खिलखिलाकर हंस पड़ी। अल्लन ने धीरे से पूछा

''फिर कब मिलोगी?''

उसने पलटकर देखा और हल्की-सी मुस्कराहट के साथ आगे बढ़ गई। अल्लन के दिल में हूक-सी उठी। नीलू एक बार फिर उससे मिलकर जा चुकी थी और कुछ नहीं कह सका था। अब्बा दुकान पर आ गए थे। अल्लन को राहत मिल गई। वह घर पहुंचकर छत पर चढ़ गया। इस इंतजार में कि नीलू आएगी। मगर ऐसा नहीं हुआ। अल्लन इंतजार करता रहा, नीलू नहीं आई। अल्लन अपने दिल को समझा रहा था। देर तक इंतजार करने के बाद वह नीचे आ गया। खाना खाया और फिर सो गया। उठा तो शाम हो गई थी। लड़के मिडिल स्कूल में पहुंच चुके होंगे। अल्लन के दिल में सबसे पहले यही ख्याल आया था। मिडिल में पहुंचा तो खेल सच में शुरू हो गया था। अल्लन बढ़िया खिलाड़ी था। लड़के उसे अपनी टीम में जगह देने के लिए लड़ाई-मार पर उतारु हो जाते थे। इन मामलों में होता यह कि जब भी अल्लन मैदान में देर से पहुंचता उसे अंपायरिंग से काम चलाना पड़ता। अगर वह एक टीम में खेलता तो दूसरी वाले नाराज हो जाते और दूसरी में खेलता तो पहले वाले खफा। मैच चल रहा है, अल्लन लगातार अपने सही फैसलों से खेल को आगे बढ़ा रहा था। खिलाड़ी रोजाना की तरह बात-बात पर लड़ाई-झगड़ा जारी रखे हुए थे, मगर आज अल्लन का जी इन सारी बातों में नहीं लग रहा था। आज क्या अल्लन काफी दिनों से अपने को भीतर से बीमार से महसूस करता था। उसका मन किसी चीज में न लगता था। नीलू उसके जेहन पर हावी थी।

खेल-कूद के अल्लन घर लौटा तो देखा रिज्जू भाई आए हैं। अल्लन खुश हो गया। रिज्जू भाई हालांकि उससे उम्र में दस साल बड़े थे, मगर उनसे पूरा याराना था। अल्लन जाकर इतना खुश हुआ कि वह रिज्जू भाई के गले में हाथ डालकर लटक गया। मगर नहीं, रिज्जू भाई आज न पहले की तरह हंसे न ही उन्होंने अल्लन से उतनी उनसियत से बात की। अम्मा से ही न जाने क्या-क्या बातें करते रहे। अल्लन को हैरानी हुई, मगर उसने अपने भाव जाहिर नहीं होने

दिए। रसोई में पहुंचा तो देखा अम्मा पीछे से चाय बनाने के लिए चली आ रही हैं, का हुआ? अल्लन ने अम्मा से पूछा तो अम्मा ने साड़ी के पल्लू से अपनी आंखें पोंछ लीं।

"नाना की तबीयत बड़ी खराब है।"

"हम भी चलेंगे।" अल्लन ने अम्मा के सामने अपनी शर्त रख दी।

"तुम चलोगो तो दुकान का ख्याल कउन रखेगा। अब्बा को खाना-वाना भी देना होगा। हम गुड़ियवा से कह दिए हैं। शाम-सुबह आकर खाना पका देगी।"

गुड़िया अल्लन के पड़ोस में रहती थी। अम्मा जब भी कहीं बाहर जाती उसके घर के खाने की जिम्मेदारी गुड़िया के ही सर होती। गुड़िया सुबह-शाम आती और खाना पकाकर चली जाती।

"आओगी कब?" अल्लन ने अपने जेहन में उभरा आखिरी सवाल अम्मा के सामने रख दिया।

"देखो, नाना जल्दी से ठीक हो जाएं।"

अल्लन का दिमाग भन्ना रहा था। वह अम्मा से बात करने के मूड में नहीं था। फिर जाकर रिज्जू भाई से चिपक गया।

"पीपे वाला पुल बना है कि नहीं।"

"क्यों नहीं बनेगा? हर साल बनता है।"

"नहीं, हम अइसहीं पूछ रहे हैं।"

अल्लन रिज्जू भाई से दुनिया-जहान की बातें पूछता था। अब्बा आज दुकान जल्दी बंद करके घर आ गए। अब्बा रिज्जू भाई के साथ बात करने में जुटे हुए थे। अल्लन ने सुना कि नाना को बीएचयू में दिखाने की बात चल रही थी। बीएचयू रामनगर के करीब भी था। इलाज सरकारी था, लिहाजा नाना के इलाज के लिए मामू और तमाम दूसरे रिश्तेदार यहीं के लिए जोर दे रहे थे। अल्लन को अब्बा पर गुस्सा आ रहा था, वह रिज्जू भाई के साथ घूमने-फिरने जाना चाहता था मगर नहीं, अब्बा के रहते यह हो नहीं सकता। अल्लन जब भी रिज्जू भाई के साथ घूमने जाता, भाई उसे पेप्सी जरूर पिलाते। अल्लन की पेप्सी मारी जा रही थी, मगर वह कुछ नहीं कर सकता था। रात हो चुकी थी। अब्बा सोने की तैयारी कर रहे थे। रिज्जू भाई अभी भी अम्मा से बातों में मशगूल थे। बात नाना की बीमारी से चलते-चलते शादी-ब्याह तक आ पहुंची थी। मामू की कई लड़कियां थीं। बेचारे शादी के लिए परेशान रहते, मगर अच्छा रिश्ता नहीं मिल पा रहा था। अल्लन समझ गया था कि आज

उसकी मुलाकात रिज्जू भाई से नहीं हो सकेगी। खाना खाने के बाद वह अपने बिस्तर पर दुबक के सो गया।

सुबह आंख खुली तो देखा अम्मा डोलची लिए जाने को तैयार खड़ी है। रिज्जू भाई उन्हें नाना की बीमारी की सिर्फ खबर देने नहीं, बल्कि लेने आए थे, यह अल्लन को अब समझ आया था। अल्लन को रिज्जू भाई का आना खल रहा था। रिज्जू भाई न आते तो वह खुद अम्मा को लेकर रामनगर जाता। मगर मौका मारा गया। अल्लन बेचारा अब क्या कर सकता था। अम्मा-अब्बा को तमाम ताकीद देते हुए घर से बाहर जा रही थी। अल्लन का मुंह रुआंसा हो गया, मगर वह रोया नहीं। बच्चा थोड़ी रहा कि पें से रो दे। अम्मा उससे कह रही थी।

''ज्यादा दिन लगेगा तो बुला लेंगे बेटा, आखिर कितनी दूर है रामनगर।''

अम्मा अल्लन को दिलासा देने के साथ पांच रुपए का एक नोट पकड़ा कर चली गईं।

19

अम्मा के जाने के तीन-चार दिन बाद अल्लन को पता चला था कि नाना को बीएचयू में भर्ती करा दिया गया है। हालत सीरियस थी। अल्लन वहां जाने के लिए बेचैन था, मगर जा नहीं सकता था। अब्बा चलने का नाम नहीं ले रहे थे। अल्लन का पूरा-पूरा दिन या तो दुकान के आसपास गुजर जाता या फिर इधर-उधर खेलकूद कर। अम्मा की गैरमौजूदगी में उसे अपनी मनमानी करने का और मौका मिल गया था। अब्बा आज घर आए तो कुछ ज्यादा ही परेशान नजर आए।

''जाओगे बीएचयू?''

अल्लन अब्बा के इस बेसाख्ता सवाल पर चौंक गया। उसके मुंह से कुछ शब्द निकले नहीं थे कि अब्बा फिर बोल पड़े।

''वहां काम करे वाला कोई चाहिए। तुम्हारी अम्मा का फोन आया था। अल्लन को भेज दो। दवाई वगैरह तो ले आएगा।''

''हम चले जाएंगे।'' बिना मांगी मुराद पर अल्लन की जबान अब खुली थी।

''ठीक है तो निकलो जल्दी।''

अल्लन जाने की तैयारियों में जुट गया। अपना स्कूल बैग खाली करके उसने उसमें अपने दो जोड़ी पसंदीदा कपड़े रख लिए। अब्बा ने रास्ते के लिए उसे सौ रुपए दिए थे।

"कइसे जाओगे, पता है न।"

"हां अउर का। कैंट से टैंपू पकड़ लेंगे, सीधे पहुंचा देगा।"

अल्लन अब्बा के ऊपर बनारस की जानकारी का पूरा रुआब झाड़ने के मूड में था। अल्लन को बीएचयू जाने को लेकर खासी दिलचस्पी थी। उसने बीएचयू के बारे में खूब सुन रखा था।

दस कोस से भी ज्यादा के इलाके में फैला है बीएचयू। तमाम रंग-बिरंगे पेड़ों के अलावा वहां मिडिल स्कूल के जैसे कई मैदान हैं। अल्लन ने अब तक बीएचयू को आते-जाते बाहर से ही देखा था। अंदर से बीएचयू को देखने का मौका उसके हाथ पहली बार लगा था। अल्लन नहा-धोकर चलने के लिए तैयार था। अब्बा बाहर खड़े थे। अल्लन बाहर निकलते-निकलते अब्बा से कह रहा था

"गुड़िया से कह दिए हैं, खाली आपका खाना बनाएगी। चाय-वाय बनवानी होगी तो उसको बुलवा लीजिएगा।"

अब्बा को चाय का खास शौक था, इस बात से अल्लन अच्छी तरीके से वाकिफ था। अब्बा के चक्कर में वह भी चाय बनाना सीख गया था। अब्बा खामोश खड़े थे। अल्लन ने अपने खास अंदाज में झोला अपनी पीठ पर टांगा और अब्बा को झटके में सलाम करके निकल पड़ा। अल्लन की आदत थी जब भी घर सफर पर निकलता अब्बा को सलाम जरूर करता। हालांकि शर्मा-शर्मी में होने वाले इस सलाम का उसको जवाब नहीं मिलता।

अब्बा जब तक खुश रहो कहते अल्लन काफी दूर निकल चुका होता। अल्लन जल्द से जल्द बीएचयू पहुंचना चाहता था। हमेशा की तरह उसने एक बार फिर बस की बजाय जीप का सहारा लिया। मुगलसराय के बाद वह फिर बस पर सवार हो गया। दरअसल, मुगलसराय से बनारस के बीच चलने वाली जीपें चौकाघाट पर ही उतार दिया करती थी। जबकि बसें कैंट रेलवे स्टेशन तक जाती थीं। बस में अल्लन को उसकी पसंदीदा खिड़की वाली सीट मिली थी। अल्लन हवा खाता चला जा रहा था। पड़ाव के बाद वह एक बार फिर सीट पर सिकुड़कर बैठ गया। गंगा का पुल आने वाला था। धचका लगना शुरू हुआ तो अल्लन को पता चल गया कि पुल आ गया है। आज अल्लन एक

सिक्का पहले से पकड़े बैठा था। गंगा माई में चढ़ाने के लिए। बस पूरी रफ्तार से दौड़ रही थी। बस गंगाजी के ऊपर पहुंची तो सिक्कों के खनकने की आवाज आने लगी। कई सिक्के रेलिंग से टकरा-टकराकर पुल के ऊपर सड़क पर ही गिर रहे थे। जबकि कई सीधे गंगाजी में जा रहे थे। अल्लन ने अपना सिक्का जोर से पानी की ओर उछाला था। दिल में दुआ थी। ''नाना ठीक हो जाएं।'' सिक्का सीधे गंगा के पानी में जा गिरा।

अल्लन खुश हो गया। बस दौड़ती-भागती चली जा रही थी। कैंट पहुंचते-पहुंचते अल्लन को तीन बज चुके थे। अल्लन सीधे लंका के टैंपू पर जाकर बैठ गया। टैंपू चला और बनारस के तमाम रास्तों को नापते-नापते बीएचयू के सामने जा पहुंचा। अल्लन बीएचयू का पता वहां लगी मूर्ति से लगाता था। मूर्ति थी बीएचयू के संस्थापक पंडित मदनमोहन मालवीय की। अल्लन ने आठवीं क्लास में बीएचयू की स्थापना से जुड़ी यह बात किताब में पढ़ी थी। टैंपूवाले को पइसा देकर जब अल्लन बीएचयू के अंदर घुसा तो उसकी समझ में नहीं आया कि आखिर जाया किधर जाए। दूर-दूर तक हरियाली का साम्राज्य था। करीने से लगे पेड़ सड़कों की शोभा बढ़ा रहे थे। जगह-जगह फौवारे चल रहे थे। अल्लन ने यह सब कुछ पहली बार देखा था। अल्लन रास्ता भूल रहा था। उसे बीएचयू अस्पताल में जाना था, मगर वह न जाने कहां आ गया था। अल्लन काफी देर तक यहीं गोल-गोल घूमता रहा। हैरान परेशान। चलते-चलते उसके पैरों में दर्द होने लगा। मगर उसे पता था कि बीएचयू में चलना तो पड़ेगा। दस कोस में फैला है कोई मजाक थोड़े है। हारकर अल्लन सड़क के किनारे लगी एक बेंच पर बैठ गया। उसे अब्बा पर गुस्सा आ रहा था। बताए भी नहीं कि कहां हैं। हमको कैसे पहुंचना है। बीएचयू में किसी को ढूंढना कोई मजाक है क्या। अल्लन को नाना का पता तलाशते एक घंटे से भी ज्यादा वक्त गुजर चुका था। अल्लन उठकर फिर चलने के लिए तैयार हो गया। घूमते-घूमते जब अल्लन से रहा नहीं गया। गेट पर खड़े एक दरबान के पास जा पहुंचा। हालांकि उसे पूछते हुए डर लग रहा था फिर भी उसने हिम्मत करके पूछ ही लिया।

''ए चच्चा... अस्पताल किधर है।'' दरबान ने पहले तो लड़के को ऊपर से नीचे तक देखा फिर इशारे से एक तरफ हाथ उठा दिया।

अल्लन ने दोबारा सवाल नहीं किया। वह हाथ की बताई दिशा में चल पड़ा। चलते-चलते अल्लन को लगा वह सही दिशा में जा रहा था। अस्पताल

की कई एंबुलेंस उसी तरफ से आई थीं। उत्साहित अल्लन की चाल बढ़ गई थी। अल्लन अस्पताल के बाहर खड़ा था। अब उसे अंदर जाना था, मगर अंदर नाना और अम्मा कहां मिलेंगी उसे कहां पता था। अल्लन इसी उधेड़बुन में डूबा था कि अचानक सामने से मामू आते दिख गए। अल्लन खुशी से चीख पड़ा

"...मामू।" मामू चौंक गए।

"अरे, अल्लन आ गए।"

"आ क्या गए। दो घंटे से इधर-उधर घूम रहे हैं।" अल्लन ने मामू से शिकायत की। मगर मामू मानो उसकी बात सुन ही नहीं रहे थे।

"चलो दवा लाएं।" अल्लन मामू के साथ दौड़कर चल पड़ा।

दवा लेकर अल्लन वापस लौटा तो देखा अस्पताल के एक कमरे में नाना बेसुध पड़े हैं। दो-दो बोतल से पानी चढ़ रहा है। मुंह में सांस लेने वाली नली पड़ी है। अम्मा वहीं पास की चौकी पर बैठी हैं। और कोई नहीं था। अल्लन अम्मा के पास जाकर बैठ गया। न अम्मा कुछ बोलीं न अल्लन। मामू बाहर चले गए। नाना की तबीयत के बारे में डॉक्टर से बात करने के लिए। अल्लन अम्मा के पास देर तक बैठा रहा। उसे सबकुछ बेहद खराब लग रहा था।

"अम्मा, नाना यहां कब तक रहेंगे?"

"देखो कब तक...।" अल्लन के सवाल का जवाब अम्मा ने बड़ी धीमी आवाज में दिया।

अल्लन ने फिर कुछ पूछना चाहा, मगर अम्मा ने मुंह पर उंगली रखकर बोलने से मना कर दिया। अल्लन उठकर कमरे से बाहर निकल गया। पूरे अस्पताल में कमोबेश ऐसा ही आलम था। कोई रो रहा था, कोई चिल्ला रहा। अल्लन के सामने दो मरीज सफेद कपड़ों में लिपटे चले गए थे। अल्लन को पता था कि सफेद कपड़ों में लिपटने का मतलब दुनिया से रुख़सत होना है। रात को रिज्जू भाई सबका खाना लेकर आए थे। अल्लन चौकी पर लेटे-लेटे सो गया। अम्मा ने खाना खाने के लिए उठाया, मगर उसने इनकार कर दिया।

अस्पताल से अल्लन को चिढ़ होने लगी थी। यहां आए उसे तीन दिन से ऊपर हो चुके थे। नाना की हालत जस-की-तस थी। न कुछ खा पाते थे न पी पाते थे, बस बिस्तर पर पड़े रहते। हगना-मूतना भी बिस्तर पर ही होता। अम्मा सब साफ-सफाई करती। अल्लन का जी उकता गया था। वह अकसर

दोपहर में अम्मा और नाना को छोड़कर बीएचयू का जायजा लेने के लिए निकल जाता। अल्लन को बीएचयू काफी पसंद आया था। रात में जब वह अम्मा की गोदी में अपना सिर रखकर सो रहा था तो कहा

"हम भी यहीं पढ़ेंगे।"

"पहले अउर पढ़ तो लो।" अम्मा हंस रही थी।

"अउर क्या! बस बारह पढ़ने के बाद यहां एडमिशन हो जाता है। बीए-बीएससी में। क्या समझे हो हमको सब पता है।"

"ठीक है, हम अब्बा से कहेंगे बारह के बाद मेरे अल्लन का एडमिशन बीएचयू में होगा।"

अल्लन का दिल बाग-बाग हो गया। उसने गोद से उठकर अम्मा का मुंह चूम लिया। नाना का इलाज जारी था, मगर उनकी हालत में कोई सुधार नहीं आ पा रहा था। अल्लन नाना के लिए दवा लाता, जूस लाता, सिरहाने बैठकर उनके सिर पर हाथ फेरता था, मगर नाना को क्या खबर। उनके सफेद बाल इन दिनों और सफेद हो गए थे। अल्लन को उन बालों के नीचे दिख रही खोपड़ी भी दिखाई देती थी। नाना, वही नाना थे जो अम्मा के नाराज होने पर उसे अपनी गोद में छिपा लिया करते थे। नाना के दो रुपए भी अल्लन नहीं भूला था। दो रुपए की कड़ी-कड़ी नोट। मगर नाना अब कुछ न कहते। चुपचाप पड़े रहते बात करने में भी उनको तकलीफ होती थी। डॉक्टर आता रोज नाना के लिए नई-नई दवा लिख जाता, मगर नाना की तबीयत रोज बद-से-बदतर होती जा रही थी। आज की रात नाना काफी तकलीफ में थे। पेट में दर्द हो रहा था। पेशाब नहीं हो पा रहा था। अल्लन से नाना का दर्द बर्दाश्त नहीं हो पा रहा था। वह बाहर गैलरी में पड़ी बेंच पर लेटा हुआ था। रात गहराती जा रही थी। दो बजे तक अल्लन को नाना की चीख-कराह सुनाई देती रही, मगर इस बीच उसे नींद आ गई थी। अल्लन को सोए आधे घंटे ही हुए थे कि उसे लगा कि अम्मा जोर-जोर चीख़ रही है। अल्लन दौड़कर कमरे के भीतर पहुंचा तो देखा, अम्मा मामू से चिपकी रो रही रही थीं।

"अब्बा चले गए भइया..." मामू की आंखों में भी आंसू थे, मगर वह अम्मा की तरह चीख-चीखकर नहीं रो रहे थे।

अल्लन ने नाना को देखा। लंबी दाढ़ी पंखे की हल्की हवा के जोर से इधर-उधर लहरा रही थी। नाना की आंखें खुली थीं। ख़ामोश नाना चुप से बिस्तर पर पड़े थे। अल्लन को सबसे पहले हाफिज़ जी की याद आ गई। अम्मा

लगातार रोए जा रही थी। अल्लन को भी रुलाई आ गई। वह सिसक रहा था। रिज्जू भाई भी आ गए थे। सब लोग रो रहे थे। अल्लन गैलरी में आ गया था। मामू रोने के बाद आंसू पोंछकर फिर डॉक्टर के साथ बातचीत करने में लगे हुए थे। लाश को ले जाना था। इसके लिए तैयारी की जा रही थी, इतना अल्लन को अपने आप मालूम था। रिज्जू भाई जीप लाए थे। नाना के बेजान बदन को सफेद चादर से लपेट दिया गया था। नाना को पकड़कर बैठे रिज्जू भाई, मामू और अम्मा। अल्लन आगे की सीट पर बैठा था। अम्मा अभी भी रोए जा रही थी। जीप पीपे के पुल से गुजर रही थी। रामनगर से बनारस खास तौर पर बीएचयू आने का यही सबसे आसान और नजदीक रास्ता था। पीपे का पुल जिस पर नाना टहला करते थे। अल्लन गंगा के पानी को देख रहा था। पानी तेजी से उछल रहा था।

जीप जब मामू के घर पहुंची तो अल्लन ने देखा वहां पहले से ही रोना-पीटना मचा हुआ है। मामू के सब बच्चे रो रहे हैं। अल्लन का कलेजा फटने लगा। मगर वह सिसकर रह गया। एक घंटे में अब्बा भी वहां आ गए थे। लाश घर के भीतर रखी गई थी। अगल-बगल ढेर सारी अगरबत्ती जला दी गई थी, म्वानी कुरान लेकर बैठी, जोर-जोर से पढ़ रही थी। सुबह होने पर कफन-दफन का इंतजाम किया जाएगा। मामू अब्बा से कह रहे थे। बाहर का कमरा खोल दिया गया था। पास-पड़ोस के लोग जमा होने शुरू हो गए थे। नाना का कमरा बंद था। उसे आज नहीं खोला गया। सुबह होने वाली थी अल्लन की आंखों में जाग-जागकर दर्द होने लगा था, मगर क्या करे वह सो नहीं सकता था। सुबह होने के साथ ही कफन-दफन की तैयारी शुरू हो गई थी। नाना ने बीमार होने से पहले अपने लिए खुद कफन खरीदा था। वही कफन निकाला गया। ये मक्के से लाया हुआ कफन था। नाना जब हज गए थे, तब अपने लिए कफन लाए थे। दोपहर तक नाना अपने लाए हुए कफन में पूरी तरह से सीलबंद हो चुके थे। अल्लन किसी के मरने में पहली बार शामिल हो रहा था। नाना का जनाज़ा कब्रिस्तान जाने के लिए तैयार था। तब तक मामू के घर के बाहर काफी भीड़ जमा हो चुकी थी। जनाज़े का काफिला घर से निकल चुका था। घर के अंदर से रोने की आवाजें और तेज हो चुकी थीं। मगर नहीं अब नाना को रुकना कहां था। जनाज़ा चला तो काफिले में अल्लन भी शामिल हो गया। कब्रिस्तान दूर था। लोग बारी-बारी से नाना को अपना कंधा दे रहे थे। अल्लन का जी भी चाहा कि वह नाना को अपना कंधा

दे, मगर नहीं उसका कंधा दूसरे के कंधों से काफी छोटा था। एक घंटे के अंदर जनाजा कब्रिस्तान पहुंच चुका था। नाना की कब्र खुदकर पूरी तरह से तैयार हो चुकी थी। जनाजा कब्र से कुछ दूरी पर रखा गया था। अल्लन नाना की कब्र के काफी नजदीक पहुंच गया था। उसने झांककर कब्र में देखा। अल्लन चौंक गया। पांच फुट गहरी कब्र में दो फुट गहरी नालीनुमा कब्र अलग से बनी थी।

"नाना को कहां रखेंगे?" अल्लन अपने दिल में सोच रहा था। कब्र देखकर उसके होश फाख्ता थे। इसमें तो दम घुट जाएगा। अल्लन अपने जिस्म को कब्र में गाड़कर अनुमान लगा रहा था। वह गौर से कब्र के अंदर झांक रहा था। कब्र की सतह गीली थी, मिट्टी के नीचे से निकलने वाले चींटे और तरह-तरह के कीड़े इस पर रेंग रहे थे। अल्लन गौर से इन कीड़ों को देख रहा था, क्या नाना जैसे नमाजी को भी ये कीड़े काटेंगे? अल्लन कब्र के रंग-रूप को देखकर सिहर उठा।

नमाजे जनाज़ा हो चुकी थी। नाना के बेजान शरीर को कब्र में उतारे जाने की तैयारी चल रही थी। दो लोग कब्र के भीतर घुसकर मृत शरीर को सहारा दे रहे थे। नाना को उतारकर उसी नालीनुमा कब्र में रख दिया गया था। मामू कस-कसकर रो रहे थे। नाना के शरीर को नालीनुमा कब्र में उतारे जाने के बाद नाली को ऊपर से लकड़ी से बंद किया जा रहा था। अल्लन गौर से सारी प्रक्रिया देख रहा था। लकड़ी के फट्टे से नाली को बंद करने के बाद किनारे से गीली मिट्टी थोपी गई ताकि मिट्टी अंदर न जाए। नाना का शरीर अब दिखना बंद हो चुका था। अल्लन का कलेजा मुंह को आ रहा था। तभी मौलाना साहब ने कब्र में मिट्टी भरने का हुक्म सुना दिया। लोग कब्र में मिट्टी डालने लगे। नालीनुमा कमरे के अंदर बंद नाना को मिट्टी के ढेर में दबाया जा रहा था। अब्बा ने अल्लन का हाथ पकड़कर दो-तीन मुट्ठी मिट्टी नाना की कब्र में डाल दी। आधे घंटे के अंदर पूरी कब्र मिट्टी से लबालब भर गई थी। नाना मिट्टी के ढेर में गुम हो गए थे। लोग लौट रहे थे, मगर अब्बा, मामू और अल्लन के तमाम दूसरे रिश्तेदार वहीं खड़े थे। रिज्जू भाई ने ढेर सारी अगरबत्ती सुलगाकर नाना के कब्र के ऊपर गाड़ दी थी। रात हो चुकी थी। सितारे आसमान में चमक रहे थे। नाना को दफनाने की सारी प्रक्रिया पूरी हो चुकी थी। मामू कब्र से चिपके हुए थे। अब्बा उनको घर चलने के लिए कह रहे थे।

"चलो असग़र, जो आया है उसको तो जाना है...।" अल्लन देख रहा है अब्बा की इस बात का मामू पर शायद थोड़ा-थोड़ा असर हो रहा था।

रोते-रोते मामू की हिचकियां बंध गई। अब घरवालों का काफिला घर लौट रहा था। साथ आने के बाद वापस जाने वालों में सिर्फ एक नहीं शामिल था वह थे नाना। नाना को सब छोड़ आए थे। घर आकर एक बार फिर रोना-पीटना शुरू हो गया। अल्लन बाहरी कमरे में लगे फर्श पर सो गया था। दिन में उठा तो देखा अब्बा घर जाने के लिए तैयार खड़े हैं। अम्मा और रुकेंगी नाना की रस्म होनी है। सबके बाद ही आएंगीं। "हम भी चलेंगे।" अल्लन रोने-धोने से उकता गया था।

अब्बा ने कुछ एतराज नहीं किया। बाप-बेटे वापस घर लौटने लगे।

"ए अब्बा।" काफी देर से चुप अल्लन ने अपनी जबान खोली।

"...क्या!"

"नाना को कब्र में लकड़ी से क्यों ढक दिया गया?"

"वही में हिसाब होता है।"

"कइसा?"

"फरिश्ते आएंगे। अच्छाई और बुराई का हिसाब होगा, कब्रे फिशार। अच्छा काम करोगे तो कब्र में दिक्कत नहीं होगी। मगर जो बुरा काम करेगा उसके ऊपर फरिश्ते सांप-बिच्छू छोड़ देंगे। कब्र का एक बिच्छू काटेगा तो सौ साल तक आदमी तड़पता रहेगा।"

"कोई भाग नहीं सकता वहां से...।"

"कइसे भागेगा, सब रास्ता बंद है"

अब्बा अल्लन को समझाने वाले लहजे में बोले। अल्लन को कब्र से वहशत हो रही थी। वह घबरा गया।

"ए अब्बा।"

"अब का।"

"सुनिए...हम मर जाएंगे तो हमको कब्र में मत गाड़िएगा।"

"...चुप्प।" अब्बा ने अल्लन के सिर पर हल्की-सी चपत लगा दी।

"अच्छा अब्बा...हिंदुअन में तो बढ़िया होता है, मरे के बाद जला दो न बदन बचेगा न कोई कटवा पाएगा सांप-बिच्छू से।"

अब्बा ने अल्लन की इस बात का कोई जवाब नहीं दिया। सच पूछें तो उनके पास इस बात का कोई जवाब भी नहीं था। सिवाय इसके कि मुसलमान

को अगर फूंका जाए तो वह दोज़ख़ में जाएगा। बस चलती चली आ रही थी। चंदौली आ गया था। अल्लन और अब्बा दोनों घर की तरफ भागे जा रहे थे।

अल्लन एक पल के लिए नाना के ग़म को भूल गया था। पंद्रह दिन बाद वह घर लौटा था। उसका प्यारा घर, प्यारा मुहल्ला सब शायद उसके इंतजार में थे। घर आने के बाद अल्लन रुका नहीं। बाहर चला गया। अब्बा थके-हारे चौकी पर पसर गए। गुड़ियवा आ गई थी। चाय बना रही थी। अल्लन मनोजवा के घर पहुंचा तो पता चला कि वह पालिटेक्निक गया है मैच खेलने। मैच का नाम सुनकर अल्लन को जैसे नशा चढ़ गया। बिना कुछ पूछे वह घर की तरफ दौड़ पड़ा। साइकिल उठाकर अल्लन सीधे पालिटेक्निक की तरफ चल पड़ा। तेज पैडल मारते-मारते उसकी सांस फूलने लगी थी। मगर वह जानता था कि मैच एक बार शुरू हो गया तो फिर उसे अंपायरिंग से काम चलाना पड़ेगा। फील्ड पर पहुंचने के बाद अल्लन ने देखा ज्यादा लड़के नहीं हैं। मनोजवा घास पर बैठा है। मुंह से घास कुतर रहा है।

"ए मनोज...।" अल्लन उसका ध्यान अपनी ओर खींचने के लिए जोर से चिल्लाया। मगर नहीं, मनोजवा उठा नहीं। वह बैठा रहा।

अल्लन फट से वहीं पहुंच गया।

"क्या बे, सुन नहीं रहे हो।"

"क्या सुनें ... हार गए। दो रन चाहिए था। नहीं बन पाया।" अल्लन के करीब आ जाने के बावजूद मनोज अपना मुंह लटकाए रहा।

अल्लन का कलेजा फट रहा था। उसकी टीम दो रन से हार गई थी, वह रहता तो दो रन क्या चार रन बन जाता। मगर अब क्या हो सकता था।

"जाए दो...चलो घर चलें।" अल्लन के बढ़े हाथ को थामकर मनोज उठ खड़ा हुआ।

"रिज़ल्ट कब आएगा।" मैच का गम भुलाने के लिए अल्लन ने बात बदल दी।

"दस दिन बाद।"

अल्लन फिर से अपनी साइकिल पर पैडल मार रहा था, मगर इस बार पैडल आराम-आराम से मारी जा रही थी। घर लौटने की जल्दी न थी। घर जाकर करना भी क्या था। न दुकान खुलनी थी, न सामान-सुलफ लाना था। दोपहर बाद जब अल्लन घर पहुंचा तो देखा अब्बा सो रहे थे। रसोई में जाकर देखा तो खाना मौजूद था। गुड़ियवा आई थी। अल्लन खाना खाने लगा। न जाने

क्यों आज उसका दिल चाय पीने का भी कर रहा था। खाना खाते-खाते उसने स्टोव पर चाय का पानी भी रख दिया था। खाना खाने के बाद अल्लन अपनी चाय लेकर बाहर आ गया। अब्बा उठ गए थे।

"क्या बेटा, मेरी चाय कहां है।" अल्लन शर्मिंदा हो गया। उसने अब्बा के लिए चाय नहीं बनाई थी।

"लीजिए आप पीजिए।" अल्लन ने अपनी चाय अब्बा को दे दी।

"कप लाओ और यही में से ले लो।" अल्लन ने मना कर दिया।

अब्बा बार-बार इसरार कर रहे थे। हारकर अल्लन को एक और कप लानी ही पड़ी। चाय पीने से फारिग होने के बाद अल्लन एक बार फिर से घर से बाहर निकल पड़ा।

20

रिजल्ट आने के दिन नजदीक आते जा रहे थे। अल्लन को फिक्र होने लगी, फेल हो गया तो बड़ी बदनामी होगी। इन दिनों इसी पास-फेल की उधेड़बुन में अल्लन डूबा रहता। अम्मा की गैरमौजूदगी में दुकान उसी के हवाले हो गई थी। दोपहर में बैठने के अलावा सुबह वह खुद दुकान खोलता भी था। अल्लन को इन दिनों अम्मा की याद आती थी। अम्मा को घर से गए हुए बीस दिन गुजर चुके थे। अल्लन अब्बा से रोज पूछता अम्मा कब आएगी अब्बा कभी एक कभी दो दिन बताते। मगर अम्मा आने का नाम नहीं ले रही थी। एक दोपहर दुकान से लौटने के बाद अल्लन घर पहुंचा तो देखा अम्मा लौट आई हैं।

"किसके साथ आई...?" अल्लन ने खुश होकर अम्मा से पहला सवाल किया।

"अकेले।"

"अरे...!" अल्लन चौंक-सा गया।

अम्मा अकेले कहीं आती-जाती न थीं। घर से जातीं तो अल्लन या फिर अब्बा साथ होते। खासकर रामनगर से तो उनको छोड़ने के लिए कोई-न-कोई जरूर आता। रिज्जू भाई या मुन्ना भाई। अल्लन ने देखा। अम्मा अउर दुबली हो गई हैं। उनकी आंखों के नीचे काले-काले घेरे भी उभर आए थे। अम्मा ने कई दिनों बालों में खिजाब भी नहीं लगाया था, ज्यादातर बाल सफेद नजर

आ रहे थे। अल्लन को अम्मा पर कुछ ज्यादा ही प्यार आया। वह अम्मा से चिपट गया। अम्मा ने भी अपने अल्लन का मुंह चूम लिया। अल्लन देर तक अम्मा से लिपटकर बैठा रहा।

''अब न जाना कहीं...।'' लेटे-लेटे अल्लन ने अम्मा से कहा।

''ठीक है, न जाएंगे।'' अम्मा ने बच्चे को ढाढस बंधाया। उनको पता था कि उनके बगैर बच्चा हुड़क गया है।

''ए अम्मा, फिर क्या हुआ नाना का...?''

''हुआ क्या...दफन-कफन के कुछ दिन बाद सेअुम होता है।''

''सेअुम में क्या होता है...?''

''नजर नियाज होती है...मुर्दे की रूह को तकलीफ न हो।'' अल्लन चुप हो गया।

''और सब लोग ठीक हैं।''

''हां।''

''नाना का कमरा खुला कि नहीं।''

''खुल गया।''

''अब उसमें कोई रहता है।''

''कोई नहीं, बाहर से आने वाले बैठाए जाते हैं।'' नाना के बारे में अल्लन के सारे सवाल खत्म हो चुके थे। वह अब गुड़िया के बारे में बात करने लगा।

''गुड़ियवा बड़ी कुत्ती है।''

''क्यों...?''

''क्यों क्या, ढेर-ढेर-सा खाना बना देती थी। ख़ूब बरबाद किए है। चोरी-चोरी चीनी खाती थी।''

''जाने दो, इतना काम भी तो करती है।''

अल्लन निरुत्तर हो गया। उसके पास इस बात का जवाब न था। आज की दोपहर भी उसे गुड़ियवा के हाथ का ही खाना खाना था। अम्मा अब शाम को खाना बनाएंगी। अल्लन प्रसन्न हो गया। आज भिंडी खरीदकर लाएगा। भिंडी की भुजिया अरहर की दाल और चावल...उसके मुंह में अभी से पानी आ रहा था। अब्बा दुकान से लौट आए। उनकी तबीयत शायद फिर से ठीक नहीं थी।

अब्बा घर लौटे तो अंदर के कमरे में जाकर लेट गए। अम्मा अल्लन के पास से उठकर अब्बा के पास चली गई। अल्लन भी अंदर गया। अम्मा-अब्बा

का सिर दबा रही थीं। अल्लन फिर बाहर आकर चौकी पर लेट गया। अब्बा-अम्मा बातें कर रहे थे।

"आलम दुबई से आ गए हैं...।" अम्मा की आवाज थी।

"कब?"

"एक महीना हो गया।"

"होंगे वहीं, अपने ससुराल में।" कहकर, अब्बा खामोश हो गए।

"सुना, फिर लड़का होने वाला है।"

"हूं...।"

"बेबी से मिला था।"

"क्या कह रहा था।" अब्बा की आवाज अल्लन को अब सुनाई दी।

"उ जादूगरनी जो सिखाएगी वही न कहेगा। घर जाए की बात पर कहता था कि वहां जाकर क्या करेंगे? अम्मा चैन से रहे न देंगी। मां-बाप मेरे दुश्मन हो गए हैं।"

अब्बा फिर कुछ नहीं बोल रहे थे। बेबी यूं तो अम्मा की बहिन थीं, मगर अम्मा की उनसे पटती न थी। घर आना-जाना भी बंद था।

"जाने दो, जो जैसा करेगा वैसा भरेगा। अल्ला के घर देर है, अंधेर नहीं।" अल्लन को लगा अब्बा की आवाज भर्रा गई है।

उसका दिल उदास हो गया। आलम भाईजान के बारे में वह न कुछ कहना चाहता था, न सुनना। मगर क्या करें जिक्र आ ही जाता था। "अल्लन...ए अल्लन...।" अम्मा आवाज दे रही थीं।

"क्या।" अल्लन कमरे में आ गया।

"सब्जी नहीं लानी है।"

"क्या लाना है?"

"देख लेना ताजी जउन मिले ले आओ।"

"इ क्या लाएंगे भिंडी के अलावा।" कहकर अब्बा हंस पड़े।

अल्लन झेंप गया। अम्मा से दस का नोट लेकर अल्लन बाज़ार चल पड़ा। सब्जी खरीदने के लिए।

अल्लन लौटा तो अम्मा नमाज़ पढ़ रही थीं। हमेशा की तरह सिर को दुपट्टे से ढके हुए। अल्लन अम्मा के पास ही बैठ गया। नमाज खत्म होने वाली थी। अम्मा का हाथ दुआ में था। दुआ मांगते वक्त अम्मा के आंखों में आंसू आ जाते। अल्लन समझ जाता। दुआ आलम भाई के लिए हो रही है।

इसके अलावा और कोई ऐसी दुआ न थी, जिसके लिए अम्मा को अल्ला मियां के सामने रोने की जरूरत थी। नमाज खत्म करने के बाद अम्मा ने फिर अल्लन के सिर पर हाथ रखकर उसके चेहरे पर फूंक दिया। अल्लन अंदर-ही-अंदर खुश हो गया। उसने अपनी कमीज का ऊपरी बटन खोल दिया, ताकि अम्मा बुशर्ट के अंदर फूंक सके, जिससे उसका पूरा जिस्म पाक हो जाए। दुआ लेने के बाद अल्लन घर से बाहर चला गया। साइकिल लेकर। घंटे भर तक वह बाज़ार में भटकता रहा। फिर जाकर चाट की एक ठेली पर खड़ा हो गया। गोलगप्पा खाने के लिए। गोलगप्पा खाने के बाद फिर साइकिल पर सवार होकर वह राउंड पर निकल पड़ा। बेकारी के इन दिनों में अल्लन को समझ न आता कि वक्त कैसे कटेगा। साइकिल राउंड में अल्लन नीलुवा के घर के सामने से भी दो-तीन बार गुजरता था। नीलू नहीं थी। अल्लन को उसका इंतजार था, न जाने कब आएगी। अल्लन को नीलू के आने का पता न था, मगर उसने खुद कयास लगाया था कि रिजल्ट से पहले-पहले उसे आ जाना चाहिए। पतंग का सीजन खत्म हो चुका था। गर्मी के दिन थे इस वजह से मठ में भी शाम को ही भीड़ होती। टहलते-टहलते आज अल्लन के कदम मंदिर में जा पहुंचे। पुजारी जी के कमरे में पहुंचा तो देखा, हमेशा की तरह वह बिस्तर पर लेटे हुए हैं। अल्लन ने आज पंडित जी को ध्यान से देखा। पंडित जी बूढ़े हो रहे थे। उनके सारे बाल सफेद हो चुके थे।

"पंडित जी प्रणाम।"

"कउन है अल्लन। आओ...बेटा, आओ।" अल्लन चौंक गया। उसे लगा था, नीलू वाली बात से पंडित जी उससे अभी तक नाराज होंगे मगर नहीं, ऐसा नहीं था।

"इतने दिन कहां थे?"

"नाना मर गए।"

"अरे राम रे...।" पंडित जी ने अफसोस जताया।

"पंडित जी रिजल्ट आने वाला है।" अल्लन पंडित जी को उनके पुराने वायदे का ध्यान दिला रहा था।

"अच्छा...। कब आएगा?"

"चार-पांच दिन में।"

"चलो, ठीक है। पेपर बढ़िया हुआ है न?"

"किए तो हैं। मगर कापी ठीक से जंचे तब न।"

"चलो, कोई बात नहीं। शंकरजी सब ठीक कर देंगे।" वह पंडित जी से यही सुनने आया था।

"पास हो जाएंगे न...पक्का।" अल्लन ने पंडित जी से फिर पूछा।

"तुम झूठे परेशान हो रहे हो। कुछ नहीं लिखे होगे तब भी पास हो जाओगे। चिंता मत करो।"

अल्लन को पता था कि पंडित जी उसे खुश करने के लिए ये बात कह रहे हैं, मगर उसने ज़ाहिर नहीं होने दिया।

"चलिए ठीक है, पास हो गए तो आपको एक किलो मिठाई खिलाएंगे।" पंडित जी को भी खुश करने के बाद अल्लन वापस लौट आया।

अब्बा फिर जल्दी दुकान बंद करके लौट आए थे। अल्लन को समझ न आता था कि अब्बा का जी दुकान पर क्यों नहीं लगता था। महीनों हो गया था। मगर वह उसे सामान लेने के लिए बनारस भी न भेजते थे। अल्लन अब अब्बा से ज्यादा पूछताछ भी नहीं करता था। अब्बा जो कहें सब सही है। अम्मा कहती हैं अब्बा की तबीयत ज्यादा ठीक नहीं रहती। उनसे तूल कलाम न किया करो। अल्लन खामोश रहता।

21

नीलू लौट आई थी। अल्लन ने उसे छत पर देखा। मगर इस बार नीलू का मिजाज़ कुछ बदला बदला हुआ था। नीलू उससे कतराती थी। उसके इंतजार में छत पर खड़े-खड़े अल्लन के पांव दुख जाते, मगर फिर भी नीलू उसकी तरफ न देखती। अल्लन का पारा सातवें आसमान पर पहुंचता जा रहा था। नीलू उसके हाथ आ जाती। तो वह उसका गला दबा देता। मगर उसका बस नहीं चल पा रहा था। साली को पता नहीं का हो गया है। अपने से पास आती है फिर अपने से ही दूर चली जाती है। अल्लन मन-ही-मन नीलू को ढेरों गालियां देता था। अल्लन ने तमाम कोशिशें कीं, मगर नीलू उसके हाथ नहीं आई। अल्लन का मन बेचैन रहने लगा था। उधेड़बुन में डूबा। क्या हो गया हमको। अल्लन खुद से सवाल करता था। छुट्टी के दिनों में इश्क-मुहब्बत की पिक्चरें उसने खूब देखी थीं। उन्हीं आधार पर यह अनुमान निकाला कि उसको नीलू से मुहब्बत थी। हालांकि अल्लन को प्यार और मुहब्बत के लफ्ज से नफरत

थी। मगर इस बार वह फंस गया था। रिजल्ट आज ही आने वाला था। अल्लन सुबह से कई बार अख़बार वाले के पास रिजल्ट के लिए जा चुका था। कस्बे में रिजल्ट के लिए अखबार वाले को पटाना पड़ता था। लड़कों की भीड़ जब अखबार पर टूटती तो फिर भगदड़-सी मच जाती। अल्लन ने एडवांस बुकिंग कराई थी। पांच रुपए के रिजल्ट के लिए बीस रुपए अदा किए थे। दोपहर से ही अल्लन जीटी रोड पर जमा हुआ था। आखिरकार तीन बजे अखबार वाली जीप आई तो लड़कों ने उसके पीछे दौड़ना शुरू कर दिया। सांस फूल गई, मगर फिर भी अल्लन दौड़ता रहा। जीप में वही अखबार वाला बैठा हुआ था। अल्लन चिल्ला रहा था

"ए सुक्खू, हमको दे दो...।"

सुक्खू तक अल्लन की आवाज पहुंच चुकी थी। चलते-चलते ही उसने एक अखबार अल्लन को पकड़ा दिया। लड़कों में गहमागहमी बढ़ी, मगर तब तक अल्लन अखबार लेकर घर की तरफ दौड़ लगा चुका था। मठ वाली गली में पहुंचने के बाद अल्लन रुक गया। वह बेहद थक गया था। पसीना पोंछने के बाद पांच मिनट तक वह अपनी सांसें ही संयत करता रहा। अल्लन ने अखबार खोला तो उसका दिल जोर-जोर से धड़क रहा था। महेंद्रा की लिस्ट पर पहुंचने के बाद जब अल्लन ने रोल नंबर देखने शुरू किए तो कलेजा मुंह को आ रहा था। मगर नहीं। अल्लन का रोल नंबर अखबार में था और उसके आगे 'एफ' लिखा हुआ था। अल्लन प्रथम श्रेणी में पास हो गया। उसकी चीख निकल गई। मगर गली में कोई न था। अल्लन ने बेतहाशा घर की तरफ दौड़ना शुरू कर दिया। दुकान बंद थी, अब्बा घर पर ही मौजूद थे। अल्लन सीधा जाकर अम्मा से चिपट गया।

"फर्स्ट आ गए हम।"

"अरे...मेरा बच्चा।" अम्मा की खुशी बयान से बाहर थी।

अब्बा चौंककर चारपाई पर बैठ गए। अल्लन फर्स्ट आया था, उन्हें यकीन नहीं था। मगर जब अल्लन ने छोटे-छोटे अक्षरों में लिखा अपना रोल नंबर और उसके आगे छपा 'एफ' दिखाया तो फिर उन्हें मानना ही पड़ा। अल्लन को लगा, अब्बा को अभी भी यकीन नहीं आया है। अम्मा हलुआ बना रही थीं। नज़र करने के लिए। अल्लन फिर घर से बाहर दौड़ पड़ा। सबका रिजल्ट पता करने के लिए। मनोजवा सेकंड आया था। फर्स्ट आने के बाद अल्लन को दूसरों का नतीजा जानने की ज्यादा उत्सुकता थी। अल्लन ने नीलुवा का

रोल नंबर भी देखा था। वह सेकंड आई थी। उसका रोल नंबर देखते वक्त अल्लन के दिल में हूक-सी उठी थी, मगर वह कर भी क्या सकता था। सबसे मिलने-मिलाने के बाद अल्लन मठ में जा पहुंचा था। पंडित जी के पास। मगर नहीं। पंडित जी से उसकी मुलाकात नहीं हो पाई। उनके कमरे पर ताला लटका हुआ था। पंडित जी शायद कहीं पूजा कराने के लिए गए थे। अल्लन घूमने-फिरने के बाद वापस घर लौट आया था। अख़बार उसके पास था। घर पहुंचने के बाद अल्लन ने देखा कि अम्मा नज़र करा चुकी हैं। अल्लन ने अखबार खोलकर फिर रिजल्ट देखा और हलुआ खाने लगा। अम्मा काम में मसरूफ थीं।

"ए अम्मा, कल हम बनारस जाएंगे।"

"क्यों?"

"अइसहीं, घूमने। अब्बा से कह दो कि कुछ सामान लाना है तो बता दें।" अम्मा कुछ नहीं बोलीं। अम्मा का मौन अल्लन के लिए स्वीकृति था।

शाम हो चुकी थी। अल्लन का दिल घर पर लग नहीं रहा था। वह पूरे कस्बे को बता देना चाहता था कि वह दसवीं की परीक्षा में फर्स्ट आया है। मठ में खेलकूद का दौर शुरू हो चुका था, मगर अल्लन घर से बाहर नहीं निकला। उसे कल बनारस जाना था। बनारस जाने का फैसला उसने बस ऐसे ही लिया था। बनारस जाकर उसे करना क्या था, तय नहीं था। घर में घूमने-टहलने के बाद चौकी पर लेट गया था। अब्बा आ गए थे। अम्मा-अब्बा से बात कर रही थीं। अल्लन को पता था कि अब्बा उससे जरूर पूछेंगे कि वह बनारस क्यों जाना चाहता है। और वाकई अब्बा जब अल्लन की तरफ आए तो उन्होंने बनारस से जुड़ा अपना सवाल दाग दिया।

"काम नहीं है, लेकिन बहुत लड़के जा रहे हैं...। ग्यारह की किताब सस्ती मिलती है वहां।" अल्लन के मुंह से एकाएक निकल पड़ा।

अब्बा चुप हो गए।

"ठीक है, तो रसूल के पास भी चले जाना। कुछ सामान लाना है।"

"हूं।" अल्लन के मुंह से सिर्फ इतनी ही आवाज निकली।

रात के गुजरने का उसको बेसब्री से इंतजार था। ऐसा इंतजार जिसने वक्त को और लंबा कर दिया था। अल्लन को लगा कि इस रात के कटने में शायद कई रातों का वक्त लग जाए। आधी रात में वह बिस्तर से उठकर छत पर पहुंच

गया। लाइट आ चुकी थी। कस्बा रोशनी से गुलजार था। मठ का मंदिर चमक रहा था। हालांकि शिवजी के मंदिर के ऊपर लगा त्रिशूल साफ नहीं नजर आ रहा था। अल्लन छत की मुंडेर पर बैठ गया। रात के माहौल में हल्की-सी ठंड थी। अल्लन का दिमाग कुछ सोच रहा था। शायद नीलू के बारे में। अल्लन ने पलटकर उसकी छत की तरफ निगाह डाली। मगर वहां हमेशा की तरह कोई न था। अल्लन ने आसमान में देखा। चांद पूरी रफ्तार से बादलों के बीच दौड़ रहा था। बैठे-बैठे अल्लन का जी उकता गया। वह वापस बिस्तर पर जाकर सो गया। सुबह उठने के बाद अल्लन नहाने चला गया। बनारस जाने की जल्दी में आज उसने नाश्ता तक नहीं किया। बनारस पहुंचने के बाद अल्लन घंटों यूं ही सड़कों पर इधर-उधर घूमता रहा। हर बार की तरह इस बार भी सामानों की पर्ची रसूल मियां की दुकान पर दे आया था। अल्लन का बेज़ार दिल कहीं नहीं लग रहा था। घूमते-घामते अल्लन गोदौलिया के पास पहुंच चुका था। दिल किया कि फिल्म देख लें दोपहर के बारह बज भी रहे थे। अल्लन बारह से तीन के शो का टिकट लेकर पिक्चर हॉल में घुस गया। पिक्चर बढ़िया थी, मगर उसका जी फिर भी उचट गया। इंटरवल में पिक्चर हॉल से बाहर निकला तो दोबारा लौटकर अंदर नहीं गया। रसूल की दुकान से सामान लेकर जब अल्लन चला तो शाम होने को आई थी। सूरज डूबने की तैयारी कर रहा था। अल्लन जानता था कि आज वह रात से पहले घर नहीं पहुंच पाएगा। हुआ भी ऐसा ही अल्लन घर पहुंचा तो रात के नौ बजने को आए थे। अब्बा दरवाजे पर बेचैनी से टहल रहे थे। अम्मा भी दरवाजे पर खड़ी थीं, अल्लन घर पहुंचा तो किसी ने उससे कुछ नहीं कहा, मगर मां-बाप के चेहरे को देखकर अल्लन जान गया था कि अब उनकी जान में जान आई है।

22

दिन गुजर रहे थे। सुबह के बाद शाम होती थी और शाम के बाद सुबह। अब्बा दुकान पर बैठने लगे थे। दोपहर में जब वह खाना खाने आते तो अल्लन की बजाय अम्मा दुकान जातीं। अल्लन अब दुकान से कतराने लगा था। उसे दुकान पर बैठने में शर्म आती। लिहाजा वह चुप्पी साधे हुए था। आज अब्बा दोपहर को घर आए तो अम्मा दुकान जाने के बजाय तैयार होने लगीं। अल्लन घर

में था, मगर चुपचाप लेटा रहा। अम्मा डोलची उठाकर तैयार हो गईं तो उसका माथा ठनक गया।

"कहां जा रही हो...?"

"रामनगर।"

"क्या करे रामनगर...?" अल्लन चौंक गया।

"नाना की बरसी है न।"

"अब्बा भी जा रहे हैं का।"

"हां।"

"हम...।"

"तू यहीं रहो, घर कउन देखेगा?"

"कल आ जाएंगे हम लोग।"

अम्मा अल्लन को बता रही थीं।

"ठीक है।"

यह पहली बार था, जब अल्लन रामनगर जाने की बात पर भी ज्यादा उत्साहित नहीं हुआ था। अम्मा को लगा था कि वह अभी देर तक नाटक करेगा, मगर नहीं अल्लन ने कुछ नहीं कहा। अल्लन अंदर-ही-अंदर खुश था आज उसे पहली बार घर में अकेले रहने का मौका मिल रहा था। वह जितनी चाहे चाय बनाकर पी सकता था। अंडा उबालकर खा सकता था और शाम को टीवी देखने गुड्डू चच्चा के घर जा सकता था। फिर नीलुवा से नैन मटक्का भी तो करना था। अल्लन लेटा रहा। अम्मा-अब्बा के साथ चली गई। अल्लन खुद को आजाद महसूस कर रहा था। आजाद अल्लन आज खेलने नहीं गया। घर में बैठे-बैठे वह शाम होने का इंतजार करता रहा। शाम होने के बाद अल्लन छत पर पहुंच गया। उसकी आंखें नीलू को तलाश कर रही थीं। नीलू आई मगर आने के थोड़ी देर बाद वह वापस भी चली गई। अल्लन गुस्से में अपने होंठ भींचकर रह गया। नीलू से उसका दिल उचट गया तो आंखें सक्रिय हो गईं। आसमान में दूर तक उड़ती पतंगें अल्लन को भा रही थीं। वह अंदाजा लगा रहा था कि कौन-सी पतंग किसको काट देगी। सूरज रोज की तरह ही आसमान के पश्चिमी कोने में भागता जा रहा था। चिड़ियों की चहचहाट इस बात की गवाही दे रही थी कि अब अंधेरा होने वाला है। अंधेरा घिर आया तो अल्लन छत से नीचे उतर गया। लालटेन और लैंप जलाकर उसने अलग-अलग जगहों पर रख दिया। रात के आठ बजे थे। अल्लन को सूझ नहीं रहा था, कि वह क्या

करे। भूख लग आई थी। उसने रसोई में जाकर अपने लिए तीन अंडों का आमलेट बना लिया था। अम्मा रोटी बनाकर गई थीं। खाना खाते-खाते अल्लन को अम्मा याद आ रही थी। बिस्तर पर लेटने के बावजूद उसे नींद नहीं आ रही थी। उसे डर लग रहा था, अनजाना डर। नींद नहीं आई तो अल्लन ने चादर ओढ़कर अपना सिर तकिये में छिपा लिया। उस रात देर तक उसे नींद नहीं आई। सुबह अल्लन देर तक सोता रहा। उसकी आंख गेट के जोर-जोर भड़भड़ाने की आवाज से खुली। वह उठकर नीचे पहुंचा तो देखा अब्बा और अम्मा लौट आए हैं। वह खुश हो गया। ताला खोलने के बाद वह अम्मा से लिपट गया। अब्बा उसके व्यवहार पर हैरान थे, मगर अम्मा को शायद समझ आ गया था। बच्चा रात में डर गया, उन्होंने धीरे से अब्बा के कान में कहा। अब्बा ने अल्लन के सिर पर हल्के से हाथ रख दिया। अम्मा सवेरे-सवेरे अल्लन के लिए पूड़ी-सब्जी बना रही थीं। अल्लन रसोई में खड़ा शिकायत कर रहा था।

''अब हम अकेले कभी न रहेंगे।''

''क्यों क्या हुआ, अकेले रहने में।''

''रातभर नींद नहीं आई। ऐसा लगा जैसे कोई आकर गला दबा देगा।''

''भक्क...ऐसा होता है कहीं।'' अम्मा ने प्यार से अल्लन से कहा।

अब्बा दुकान खोलने के लिए जा चुके थे। अल्लन रोज़ाना की तरह अपने घूमने-फिरने के कार्यक्रम को अंजाम देने के लिए निकल पड़ा। दोपहर में अब्बा आए तो उनके हाथों में एक ख़त था। अल्लन के लिए यह हैरानी की बात नहीं थी। अब्बा के पास खत आते रहते थे। मगर अल्लन अब्बा का चेहरा देख रहा था, जो उतरा हुआ था। अम्मा-अब्बा के पास आ गई थीं।

''हम कहते थे न कि सब्र से काम लीजिए मगर आप...।''

अम्मा और अब्बा में एक बार फिर लड़ाई शुरू हो गई थी। अल्लन समझ गया था, खत आलम भाई का था। अल्लन खत पढ़ने के लिए बेहद जिज्ञासु हो उठा था, मगर अभी खत उसे पढ़ने के लिए नहीं मिल सकता था। अम्मा और अब्बा उसके एक-एक लफ्ज चबा जाना चाहते थे। खामोश अल्लन कमरे में जाकर सो गया। अल्लन उठा तो शाम के पांच बज चुके थे। अब्बा नदारद थे, अम्मा हमेशा की तरह सब्जी काटने में तल्लीन थीं।

''ए अम्मा, आलम भाई वाला खत कहां है?'' अम्मा चुप रहीं। अल्लन झुंझला गया।

''क्या लिखा है। बताती क्यों नहीं?''

"पढ़ लो खुद। बड़े कमरे की अलमारी में रखा है।"

अल्लन फौरन बताई जगह से खत निकाल लाया। एरोग्राम उसने पहली बार देखा। हालांकि उसे पता था कि विदेशों से आने वाले ख़त हवाई जहाज से आते हैं। ख़त खोलते वक्त अल्लन के हाथ कांप रहे थे। तीन साल में आलम भाई का पहला खत। उसे लगता था कि एक दिन आलम भाई सुधर जाएंगे और घर वापस लौट आएंगे। अल्लन ने खत पढ़ना शुरू कर दिया था

"...मेरे लायक अम्मा-अब्बा को सलाम। हालांकि सलाम करना नहीं चाहिए, मगर फिर भी कर रहा हूं। आप लोगों ने मेरे साथ जो किया, वह कोई दुश्मन दुश्मन के साथ नहीं करता, मैं तो आपका बेटा था। आपको सुनकर बुरा लगेगा, मगर अभी भी खुशी से हूं। मेरी तनख्वाह पंद्रह हजार रुपए है। आप लोगों ने मुझे जलील करने की ठानी थी, मगर अल्ला सब देख रहा है। मेरे साथ जो हुआ है उसकी भरपाई तो आप लोगों को करनी ही होगी...।"

ख़त का एक-एक मजमून अल्लन के दिल में आलम भाई के लिए नफरत का लावा पैदा कर रहा था। उसने आधे पढ़े खत को वापस आलमारी में रख दिया।

"तुम ही मन बढ़ा दिए थी।" अल्लन अम्मा से लड़ने जा पहुंचा।

"क्या हम! सब तुम्हारे अब्बा का किया-धरा है।"

"ठीक है, अब लड़ो आपस में जिसको जाना था उ तो चला गया।" अल्लन अम्मा पर नाराज हो गया।

अल्लन अकसर अम्मा से नाराज हो जाता था। जब वह नाराज होता तो अम्मा के साथ बदतमीजी कर डालता। कुत्ती, कमीनी जो कुछ उसके मुंह में आता वह बोल डालता। वह गालियां देता रहता और अम्मा कुछ न कहतीं। आज भी अम्मा के साथ उसकी जोरदार तकरार हो गई थी। वह घर से बाहर चला गया। शाम तक वह यूं ही कस्बे के चक्कर काटता रहा। सूरज ढलने लगा तो अल्लन को घर लौटने की सुध आई। घर लौटा तो शाम हो चुकी थी। अम्मा नमाज के मुसल्ले पर डटी नमाज पढ़ रही थीं। नमाज खत्म हो चुकी थी। अम्मा अपने दोनों हाथ ऊपर उठाए अल्ला से दुआ मांग रही थीं। आंसुओं की लंबी कतार आंखों से बाहर निकल बिखरी पड़ी थीं। अल्लन को एकबारगी अपने ऊपर गुस्सा आ गया। उसकी वजह से अम्मा रो रही थीं। वह धड़कते हुए दिल के साथ अम्मा के बगल में जाकर खड़ा हो गया। अल्लन अम्मा को ढाढस देना चाहता था। उसे अल्ला मियां पर गुस्सा आ रहा था जो अम्मा के इतना रोने-धोने के बावजूद उसकी सुनते नहीं थे। अम्मा की दुआ

खत्म हो चुकी थी। हमेशा की तरह एक बार फिर दुआ की किताब की हवा अल्लन अपने चेहरे पर महसूस कर रहा था। शाम को खाना खाने के बाद अल्लन किस्से की किताब लेकर पढ़ने के लिए बैठ गया। किस्से-कहानी पढ़ना उसे खासा पसंद थे। मगर उसके पास आम तौर पर इतने पैसे न होते थे कि वह चमकदार किस्से-कहानी की किताबों को खरीद सके। अल्लन को ग्यारह में एडमिशन लेना था। मगर घरेलू बवाल के चलते उसे पढ़ाई में ज्यादा दिलचस्पी नहीं रह गई थी। हालांकि अम्मा-अब्बा की पुरजोर कोशिश यही थी कि अल्लन पढ़ाई में ज्यादा दिल लगाए। अब्बा ने अब खुद बनारस जाना शुरू कर दिया। अल्लन अब अब्बा से बनारस जाने का इसरार भी नहीं करता था। उसका दिल बनारस से भर चुका था।

23

आलम भाई के ख़त से जुड़े ताज़े वाकए ने घर में तनाव का माहौल पैदा कर दिया था। अल्लन देखता था कि अम्मा-अब्बा से ज्यादा बातचीत नहीं करतीं। अब्बा भी अम्मा से कतराते थे। घर में फैली इस उदासी के लिए अल्लन अल्ला मियां के अलावा आलम भाई को दिल-ही-दिल कोसता था। अल्लन को अब लगता था कि अब्बा और बूढ़े हो गए हैं। अम्मा के सिर के सफेद बाल भी उनके उम्रदराज होने की पुष्टि करते थे। अल्लन अकसर सोचता था कि अब्बा अम्मा एक दिन मर जाएंगे। मगर उसके बाद उसका क्या होगा इस सवाल का जवाब उसके पास नहीं था। घर में अकेले रहने से उसे वहशत होती थी। शाम को अम्मा जब सब्जी काट रही थीं। अल्लन ने अपना भयानक सवाल उनके सामने रख दिया। अम्मा हंस पड़ीं।

''मरे से क्या डरना है बेटा, सब एक दिन मर जाएंगे। दुनिया फानी है। न कोई कुछ लेकर आया है न कोई कुछ लेकर जाएगा।''

अम्मा के इस दार्शनिक जवाब पर वह झुंझला जाता था।

''फिर हम कैसे रहेंगे?''

''रहोगे कइसे? शादी हो जाएगी, बीवी-बच्चों के साथ रहना आराम से। एक लोग जीते जी हमसे पिंड छुड़ा गए। तुम मरने के बाद हमसे पिंड छुड़ा लेना।'' अम्मा के इस हल्के से मजाक पर अल्लन गंभीर हो गया।

"सबको एक तराजू में रखकर मत तौलो। पांच उंगली एक बराबर नहीं होती।" हालांकि यह बात अल्लन ने अम्मा से ही सीखी थी, मगर फिलहाल अम्मा की बात का जवाब देने के लिए उसके पास इससे बेहतर कोई बात नहीं थी।

"अच्छा अम्मा, नाना का क्या हुआ होगा?"

"मतलब।" अम्मा उसके सवाल को समझ नहीं पाईं।

"उनकी हड्डिया कब्र में पड़ी होंगी?"

"अउर क्या।"

"अम्मा कब्र का सिस्टम खराब होता है। हम तो कब्र में न गड़ाएंगे। न मरे को रहे तब भी आदमी मर जाए, दम घुट के।" अम्मा चुप थीं।

उन्हें अल्लन की बेवकूफी भरी बातों में जरा भी मजा नहीं आ रहा था। अल्लन ने देखा अब्बा आ गए थे।

"इतनी जल्दी।" अल्लन ने चहकते हुए अब्बा से बेसाख़्ता सवाल कर डाला।

अब्बा कुछ नहीं बोले। अल्लन चुप हो गया।

"अम्मा हमको नमाज़ पढ़नी सिखा दो। बिना नमाज़ तो जन्नत नहीं मिलेगी न?"

"अउर क्या।" अम्मा बोल पड़ीं।

"पढ़ो सीखो।" अब्बा के साथ पढ़ लिया करो।

नमाज़ की अल्लन की बात पर अब्बा भी खुश हुए थे। उसकी उम्र सोलह साल होने वाली थी। इस्लाम के मुताबिक चौदह साल के बाद लड़के ऊपर नमाज़ वाजिब हो जाते हैं। अब्बा ने अल्लन से कहा

"अब जब बनारस जाएंगे तो तुम्हारे लिए नमाज़ वाली किताब लाएंगे पढ़कर सीख लेना।"

अल्लन को लग रहा था कि अब्बा आज काफी दिनों बाद खुश हो रहे हैं। उसने तय कर लिया था कि नमाज़ पढ़ना शुरू करेगा। मगर नमाज पढ़ना इतना आसान भी न था। अल्लन एक दिन अब्बा के साथ नमाज पढ़ने के लिए खड़ा हुआ और उसके बाद उसने दुबारा कभी नमाज़ पढ़ने का नाम नहीं लिया। अब्बा ने भी उससे नमाज़ के बारे में कभी नहीं पूछा। एक दिन चलते फिरते टोक जरूर दिया था

"क्या बेटा, भर गई तबीयत?"

24

लगन एक बार फिर आ गई थी। अल्लन के कस्बे में शादी-ब्याह के महीनों को लगन नाम से पुकारते थे। साल में जब भी लगन आती। मुहल्ले के सारे जवान लड़की-लड़के एक साथ निपट जाते। अल्लन को इन दिनों का बेसब्री से इंतजार रहता था, जहां से कार्ड आता वहां वह सीना तानकर खाना खाने जाता। जहां कार्ड नहीं होता, वहां मुहल्ले के दूसरे लड़कों के साथ चोरी-छिपे खाकर खिसक लेता। लगन के दिनों में अब्बा का काम बढ़ जाता। उनकी दुकान में ग्राहकों की तादाद बढ़ जाती थी। अब्बा के साथ-साथ अम्मा भी आजकल दुकान पर बैठती थी, अल्लन अकेले दिन भर घर में पड़ा सोया करता था। अल्लन सोचता था कि न जाने इस बार मुहल्ले में किस-किस की शादी हो जाए। वह मठ में नहीं गया था। मठ में जाता तो पंडित जी बता देते कि उन्होंने इस बार कितनों की कुंडली का मिलान किया है। वह उंगली पर कुंवारों को गिनता था। अम्मा अल्लन से नाराज थीं। वह दुकान पर बैठने में जरा भी दिलचस्पी नहीं लेता था। अब्बा हालांकि उसे कभी नहीं टोकते, मगर अम्मा को लगता था कि उसे दुकान के काम में जरूर हाथ बंटाना चाहिए था। अम्मा के इसरार पर अल्लन का सिर्फ यही जवाब होता कि

''तुम लोग मत जाओ, हम अकेले संभाल लेंगे दुकान।''

अम्मा ने भी जैसे उससे दो-दो हाथ करने की ठान ली थी।

''ठीक है, इतवार को अब्बा बनारस जाएंगे, तुम बैठो दुकान पर।'' अल्लन ने हामी भर दी।

इतवार को अब्बा सुबह बिना दुकान खोले बनारस चले गए थे। लगन के इस सीजन में उनकी दुकान में शादी-ब्याह से जुड़े आइटमों की बहार रहती थी। रंग-बिरंगी चुनरी, पाउडर-क्रीम की लंबी रेंज, दउरी और न जाने क्या-क्या। सुबह दुकान पर पहुंचने के बाद अल्लन ने सबसे पहले झाड़ू लगाने का काम शुरू किया। दुकान खोलने के बाद वह गल्ले के पास रखे पटरे पर बैठ गया। ग्राहकों के आने का सिलसिला शुरू हो गया था। कोई सिंदूर की डिबिया खरीदता तो कोई चुनरी पसंद करता। अल्लन सिर पर पैर रखे सबकी मांगों को तेजी से पूरा कर रहा था। दोपहर हो गई थी। आज अम्मा भी नहीं आईं। उसे भूख लग रही थी। गल्ले से पांच रुपए का नोट निकालकर उसने सामने की दुकान से बिस्कुट का एक पैकेट खरीद लिया था। बिस्कुट खाकर

उसने पानी पिया तो लगा जान में जान आई। ग्राहकों का रेला अभी भी दुकान पर चढ़ा आ रहा था। अल्लन को सामान देने में जरा भी देरी होती तो लोग चिल्लाने लगते।

"मोली साब होते तो सामान तुरंत मिल जाता, मगर इनको देखो एक घंटा से खड़ा कराए हैं।"

देहाती ग्राहकों के आरोप पर अल्लन बिलबिला जाता। ग्राहकों को आए पांच मिनट होता, मगर वह इसे एक घंटा बताते। शाम होती जा रही थी। अल्लन दुकान बढ़ाने की सोच रहा था। हालांकि उसको लग रहा था कि वह आज जरा देर तक रुके तो अच्छी कमाई हो सकती है। मन की इसी ऊहापोह के दौरान सूरज डूब चुका था। अंधेरा गहरा रहा था। उसने दुकान में रखी कुप्पी जला ली थी। अब्बा इस कुप्पी का इस्तेमाल दुकान बंद करने में करते थे। अल्लन दुकान पर बैठा हुआ अब ग्राहकों के आने का सिलसिला करीब-करीब बंद हो चुका था। इक्का-दुक्का ग्राहक ही दुकान पर आ रहे थे। अल्लन उठकर बाहर टहल रहा था। सामने देखकर चौंक गया। नीलू आ रही थी। तीन महीने बाद अब उसे नीलू के दीदार हुए थे। अल्लन को कुछ सूझा नहीं, वह चुपचाप अपनी दुकान में जाकर बैठ गया। मगर नहीं। नीलू दुकान में चली आई। अल्लन खड़ा हो गया। लंबी खामोशी के बाद अल्लन ने बात की शुरूआत की।

"कुछ चाहिए।"

"नहीं...।"

नीलू की सर्द आवाज सुनकर अल्लन को हैरानी हुई। नीलू हंस भी नहीं रही थी। पहले की मुलाकातों में उसका ज्यादा वक्त हंसने में ही गुजरता था।

"दिखी नहीं तुम...पता चला कि सेकंड आई हो।"

"हूं...।" नीलू ने धीरे से सहमति भरी।

"गांव गई थी, किसके साथ?" अल्लन सवाल पर सवाल दागे जा रहा था, मगर नीलू चुप थी। अल्लन ने देखा, उसकी आंखों में आंसू थे।

"मेरी शादी हो रही है...।"

अल्लन को सहसा अपने कानों पर विश्वास नहीं हुआ।

"कब...।" पूरे जिस्म की ताकत लगाकर वह सिर्फ इतना ही पूछ पाया।

"एक महीने बाद...।"

अल्लन का पूरा शरीर क्षोभ से थर्रा रहा था। वह शायद कुछ कहना चाहता था, मगर उसकी जबान ने हमेशा की तरह फिर से जवाब दे दिया था। नीलू की आंखों से आंसू जारोकतार बह रहे थे। अल्लन खामोशी से जल रही कुप्पी को देख रहा था। कुप्पी लगातार जलती जा रही थी, बिना किसी रुकावट के दर्द के। अचानक अल्लन ने नीलू का हाथ पकड़ लिया नीलू का रुई जैसा नर्म हाथ। रुलाई उसका गला रुंधा रही थी। अल्लन कुछ नहीं बोल पा रहा था। अचानक पीछे से अब्बा की आवाज आई

"अल्लन अल्लन।"

नीलू ने अल्लन की तरफ एक बार देखा और हाथ छुड़ाकर गली के अंधेरे में गुम हो गई। अब्बा कह रहे थे

"अभी तक बैठे हो। चलो घर चलो, हम बंद करके आते हैं।"

अल्लन दुकान से उठकर चल पड़ा। उसके भीतर तूफान उठ रहा था। अल्लन रो रहा था। वह भागकर सड़क की तरफ चला गया। सड़क के किनारे अल्लन देर तक टहलता रहा। नीलुवा...अल्लन सोच-सोचकर पागल हो रहा था। क्षोभ में आए अल्लन को लग रहा था कि वह सड़क से गुजरने वाली किसी गाड़ी के नीचे आकर अपनी जान दे दे। मगर नहीं, वह अभी मर नहीं सकता। घंटों सड़क पर टहलने के बाद जब वह घर पहुंचा तो देखा, गेट पर अम्मा अब्बा उसका इंतजार कर रहे हैं।

"रात में कहां घूम रहे हो...?" अल्लन कुछ नहीं बोला।

"परेशान होकर तुम्हारे अब्बा गली-गली ढूंढ आए।"

"क्या हो गया बेटा?" अम्मा को शायद बेटे की परेशानी का अंदाजा हो गया था।

"कुछ नहीं...।" बड़ी मुश्किल से अल्लन यही बोल पाया। उसने खाना खाने से भी इनकार कर दिया।

आज उसे अम्मा की बात भी अच्छी नहीं लगी।

"खाना न खाओगे तो अतड़ी गाली देगी।"

अल्लन रात भर करवट बदलता रहा। उसके भीतर तूफान-सा उठ रहा था, जिसे वह संभाले हुए था। सुबह तक जग रहे अल्लन को चिड़ियों की चहचहाहट की आवाज सुनाई दे रही थी। सूरज की किरणें दुनिया को एक बार फिर रोशन कर रही थीं। मगर अल्लन के भीतर अंधेरा फैल रहा था। वह सो गया। सोकर उठा तो दोपहर के बारह बज चुके थे। उसे हैरानी नहीं हुई,

उसे पहले से ही अंदाजा था कि आज उठने में देर हो जाएगी। उठने के बाद भी अल्लन पड़ा रहा। न दुकान गया न ही घर से बाहर निकला।

अल्लन के दिन नीलू के ख्यालों में गुजर रहे थे। नीलू के साथ-साथ वह उसके खुशनसीब पति के बारे में भी सोचता था। नीलू की खूबसूरती उसकी जागीर हो जाएगी। नीलू की दिलकश हंसी पर भी सिर्फ उसका ही हक होगा...अल्लन का कलेजा मुंह को आने लगता था। अल्लन ने इन दिनों छत पर जाना भी छोड़ दिया था। शादी के दिन जैसे-जैसे करीब आते जा रहे थे उसकी बेचैनी बढ़ती जा रही थी। बिल्कुल ऐसे, जैसे किसी फांसी के मुजरिम को अपनी मौत के दिन का इंतजार होता है ठीक वैसे ही अल्लन भी नीलू के शादी के दिन की राह देख रहा था। कस्बे में शादी की हलचलें शुरू हो गई थीं। गाना गाती औरतों का हुजूम रोज मठ में जाता दिखाई देता। यहां रस्म थी। तिलक या कोई और रस्म होती तो घर-मुहल्ले की औरतें विवाह के गीत गाती हुई मंदिर तक जाती थीं। नीलू के घर में शादी का माड़ो गड़ चुका था। अल्लन ने देखा था मिश्रा जी लंबे बांस का माड़ो खुद लाए थे। शादी के घर में माड़ो गाड़ना भी कस्बे का चलन था। माड़ो शादी के दिन के कई दिन बाद तक घर के आंगन में गड़ा रहता था। अल्लन हालांकि भूलकर भी छत पर नहीं जाता था, मगर फिर भी घर से उसके आंगन में गड़ा माड़ो साफ नजर आता था। अब्बा इन दिनों अल्लन पर खासे नाराज रहते। अल्लन उनकी बात नहीं मानता था। दुकान पर ग्राहकों का हुजूम खड़ा रहता, मगर वह लाख चिल्लाने के बावजूद अब्बा का हाथ बंटाने को राजी नहीं होता। हमेशा की तरह अम्मा अब्बा का साथ दे रही थीं। एक शाम अम्मा सब्जी काट रही थीं, अल्लन उनके बगल में जाकर खड़ा हो गया।

''हम पढ़े खातिर बाहर जाएंगे।'' अम्मा अल्लन का चेहरा देखने लगीं।

''बाहर कहां?''

''...बनारस।''

''क्यों, यहां स्कूल नहीं है?''

''है, मगर पढ़ाई बढ़िया नहीं होती।''

''इंटर तक पढ़ लो उसके बाद चले जाना बेटा।''

अम्मा अल्लन को पुचकार रही थीं। जाने क्यों उनको इस बात का एहसास हो गया था उनके बच्चे के दिल में कुछ हलचल मची हुई है।

''नहीं, हम यही साल जाएंगे।'' अल्लन ने जिद पकड़ ली थी।

"ठीक है, हम अब्बा से बात करेंगे।"

अम्मा ने अल्लन को टाल दिया। अल्लन शाम को ही अपने बिस्तर पर जाकर लेट गया। उसे नींद नहीं आ रही थी, फिर भी वह सोने की कोशिश कर रहा था। अम्मा ने अल्लन को खाने का प्रस्ताव दिया, मगर उसने साफ इनकार कर दिया। देर तक कोशिश करने के बाद भी अल्लन को नींद नहीं आई। रात गहरा चुकी थी। अल्लन उठा और छत की तरफ चल पड़ा। पूरा कस्बा अंधेरे की आगोश में डूबा हुआ था। सन्नाटे को चीरती हुई कुत्तों के भौंकने की आवाज लगातार उसके कान तक आ रही थी। अल्लन ने नीलू के घर की तरफ देखा तो उसे कुछ नजर नहीं आया। बांस के माड़ो का उपरी सिरा उसे डरावना-सा लगा। हवा में लटकती कोई जादुई-सी चीज। अल्लन ने अपना सिर आसमान की तरफ कर दिया। स्याह रात की चादर ने पूरे आसमान को अपनी आगोश में ढक लिया था। अल्लन की आंखें चांद को तलाश रही थीं। चांद जो उसी स्याह रात के बीच कहीं छिपा हुआ था। अल्लन दीवार की मुंडेर पर बैठा काफी देर तक कुछ सोचता रहा। हालांकि उसकी सोच क्या थी उसे खुद पता नहीं था। घंटे भर चुपचाप बैठने के बाद अल्लन फिर वापस अपने बिस्तर पर जाकर पड़ गया। उसे नीलू का नर्म हाथ याद आ गया, जिसे उसका होने वाला पति संभालने वाला था।

नीलू की शादी में सिर्फ एक दिन रह गया था। अल्लन ने अपने आपको घर में कैद कर लिया था। हालांकि उसके घर बज रहे गानों की आवाज उसके कानों तक जरूर पहुंच जाती।

"घोड़ी पर होकर सवार रंगीला दूल्हा ब्याहन आया...।" अल्लन का जी जल जाता। मगर इससे किसी को क्या फर्क पड़ता था।

अम्मा भी नीलू के घर हो आई थीं। शाम के खाने में आज उसी की बातें हो रही थीं। अम्मा बोल रही थीं।

"बनारस से आ रही है बारात। लड़का पढ़ रहा है।"

"ठीक है, सयानी लड़की की शादी हो जाए बस...।" अब्बा की आवाज थी।

"एतनी जल्दी बड़ी हो गई। कित्ती-सी थी, जब दुकान पर आती थी।"

"लड़की को सयानी होते देर नहीं लगती है।" अब्बा फिर अपनी बात अम्मा के सामने रख रहे थे। नीलू की शादी के दिन अब्बा ने सुबह ही अल्लन को बता दिया था।

"शाम में चले जाना खाना खाए।" अल्लन ने उनकी बातों का कोई जवाब नहीं दिया।

दोपहर होते ही लाउडस्पीकर एक बार फिर शादी के गीत गाने लगे थे। अल्लन बस किसी तरह अपना दिल संभाले घर में बैठा था। अम्मा ने उसे टोका था।

"आज कहीं नहीं जाना है क्या?" अल्लन ने उनकी बात को सुनकर भी अनसुना कर दिया था।

गली को फूल-मालाओं से सजाया गया था। शाम होते-होते यहां काफी हलचल हो गई, मगर अल्लन फिर भी घर में बैठा रहा। अम्मा-अब्बा रोज की तरह दुकान पर बैठे हुए थे। अचानक अल्लन को एक साथ कई गाड़ियों के आने की आवाज सुनाई दी। उसके कान वहीं लगे हुए थे, गली में शोर-शराबा बढ़ गया था। बारात आ गई थी। रात में फिर क्या-क्या हुआ अल्लन को नहीं पता। रात में अम्मा-अब्बा के आने तक अल्लन जानबूझकर अपने बिस्तर पर सांस रोके पड़ा रहा। अब्बा कह रहे थे।

"पता नहीं, लगता है तबीयत खराब हो गई। सुबह से कहीं बाहर भी नहीं गया। इससे कहे थे शाम में जाकर खाना खा लेना मगर इ तो सो रहा है।" अम्मा उसके माथे को टटोलकर देख रही थीं। गानों की आवाज पूजा-पाठ के मंत्रों में बदल गई थी। मठ के पंडित जी माइक पर जोर-जोर से चिल्ला रहे थे।

"मंगलम् भगवान विष्णुः मंगलम् गरुणध्वजः। मंगलम् पुण्डरीकाक्ष मंगलाय तनो हरी।"

अल्लन का दिल डूब रहा था। उसकी रुलाई छूट गई। बिस्तर पर लेटे-लेटे वह फफक-फफक कर रो पड़ा। सिसकियों की आवाज दूर तक न जाए इसके लिए उसने अपने मुंह को तकिये से ढांप रखा था। अल्लन के आंसुओं के साथ मंत्र के दौर चलते रहे। अल्लन घंटों रोता रहा।

सुबह होने को आई थी। अल्लन को नीलू के घर से रोने की आवाजें आ रही थीं। नीलुवा रो रही थी।

"अम्मा रे अम्मा... अब हम कैसे रहेंगे?"

नीलू की विदाई हो रही थी। अल्लन का कलेजा एक बार फिर हिल गया, मगर अबकी बार वह नहीं रोया। उसके आंसू सूख चुके थे। नीलू की सिसकियां सुनते-सुनते अल्लन को कब नींद आ गई, उसे पता ही नहीं चला। सोकर उठा तो दिन के ग्यारह बज चुके थे। तमाम ताकत लगाकर उसने बिस्तर से उठने

की कोशिश की, मगर उठ नहीं पाया। उसका पूरा जिस्म बुरी तरह से दुख रहा था। अम्मा उसके पास आ गई थीं। उन्होंने उसके माथे पर हाथ रखा, तेज बुखार से उसका माथा बुरी तरह से तप रहा था। एक गिलास पानी पीने के बाद अल्लन फिर लेट गया।

अल्लन लेटा तो हफ्ते भर बिस्तर से नहीं उठ सका। उसे लगातार बुखार आ रहा था। अम्मा रात-रात भर जागतीं। अब्बा परेशान थे, मगर अल्लन, अल्लन के दिमाग में बस नीलू घूम रही थी। बुखार में लेटे-लेटे अल्लन की आंखों में आंसू आ जाते। कभी-कभी वह रो भी देता। अम्मा समझतीं बुखार से बच्चा टूट गया है। बुखार से ठीक होने में अल्लन को पंद्रह दिन लग गए। पंद्रह दिन में दुनिया कितनी बदलती, मगर अल्लन को लगता शायद सबकुछ बदल गया है। बिस्तर से उठने के बाद अल्लन पहली बार छत पर गया। मठ के मंदिर में पूजा हो रही थी। लड़के पूजा के आसपास मंडरा रहे थे।

पूड़ी-सब्जी और एक लड्डू के लालच में। अल्लन को पहली बार लड़कों की इस भीड़ से घृणा हो रही थी। अल्लन चुपचाप पूरे कस्बे का जायजा ले रहा था। आखिर में उसकी निगाह नीलू की छत पर पड़ी। आंगन में लगा माड़ो उखड़ चुका था। छत खाली थी अल्लन को लगा अभी नीलू छत पर आएगी और उसे देखकर मुस्कराएगी। आह! नीलू अल्लन की आंखों में फिर आंसू आ गए।

25

जिंदगी एक बार फिर पटरी पर लौट आई थी। हाईस्कूल पास अल्लन अब ग्यारहवीं में एडमिशन की तैयारी में जुट गया। अब्बा को उसके कहीं भी पढ़ने में एतराज नहीं था। अल्लन ने बनारस के एक-दो स्कूलों में प्रवेश परीक्षा दी थी, मगर उसे पता था कि उसकी पढ़ाई महेंद्रा में ही होनी है। और हुआ भी वाकई ऐसा ही। अम्मा से एक सौ बीस रुपए की फीस लेकर अल्लन स्कूल में जमा कर आया। पढ़ाई शुरू हो गई। अल्लन रोज स्कूल जाता था। स्कूल जाना उसके लिए बेहद दिलचस्पी से भरा काम था। कभी स्कूल न जाता तो ऐसा लगता कि पूरा दिन पहाड़ हो गया है। बहुत दिन बाद बैठे-बैठे अल्लन को आज रामनगर की याद आई।

"अम्मा, ए अम्मा... अब हम लोग रामनगर नहीं जाएंगे क्या?"

"तुम्हें रामनगर की याद कैसे आ गई?"

"कइसे क्या? मामू के यहां चलो।" अल्लन अम्मा से इसरार करने लगा।

"नहीं बेटा, अब अब्बा नहीं रहे, बार-बार जाना अच्छा नहीं है।"

"मगर मामू तो हैं?" अल्लन अम्मा के जवाब पर हैरान होकर पूछ रहा था।

"भाभी नहीं चाहतीं कि हम लोग आएं।"

अल्लन को पता था कि म्वानी से अम्मा की नहीं पटती। हालांकि उसे आज तक इस बात की खबर नहीं हो पाई थी कि आखिर अम्मा अउर म्वानी में झगड़ा किस बात को लेकर था। अम्मा रामनगर की बात टाल चुकी थीं।

"दुकान चले जाओ बेटा। थोड़ी देर बैठा करो, अब्बा अकेले परेशान होते रहते हैं।"

"तुम जा तो रही हो।"

"हम तो जाई रहे हैं। जरा तू भी अपनी जिम्मेदारी समझो।" अम्मा का लहजा तल्ख़ था।

"जिम्मेदारी क्या? कहो तो पढ़ाई छोड़ दें।" अल्लन गुस्सा होने लगा।

अम्मा चुप हो गईं। वह अल्लन से बहस नहीं करना चाहती थीं। अल्लन भी अम्मा की बातों से असंतुष्ट होकर घूमने-फिरने निकल जाता। नीलू से जुदा होने के बाद अल्लन को एकांत खूब पसंद आता था। शाम का उसका वक्त अब कस्बे के स्टेशन के इर्द-गिर्द गुजरता। शाम को वह दो रुपए की नमकीन लेकर स्टेशन पहुंच जाता। आती-जाती रेलों को देखना अल्लन का खास शौक था। उसने आज तक रेल में कभी सफर नहीं किया था। रफ्तार से भागती रेलें उसके दिल में रोमांच पैदा करती थीं। कस्बे के इस छोटे-से स्टेशन और यहां रुकने वाली रेलों की कहानी बड़ी अजीब थी। मुगलसराय जंक्शन के पास होने की वजह से यहां इक्का-दुक्का रेलें ही रुकती थीं। जो रेल रुकती उनमें दून एक्सप्रेस और सियालदह एक्सप्रेस के अलावा सारी की सारी पैसेंजर रेल शामिल थीं। दो एक्सप्रेस रेलों के कस्बे के छोटे-से स्टेशन पर रुकने का किस्सा भी बेहद अजीब था। अब्बा बताते थे। तब यहां के सांसद कमलापति त्रिपाठी भारत सरकार के रेल मंत्री थे। कस्बे के लोग परेशान थे, यहां कोई रेल नहीं रुकती। एक बार जब सांसद कस्बे में आए तो लोगों ने रेलों से जुड़ी अपनी समस्या उनके आगे रख दी। मंत्रीजी ने कुछ देर सोचा और कहा

"चलो भाई ठीक है, कल से दोनों गाड़ी रुकेगी।"

और वाकई अगले ही दिन से देहरादून एक्सप्रेस और सियालदह दोनों कस्बे के स्टेशन पर खड़ी होने लगीं। बहरहाल, कस्बे के इस स्टेशन का इस्तेमाल जवान लड़के अपने घूमने-फिरने और गुप्त बातों के लिए किया करते। गुप्त बातें यानि लड़कियों को पटाने का प्लान और उसके बाद आगे का कांड...। अल्लन को भी यह जगह खूब रास आती। कभी मनोजवा के साथ तो कभी अकेले वह यहां आ जाता था। रेल के डिब्बे गिनना और उसकी स्पीड के बारे में बहस करना उसकी बातों का दिलचस्प पहलू था। रोजाना जाने की वजह से उसे यहां से गुजरने वाली एक-एक रेल के बारे में पूरी जानकारी हो गई थी। घर में बैठे-बैठे वह रेल की आवाज से अंदाजा लगा लिया करता कि कौन-सी रेल स्टेशन से गुजर रही है। रेल गुजरते वक्त वह दौड़कर घड़ी भी देखता था।

"अम्मा ए अम्मा पुरुषोत्तम जा रही है।" अल्लन कहता तो अम्मा कहतीं

"जाए दो जा रही है तो। रेल है, जाएगी ही।"

"नहीं बता रहे हैं।" अल्लन जरा शर्मिंदा हो जाता।

रोज़-रोज़ स्टेशन जाने की वजह से अल्लन की दिलचस्पी के आयाम बदल रहे थे। क्रिकेट छोड़कर वह बालीबॉल की तरफ आकृष्ट हो रहा था। स्टेशन के बाहर ही छोटे-से मैदान में यहां कस्बे के बड़े लड़कों ने बालीबॉल का कोर्ट बना रखा था। अल्लन स्टेशन घूमने के बाद यहीं बैठकर मैच देखता। बालीबॉल खेलने के लिए लड़कों की संख्या कम पड़ती तो अल्लन को भी खड़ा कर लिया जाता। और फिर धीरे-धीरे अल्लन ने बालीबॉल के ऐसे गुर सीख लिए कि उसके बिना बॉलीबाल का खेल हो ही न पाता। स्कूल से लौटने के बाद अल्लन दौड़कर स्टेशन पहुंच जाता। अल्लन का खेल जारी था। मगर घर लौटने के बाद उसे लगता कि अब्बा उससे कुछ नाराज हैं। उनकी नाराजगी का सबब उसकी समझ में नहीं आता, मगर फिर भी उसको उनके खिंचे होने का अहसास तो था। अम्मा के खाना पकाते वक्त अल्लन आज रसोई में घुस गया।

"अब्बा को आजकल क्या हो गया है?" अल्लन ने अपनी जिज्ञासा अम्मा के सामने रख दी।

"क्या हो गया, तुम्हारी करतूत ऐसी है।"

"हम क्या कर दिए?" अल्लन एकबारगी चौंक-सा गया।

"क्या जरूरत है बड़े-बड़े लड़कों के साथ बालीबॉल खेले की। अब्बा बताते रहे कि वही में कइठो बदमाश भी हैं। अइसे लोग के साथ नहीं रहने को बेटा।"

अल्लन हतप्रभ हो गया। उसे झटका लगा था। बालीबॉल का खेल जो उसे पसंद था, पर अब्बा इस तरीके से निशाना साधेंगे उसे अंदाजा नहीं था। अब्बा ने सीधे उससे कुछ नहीं कहा, मगर फिर भी अल्लन को वार्निंग मिल चुकी थी। अल्लन ने दूसरे दिन स्टेशन का रुख तो किया, मगर बालीबॉल नहीं खेला। लड़के उससे इसरार करते रहे, मगर वह प्लेटफार्म पर टहलने निकल गया। घूमने-फिरने के दौरान अल्लन को अब्बा पर गुस्सा आ रहा था। हर बात में किसी-न-किसी तरीके से अड़ंगा लगा देते थे। देर शाम टहलने के बाद अल्लन घर लौट आया। अम्मा नमाज पढ़ रही थीं। पहली बार ऐसा हुआ कि अल्लन दुआ लेने अम्मा के पास नहीं गया। अम्मा ने इशारे से उसे अपनी तरफ बुलाया, मगर फिर भी वह बड़के कमरे की चौकी पर जाकर लेट गया। वह अम्मा से नाराज था और अपने गुस्से का इजहार करना चाहता था। अम्मा को पता चल गया कि वह गुस्सा है तो बात अब्बा तक जरूर पहुंचेगी। शाम को अल्लन ने पेट भर खाना भी नहीं खाया। दो रोटी खाकर लेट गया। नींद नहीं आई तो कहानी की किताब लेकर बैठ गया। देर तक पढ़ता रहा। आखिरकार नींद आ गई, वह बिस्तर पर लुढ़क गया। अल्लन अब बिस्तर पर कम ही पेशाब करता। महीने में सिर्फ एक हफ्ता वह भी तब जब ज्यादा पानी पीकर सोता। इस बड़े सुधार के बाद अम्मा ने उसके बिस्तर के नीचे प्लास्टिक बिछानी बंद कर दी थी। उसे अब दूसरों के बिस्तर पर सोने की आजादी भी मिल गई थी। सुबह अल्लन की आंख घर के बाहर हो रहे शोर से खुली। आंख मलते हुए वह अपनी छत पर जाकर खड़ा हुआ तो देखा कि मठ में कस्बे का पूरा हुजूम जुटा हुआ था। मठ के बाहर पुलिस की जीप भी खड़ी थी। अल्लन को एकाएक कुछ समझ नहीं आया। वह दौड़कर नीचे आ गया।

"अम्मा ए अम्मा, मठ में क्या हो गया?"

"पता नहीं क्या हुआ, सुबह से भीड़ लगी है। तुम्हारे अब्बा भी वहीं गए हैं।"

अल्लन बुशर्ट पहनकर बाहर दौड़ पड़ा। मठ के अंदर पहुंचने के बाद उसने देखा की अब्बा पंडित जी के कमरे के पास खड़े हैं। दारोगा उनसे बातचीत कर रहा है। अल्लन ने देखा उसे देखकर अब्बा के माथे पर शिकन आ गई

थी। गुस्से की शिकन। मगर अल्लन ने अब्बा की परवाह नहीं की। वह भीड़ को चीरते हुए पंडित जी के कमरे के पास पहुंच गया। पंडित जी के कमरे में एक आदमी की लाश पड़ी थी। सफेद कपड़े में लिपटी हुई। चारों तरफ खून बिखरा हुआ था। कमरे का सब सामान तखड़ बखड़ था। अल्लन को सांप सूंघ गया। वह बिना कुछ बोले किनारे आकर खड़ा हो गया। अल्लन अंदाजा लगाने की कोशिश कर रहा था तभी मनोजवा उसके पास आकर खड़ा हो गया।

"किसकी लाश है?" अल्लन की आंखों ने मनोज से सवाल किया।

"पंडित जी। रात में मार दिए गए।" मनोज ने उसके कान में लगभग फुसफुसाते हुए कहा।

अल्लन की आंखें हैरत से चौड़ी हो गईं।

"कउन था?"

"क्या पता!"

"कुल सामान लूट ले गए?"

अल्लन हैरानी से पंडित जी की बाहर ले आई लाश को देख रहा था। मरे हुए जिस्म से निकला खून सफेद कपड़े को जगह-जगह से लाल कर रहा था।

"हथौड़ी से मारे हैं सब सिर पर। सिर फट गया।" मनोजवा अभी भी अपना बयान जारी रखे हुए था।

अल्लन ने देखा पंडित जी की लाश मंदिर के बाहर खड़ी पुलिस की जीप में रख दी गई थी। दारोगा अभी भी अब्बा से कुछ बात कर रहा था। अल्लन दौड़कर घर आ गया।

"अम्मा अम्मा, पंडित जी का कत्ल हो गया।" अल्लन बुरी तरह से हांफ रहा था।

अम्मा का मुंह खुला का खुला रह गया।

"आएं, कब?"

"रात में। चोर सब सिर पर हथौड़ी मार दिए, सिर फट गया। बहुत खून निकला है।"

"अरे अल्ला, कउन कमीना था?"

"कउन क्या। वही हीरोइनचिया सब मलियाने वाले।" अल्लन अम्मा को जवाब दे रहा था।

"अब्बा कहां हैं?"

"मठ में दारोगा से बातचीत कर रहे हैं।"

"क्या जरूरत है दारोगा से बात करने की।"

"पता नहीं, हमको क्या मालूम?" अल्लन अम्मा के इस सवाल पर झुंझला गया।

अम्मा से बात करने के बाद वह सीधे छत पर जाकर खड़ा हो गया। पंडित जी की लाश जा चुकी थी। लोग एक-एक करके वहां से खिसक रहे थे। अब्बा भीड़ में नहीं थे। अल्लन की आंखों ने उन्हें हर तरफ तलाश किया, मगर वह नहीं नजर आए। एक घंटे तक अल्लन छत पर ही खड़ा रहा। मठ का मंदिर अब वीरान हो गया था। पूजा करने वाले भी इस तरफ नहीं आ रहे थे। सबको पता चल गया था कि पंडित जी का कत्ल हो गया है। अल्लन नीचे उतरा तो देखा अम्मा नाश्ता तैयार कर चुकी थी। दू पराठा खाने के बाद वह फिर लेट गया। अम्मा अब्बा को लेकर बड़बड़ा रही थी।

"क्या जरूरत थी वहां जाने की। पता नहीं कहां चले गए। जाओ देखकर आओ।" अम्मा अल्लन से कह रही थीं।

अल्लन उठने को हुआ तब तक अब्बा आ गए।

"कहां चले गए थे?"

"थाने? गवाही देने के लिए।"

"तुम्हारा हर जगह पहुंचना जरूरी है।" अब्बा अम्मा की बात का जवाब देने के बाद अल्लन से मुखातिब हो चुके थे। अल्लन ने कसूरवार की तरह सिर झुका लिया।

"रात को बारह बजे के आसपास पंडित जी को मारा गया।" अब्बा तफसील से मामला बयान कर रहे थे।

"कत्ल करने वालों का पता चला?"

"नहीं।" अब्बा ने नहीं की मुद्रा में अपना सिर हिला दिया।

"पुलिस क्या कह रही है?" अम्मा ने अब्बा से फिर से सवाल कर दिया।

"क्या कहेगी। मर गए तो मर गए। हमसे पूछने लगे आप किसी को देखे तो नहीं। हम कह दिए। हम किसको देखेंगे। बारह बजे रात में कोई किसी का मुंह दबाकर मार देगा तो क्या खाक पता चलेगा। देखो शायद दारोगा फिर आएगा।...अब रात में दरवाजा सही तरीके से बंद-वंद करके सोया करो।" आखिर में दी गई अब्बा की इस नसीहत ने अल्लन को सिहरा दिया।

उसने अम्मा का चेहरा देखा जो भय के मारे पीला पड़ा हुआ था।

पूरा दिन पंडित जी की चर्चाओं में गुजरा। अल्लन घर से बाहर निकला तो देखा पंडित जी की ही बात हो रही थी। रात में नमाज पढ़ने के बाद अम्मा तीन बार नादेअली पढ़कर पूरे घर में फूंक रही थी। मुसीबत बला न आए। रात में डर के मारे अल्लन को देर तक नींद नहीं आई। उसने ऐसा महसूस किया कि अब्बा भी जाग रहे हैं। रात में अल्लन पेशाब करने के लिए भी नहीं उठा, रोके रखा। सुबह भीगी हुई पैंट बदलने के बाद वह बाज़ार से अखबार लाने चल पड़ा। वाराणसी आसपास पन्ने में सबसे ऊपर लिखा था।

''मंदिर का ताला तोड़कर पुजारी की हत्या।'' अल्लन ने देखा उसमें पुजारी जी की लाश की फोटो भी छपी थी। लाश के ठीक बगल में अब्बा खड़े थे। अब्बा की फोटो भी अखबार में छपी थी। अल्लन अखबार में अब्बा को देखा रहा था। अखबार लेकर वह अब्बा के पास पहुंच गया।

''आपकी फोटो छपी है।''

''कहां?''

''अखबार में।''

''अच्छा।'' अल्लन ने महसूस किया अब्बा के चेहरे पर हल्की-सी मुस्कराहट थी।

अखबार अब्बा के हाथों में पकड़ाने के बाद अल्लन थोड़ी देर तक वहीं खड़ा रहा। अब्बा खबर पढ़ रहे थे। मगर अल्लन को लग रहा था कि अब्बा की आंख बार-बार अपनी फोटो निहारने में जुटी हुई थी। अब्बा को अकेले छोड़कर अल्लन बाहर निकल आया। कस्बे में अभी भी पंडित जी की चर्चा पूरे जोरों पर चल रही थी। पंडित जी का दाहकर्म यहीं बलुआ घाट पर किया गया था। बलुआ घाट में भी गंगा बहती थी। अल्लन सोच रहा था। अच्छे-खासे पंडित जी मर गए। उसे उन्हें मारने वालों पर गुस्सा आ रहा था।

''मादरचो...हीरोइनचिया..।''

26

जाड़े और गर्मी के बाद बारिश का महीना आ चुका था। पानी गिरना शुरू होता तो दो-दो दिन तक बरसता रहता। अल्लन बरामदे में बैठा पानी को जमीन पर गिरते देखता। मठ के मैदान में पानी ही पानी। मिडिल स्कूल में पानी ही पानी।

पानी बरसने के दौरान कस्बे का किस्सा अजीबोगरीब हो जाता था। यहां पानी की निकासी के लिए कोई खास इंतजाम नहीं था। पानी बरसना शुरू होता तो नालियां लबालब भर जातीं। हर तरफ कीचड़ ही कीचड़। अल्लन खखार कर नाली में थूक देता। नाली में पाखाना बहता देखकर कई बार उसे कय तक हो जाती थी। बारिश अब अल्लन को इतना सुहाती न थी। मगर बचपन के दिनों में अल्लन इसी बारिश का साल भर इंतजार करता था। पानी बरसता तो वह अपनी कागज की बनाई नाव को पानी में डाल देता। अम्मा चिल्लाती रह जातीं, मगर वह पानी में नाव डालने के बाद साथ-साथ देर तक दौड़ता रहता। नाव में सवारी के लिए उसमें एक चींटे को भी बैठा दिया जाता। बेचारा चींटा नाव में फंसने के बाद जब भी निकलने की कोशिश करता तो अल्लन हाथ में लकड़ी की सींक लेकर उसे कोंचता था। बड़ी नाली में पहुंचने के बाद कागज की नाव डूब जाती और उसमें बैठा चींटा पानी में बह जाता। अल्लन थोड़ी देर के लिए निराश हो जाता, मगर थोड़ी ही देर में फिर से नाव लेकर खड़ा हो जाता। तीन दिनों की लगातार बारिश के बाद पानी आज रुका था। पानी बरसने के बाद दुकान बंद रही। अल्लन को पता था कि अब अब्बा दुकान जाएंगे। भीगे हुए बोरे छत पर सूखने के लिए आएंगे। अब्बा का हाथ बंटाने के लिए अल्लन भी दुकान चला आया। तहसीलदार की दीवार के सहारे चलने वाली अल्लन की दुकान की हालत खराब हो गई थी। पानी बरसने से पहले ही अब्बा दुकान का सब सामान प्लास्टिक लगाकर बांध आए थे। इस वजह से दुकान में कुछ नुकसान नहीं हुआ। दुकान में पहुंचने के बाद अल्लन ने देखा कि हर तरफ लाल-लाल पानी फैला हुआ।

"अब्बा इ क्या है?"

"दीवार पुरानी हो गई है। ईंट झड़ रही है।"

"अच्छा।"

अल्लन अब्बा का जवाब सुनने के बाद एक बार फिर अपने काम में मसरूफ हो गया। अब्बा कह रहे थे उसे फिर से बनारस जाना शुरू करना होगा। माल खत्म हो गया है। ग्राहक नया सामान मांगते हैं। अल्लन चुपचाप अब्बा की बात सुन रहा था। और एक दिन आसमान साफ हुआ तो अब्बा ने वाकई उसे बनारस के सामान की लिस्ट पकड़ा दी। अल्लन का मन कहीं जाने का नहीं था, मगर अब्बा का कहा टाला भी तो नहीं जा सकता था। बनारस जाने के दौरान ऐसा पहली बार हुआ कि अल्लन रास्ते में ही सो गया। नींद

खुली तो चौकाघाट आ चुका था। रसूल की दुकान पर आज रसूल का लड़का बैठा था। अल्लन ने हमेशा की तरह उसे लिस्ट पकड़ा दी। बनारस का खाना खाते वक्त वह सोच रहा था कि उसने यहां आकर सही किया। कम-से-कम गोश रोटी तो खाए को मिल गई। घर लौटते वक्त अल्लन को फिर से गंगाजी के दर्शन करने को मिले। आज उसने ज्यादा भक्ति नहीं दिखाई। खामोश अपनी सीट पर बैठा रहा। उसे पंडित जी याद आ रहे थे। पंडित जी जिन्हें मरने के बाद जला दिया गया। मरने के बाद होने वाला दाहकर्म उसने कभी नहीं देखा था, मगर उसे इस बारे में सब पता था। लकड़ी के बीच में लाश को रखने के बाद घी डाला जाता है। आग लगाने के बाद इंसान जलना शुरू हो जाता। मनोज बताता कि जलने के दौरान कभी-कभी खिंचाव की वजह से हाथ या पैर अपने आप हवा में उठने लगता है। डोम डंडा मार के उसको ठीक करते हैं। जलने के बाद हड्डी का सिर्फ चूरा भर बचता है, जिसे गंगाजी में बहा दिया जाता है। जलने के बाद पंडित जी को मुक्ति मिल गई। बस कस्बे में आ चुकी थी। अल्लन घर पहुंचा तो हर बार की तरह इस बार भी शाम होने को आई थी। अम्मा दरवाजे पर उसका इंतजार कर रही थीं।

"अल्लन ए अल्लन, जाओ दुकान पर देखो क्या हुआ है?"

"क्या हो गया!"

अम्मा से सिर्फ इतना पूछने के बाद अल्लन दुकान रवाना हो गया। दुकान पर पहुंचकर अल्लन ने देखा अब्बा घर लौटने की तैयारी कर रहे हैं। वह दुकान बंद कर चुके थे।

"क्या हो गया?" अल्लन ने अब्बा को देखते ही सवाल दाग दिया

"कुछ नहीं। ई दीवाल कमजोर हो गई है। अल्ला बचाए कहीं गिर न जाए।"

अब्बा अल्लन को दीवार की दरकती ईंटें दिखा रहे थे।

अल्लन दीवार को गौर से देख रहा था। जैसे आंकने की कोशिश कर रहा हो कि दीवाल गिर सकती है या फिर नहीं। रात में सोते-सोते अल्लन का जी उचट गया। नीलुवा का ख़्याल दिल पर हावी हो गया। ऐसा लगा कि कलेजा डूब रहा है। सोते-सोते अल्लन ख्वाब देखता था।

नीलू का दुलहा उसके ऊपर चढ़ा जा रहा है। नीलू की सलवार का नाड़ा खुल गया और उसके बाद...।

नींद खुल जाती। अल्लन गुस्से से किचकिचा गया। उसकी आंखों में आंसू आ गए। सिर झटककर वह फिर सोने लगा, मगर नहीं, नींद आए भी तो कैसे।

नीलू का ख्याल सर झटकने के बाद और ज्यादा बढ़-चढ़कर आ रहा था। घुरहुवा ने अल्लन को एक बार नंगी आदमी-औरतों वाली किताब दिखाई थी। एक-दूसरे में गुंथे दो इंसान। अल्लन के सामने वह सारी की सारी तस्वीरें घूम रही थीं। मगर उन तस्वीरों में अब वह पात्र न थे। नंगी नीलू और उसके ऊपर बदन पर अधिकार रखने वाला उसका पति। अल्लन को अपने इन ख्यालों से घिन आ रही थी। मगर करे भी तो क्या। ख्यालों पर उसका बस थोड़े है। रात गुजर चुकी थी। मजीद के मुर्गे फिर चिल्लाने लगे थे। अल्लन हंस दिया। मुर्गों के बारे में सोचकर उसे अकसर हंसी आती थी।

"हरामखोर साले.. सुबह हुई नहीं कि चिल्लाए शुरू।"

अल्लन को नींद आ गई। सुबह उठा तो घड़ी में दस बज चुके थे। बारिश थमी हुई थी, आसमान में चारों तरफ धूप बिखरी पड़ी थी। आसमान से बादलों की तरह उसके दिमाग से भी नीलू का ख्याल गायब था।

27

अब्बा की तबीयत खराब हो गई थी। दुकान के सामान के चक्कर में उन्हें पानी में भीगना पड़ता था। डॉक्टर ने बताया था कि निमोनिया हो गया। पानी से बचने की जरूरत है। दुकान पर एक बार फिर ताला लग गया था। अल्लन को दुकान से कोई वास्ता न था। सुबह वह स्कूल निकल जाता। शाम में आता तो उसे स्टेशन पर घूमने की जल्दी होती थी। उसके इस रवैए की वजह से अब्बा ने इन दिनों उससे बात करना पूरी तरह से बंद कर रखा था। अम्मा उसे समझातीं।

"जाओ बेटा, थोड़ी देर तो बैठो। दुकान बंद हो जाएगी तो काम कैसे चलेगा।"

मगर अल्लन दुकान का नाम सुनते ही बिदक जाता था, तरह-तरह के बहाने करता।

"सामान कम है, बैठकर क्या होगा, अभी बनारस जाकर सामान लाएंगे। तब बैठेंगे।"

अम्मा के पास अल्लन के इस तर्क का कोई जवाब नहीं था। अब्बा अम्मा से कहते थे।

"आवारा हो गया है, नालायक। आलम से कम न निकलेगा देख लेना।"

अल्लन की इस बेरुखी के बाद अम्मा ने एक बार फिर से दुकान पर बैठने का फैसला कर लिया। अल्लन एक दिन दोपहर घर आया तो देखा अम्मा नदारद थीं। अब्बा बीमारी की हालत में सो रहे थे। अल्लन को अम्मा न मिलीं तो वह अंदाजे से दुकान की तरफ चल पड़ा। अम्मा दुकान पर बैठी हुई हैं। अल्लन को अम्मा पर गुस्सा आ रहा था, मगर नहीं आखिर वह कर भी क्या सकता है। अम्मा ने उसे देखा, मगर उनकी तरफ से कोई बात नहीं उठाई गई।

''खाना निकाल के खा लेना।'' दुकान से वापस लौटते समय अल्लन को अम्मा की सिर्फ इतनी आवाज ही सुनाई दी थी।

घर आकर वह बिना खाना खाए सो गया। शाम में अम्मा दुकान बंद करके वापस आ गई थी। पानी बरस रहा था। अल्लन को ठंड लग रही थी। वह चादर ओढ़कर बड़े कमरे में लेटा हुआ था। अब्बा के लिए चाय बनाने के बाद अम्मा नमाज पढ़ने के लिए बैठ गई थीं। अल्लन खिड़की से देख रहा था। अम्मा नमाज में रो रही थीं। बूढ़ी होती जा रही अम्मा पर आज उसे दया आ रही थी। अम्मा। नमाज पढ़ने के बाद अम्मा उठकर उसके पास आ गईं। दुआ पढ़कर अम्मा ने अल्लन को फूंक मारी तो अल्लन उठकर बैठ गया।

''आज क्या पकाओगी?''

''मलगोब्बा...अरे रोटी सब्जी, और क्या।''

''गोश बनाओ न।'' अल्लन बड़े सलीके से अम्मा से इसरार कर रहा था।

''अच्छा।'' अम्मा हंस रही थी।

''जाओ लाओ। अब्बा की तबीयत खराब है।''

''ठीक है, उनको तो फायदा भी करेगा। गोश खाएंगे तो ताकत आएगी।''

अम्मा ने बीस का एक नोट अल्लन के हवाले कर दिया। अलाऊ के दुकान पर पहुंचने के बाद अल्लन ने देखा कि यहां इक्का-दुक्का लोग ही खड़े हैं। अंधेरा होने को आया था। अलाऊ ने गैस जला ली थी।

''क्या भाई अल्लन!''

''सलाम आलेकुम चच्चा। एक पाव दे दीजिए रान का।''

अल्लन गोश लेकर जल्दी घर पहुंचना चाहता था। बूंदाबांदी जारी थी। अल्लन ने देखा कटने से बचे हुए बकरे बें-बें चिल्ला रहे थे। मगर उनकी पुकार सुनने वाला कोई नहीं था। बकरों पर अल्लन को दया आ रही थी। मगर वह कर भी क्या सकता था। अब्बा बताते थे कि जिबह होने के बाद बकरे जन्नत में जाते हैं। अल्ला मियां कटने वाले बकरों के लिए सीधे जन्नत का

दरवाजा खोल देते हैं। अल्लन को एकबारगी लगा कि ठीक है कि इन बकरों को इस दोज़ख़ से मुक्ति मिल जाए। मगर जैसे ही उसने अलाऊ की चमचमाती छुरी देखी उसके होश फाख्ता हो गए। गोश लेकर लौटते उसने अपने गर्दन पर हाथ रख लिया। बकरों के गलों पर चलती धारदार छुरी की सरसराहट वह अपने गले पर महूसस कर रहा था। घर लौटा तो अब्बा अम्मा से बात कर रहे थे। अम्मा धंधे के बारे में बता रही थीं, जो फिलहाल चौपट था। गोश अम्मा को देने के बाद अल्लन हिंदी की किताब लेकर पढ़ने लगा। लाइट हमेशा की तरह नहीं थी। लालटेन की रोशनी में आंख गड़ाए अल्लन लगा हुआ था। न जाने क्यों कहानी पढ़ने में अल्लन को मजा आता था। बढ़िया-बढ़िया कहानियों को रटकर वह अम्मा को सुनाता था। अम्मा बड़े मजे से उसकी कहानियां सुनतीं।

"अल्लन हाथ धो लो खाना ला रहे हैं।"

अम्मा की आवाज थी। अल्लन फौरन उठकर बैठ गया। हाथ धोने से उसका जी अलसा रहा था, मगर खाना खाना था तो हाथ तो धोना ही पड़ता। चौकी पर अखबार बिछाकर जब अल्लन खाना खाने बैठा तब तक अब्बा भी उठकर वहीं आ चुके थे। अम्मा रोटी और गोश का काब लेकर चौकी पर आ गईं। अल्लन चम्मच से अपने लायक बोटी ढूंढने में जुट गया। गोश में उसे हड्डी पसंद नहीं थी। बिना हड्डी की बोटी लेने के बाद अल्लन ने खाना खाना शुरू कर दिया। अम्मा ने स्टू बनाया था जो उसे बेहद पसंद था। स्टू में पड़ने वाली ढेर सारी प्याज को काटने में अकसर अल्लन खुद अपनी अम्मा का हाथ बंटाता था।

"कइसा बना है?" अम्मा ने पूछा तो खाना खाने में मस्त अल्लन एकबारगी चौंक पड़ा।

"बहुत बढ़िया है।" खाते-खाते ही उसने बोल दिया।

अब्बा को स्टू खास पसंद आ रहा था। अल्लन और अम्मा के लिए दो बोटी छोड़ने के बाद उन्होंने अपनी प्लेट गोश से भर ली थी। आज अल्लन फिर पांच रोटी खा गया। खाना खाने के बाद उसे ऐसा महसूस हुआ कि पेट अभी भी खाली है। अम्मा सही कहती हैं।

"अच्छा खाए को मिले तो पेट भर जाता है, मगर नीयत नहीं भरती।"

अल्लन को अपनी नीयत पर शर्मिंदगी महसूस हो रही थी। पानी बरसने के बाद ठंडी हवाओं का चलना भी शुरू हो गया था। अम्मा ने सबके लिए एक-एक

चादर निकालकर रख दी। अल्लन सो गया। सुबह उठा तो धूप उसके स्वागत में पहले से तैयार थी। साफ आसमान को देखते ही अल्लन खुश हो गया।

28

अब्बा की तबीयत में धीरे-धीरे सुधार आ रहा था। उनकी गैरमौजूदगी में अम्मा ने दुकान का सारा काम संभाल लिया था। पहले अम्मा सिर्फ दोपहर में दुकान खोलती थी, मगर अब घर में आ रही तंगी को दूर करने के लिए उन्हें सुबह से ही दुकान पर बैठना पड़ता था। कई बार तो अम्मा-अब्बा के लिए चाय बनाने के बाद ही दुकान चली जाती थीं। अल्लन अम्मा पर गुस्सा जाता। उनके पास उसके लिए नाश्ता बनाने की फुर्सत भी नहीं थी। अम्मा की गैरमौजूदगी में उसे रामलाल की पूड़ी से काम चलाना पड़ता था। स्टेशन के बगल में रामलाल की मिठाई की दुकान पर बनने वाली पूड़ी शुरू से ही उसे खासी पसंद थी, मगर पहले उसे इस पूड़ी-सब्जी को खाने की पूरी छूट नहीं थी। अब अम्मा के व्यस्त होने के बाद अलबत्ता उसे खुली छूट मिल गई थी। अम्मा अल्लन से नाराज थीं। अल्लन के पास सारे काम करने के लिए फुर्सत है, मगर दुकान पर बैठने में उसकी नानी मरती। मगर नहीं, अम्मा नाराज हों तो हो जाएं। अल्लन को दुकान पर बैठने पर शर्म आती थी और वह इसी वजह से दुकान पर बैठने से कतराता था। जब छोटा था तो बात अलग थी। मगर अब। अब नहीं। दुकान भी कायदे की होती तो वह बैठ जाता। सिंदूर, टिकुली की दुकान पर बैठना। अल्लन के लिए हेय काम था। बारिश का मौसम जाने लगा था। भीगी हुई चीजों के नामोनिशान मिटने लगे थे। दुकान अब आराम से खुलती बंद होती। अम्मा ने सामान लपेटने के लिए रखी प्लास्टिक भी हटा ली थी। तहसीलदार के बंगले की दीवार की मिट्टी का झरना भी अब बंद हो गया था। दुकान पर बैठने से बचने के लिए अब अल्लन रोज स्कूल जाता था। अम्मा के वादे के मुताबिक अब वह बीएचयू में पहुंचने से बस एक साल दूर था। ग्यारह की पढ़ाई पूरी होने वाली थी। एक साल बारह में पढ़ने के बाद अल्लन बीएचयू रवाना होने वाला था। रोज़ की तरह अल्लन सुबह उठने के बाद रामलाल की पूड़ी खाने चला गया। अम्मा दुकान चली गईं। लगन बीतने के बाद अब धंधे में ज्यादा कमाई नहीं रह गई थी। अम्मा ने दुकान के

साथ-साथ साइड बिजनेस भी कर लिया था। अंडे बेचने का। मुगलसराय की मंडी से दुकान पर थोक के भाव में अंडा आता और लगे हाथ बिक जाता। अम्मा के अंडे के इस धंधे का अल्लन ने पुरजोर विरोध किया था, मगर अम्मा के इस तर्क का जवाब किसी के पास नहीं था।

"न कमाएं तो क्या भूखे मर जाएं। गल्ला-वल्ला होता नहीं। चार बीघा खेत बस नाम का रखा हुआ है। फिर तुमको तो दुकान पर बैठना नहीं है। फिर हम अंडा बेचें या फिर कुछ और।"

अल्लन जानता था, अम्मा उससे बेहद नाराज थी। मगर वह कर भी क्या सकता था। अंडा बेचना उसके बस में नहीं था। अम्मा ने अपने इस नए धंधे में अल्लन की किसी तरह की मदद नहीं ली। आर्डर देने के बाद शाम को रोज दू पेटी अंडा बस से यहां आ जाता। अम्मा खुद बस स्टैंड जातीं और अंडा लेकर दुकान चली आतीं। धंधा चल निकला था। अब्बा बीमार होने के बाद ठीक भी हो चुके थे, मगर अब दुकान से उनका ज्यादा वास्ता नहीं था। वह बैठते भी तो बस थोड़ी देर के लिए। हां, अम्मा के लिए इतना सहारा जरूर हो गया था कि अब उन्हें अंडा लेने के लिए बस स्टैंड नहीं जाना पड़ता था। अब्बा खुद रिक्शे से जाते और अंडा लेकर चले आते। शर्मा-शर्मी में एकाध बार अल्लन भी अंडा लेने चला गया, मगर अकसर वह अंडे के आने के वक्त गायब हो जाता था। एक शाम अल्लन घर आया तो देखा मामू आए हुए हैं। अल्लन चौंक गया। उसे याद नहीं आ रहा था कि मामू पिछली बार कब यहां आए थे। सलाम-दुआ के बाद अल्लन मामू की गोद में चिपक गया। मामू प्यार से उसके सिर को सहला रहे थे।

"बाजी की शादी है।"

"वाह।" अल्लन खुश हो गया।

"कहां हो रही है?"

"लखनऊ।"

"हम तो जरूर जाएंगे।"

"अरे पगलू लड़की की शादी में बारात जाती नहीं, आती है।" अम्मा ने बेहद खुश हो रहे, अल्लन की खुशी पल भर में काफूर कर दी।

"बाद में चले जाना, बेटा बाजी के ससुराल तो जाना पड़ेगा न।"

अल्लन के टूटते दिल को मामू ने संभाल लिया था। तय हुआ कि अम्मा मामू के साथ रामनगर जाएंगी। अल्लन और अब्बा शादी के दो दिन पहले

पहुंचेंगे। अम्मा के इस फैसले पर अल्लन को कोफ्त हो रही थी, मगर अब्बा रुक रहे थे तो उसे तो रुकना ही पड़ता। अम्मा चली गईं। अल्लन को लगता था कि अम्मा के बिना इस घर में रहा नहीं जा सकता। गुड़ियवा फिर खाना पकाने के लिए आने लगी थी। सब्जी में नमक-मिर्च को लेकर रोज अल्लन के साथ उसकी कहासुनी होती। अब्बा समझाते।

"जाए दो कम-से-कम बनाकर खिला तो रही है। ज्यादा बोलोगे तो ये भी नहीं मिलेगा।" अल्लन चुप हो जाता।

अब्बा की बात में वाकई दम था। दिन गुजर रहे थे। अम्मा का अंडों का कारोबार अब अब्बा ने संभाल लिया था। रोज़ रिक्शे से अंडा लेकर दुकान पर आते। शादी का दिन नजदीक आ चुका था। अल्लन रामनगर जाने के लिए मुंह फाड़े खड़ा था। आखिर अब्बा के साथ-साथ वह एक दिन रामनगर वाली बस पर बैठ ही गया। बस से उतरने के बाद अल्लन ने देखा कि रामनगर के किले की लाली अब कम हो गई है। नाना के मरने के बाद वह अब यहां आया था। बाज़ार में हमेशा की तरह चहल-पहल थी। घर का गेट खोलते हुए अल्लन का दिल धक् से हो गया। एकाएक उसके दिल में नाना का ख्याल आया था। गेट के ठीक सामने नाना का कमरा था। जब तक नाना जिंदा थे, तब तक हर आने-जाने वाले को उनके कमरे में हाजिरी लगानी ही पड़ती थी। नाना चले गए। अल्लन के सामने उनके दो-दो रुपए के करारे नोट घूम रहे थे। घर में घुसा तो देखा अम्मा इंतजार में बैठी हुई हैं। सबको पता था कि अल्लन आज आएगा। घर में पहुंचने के बाद अल्लन एक तरफ बैठ गया। उसे लग रहा था कि रामनगर में अब काफी कुछ बदल गया है। पहले लोग उनके आने से बेहद खुश हो जाते थे, मगर अब लगता था कि किसी को उनके आने की परवाह नहीं है। बाजी एक कमरे में बंद थी। अल्लन का जी आया कि उनसे मिले, मगर पता चला कि मांझा पड़ा है। इस रस्म में लड़कियों को किसी मर्द के सामने आने की इजाजत नहीं होती। अल्लन हैरान हो गया। वह लड़का था, मर्द नहीं?

घर के सारे लोग शादी की तैयारियों में जुटे थे। अल्लन के जिम्मे सब्जी और छोटी-मोटी दूसरी चीजें लाने का काम था। बाज़ार के लिए निकलता तो धीरे से गंगा के तीर पहुंच जाता। विशाल पानी का समंदर फैला रहता, मगर अल्लन का दिल अब ज्यादा नहाने का नहीं करता। वह दूर बैठकर गंगा को निहारता रहता। शादी की तारीख में अब सिर्फ एक दिन बाकी था। दरवाजे

पर सजावट के अलावा बारात पड़ोस के मदरसे में ठहराने का इंतजाम था। मामू खुश थे। उनकी बड़ी बेटी की शादी हो रही थी। पांच लड़कियों के बाप मामू की चिंता अल्लन भी समझता था। बारात के आने के दिन सुबह से ही खाना पकना शुरू हो गया था। अल्लन की ड्यूटी थी कि वह बावर्ची के पास रहे। देखता रहे। कोई सामान कम तो नहीं पड़ रहा। इसके साथ यह भी कि बावर्ची सामान गायब तो नहीं कर रहा। शाम को बारात आई तो पूरे घर में जैसे भगदड़-सी मच गई। दूल्हा देखने के लिए अल्लन भी बेचैन था। मगर उसकी बेसब्री बहुत जल्द ही खत्म भी हो गई। निकाह के वक्त जब दूल्हेराजा ने सिर से सेहरा हटाया तो अल्लन ने उन्हें देख लिया। बड़ी-बड़ी मूंछें लंबा कद। दूल्हा अल्लन को खूब पसंद आया। निकाह हुआ तो पटाखे छूटने लगे। अल्लन खुश था। उसने सबसे कह दिया।

''दूल्हा बहुत मस्त है।'' अल्लन की बात सुनकर घर की औरतें हंस रही थीं। मगर अल्लन संजीदा था।

''इसमें हंसने की क्या बात है। मस्त है तो मस्त है।''

रात हुई तो रस्में होनी शुरू हो गई। बाराती खा-पीकर सोने की तैयारी कर रहे थे। दूल्हा अपने परिवार के खास लोगों के साथ रस्मों के लिए घर में आ चुका था। अल्लन को नींद आ रही थी। छत पर चटाई डालकर वह कोलाहल से दूर सोने की कोशिश कर रहा था। पहली बार वह मामू के यहां छत पर सो रहा था। भीड़भाड़ की वजह से आज उसे जिन्नातों का डर नहीं था। नीचे से हंसी-ठिठोली की आवाजें आ रही थीं। अल्लन सोच रहा था। नीलू की शादी में भी लोगों को ऐसे ही मजा आया होगा। गहरी सांस भरकर अल्लन ने अपनी आंखें जोर से मींच लीं। आंख बंद हुई तो अल्लन को एकाएक लगा कि नीचे शोरगुल हो रहा है। अम्मा चिल्ला रही हैं। उसे सहसा अपने कानों पर यकीन नहीं हुआ। छत से वह पूरी रफ्तार के साथ नीचे भागा। रस्म में जो कुछ हो रहा था, उसे देखकर अल्लन हिल गया। बाजी फर्श पर गिरी तड़प रही थीं। उनका पूरा जिस्म ऐंठ रहा था। मुंह से झाग निकल रही थी। लोग चिल्ला रहे थे, दौरा पड़ा। उनके मुंह से गूं गूं की आवाज निकल रही थी। अम्मा पूरी जोर के साथ बाजी के थरथराते जिस्म को पकड़े हुए थीं। अल्लन देख रहा था, ताकत लगाने की वजह से उनके माथे पर पसीने की बूंदें छलछला आई थीं। अल्लन दूल्हे को देखा जो कब का दूर खड़ा पूरे नजारे को देख रहा था। पूरे घर में कोहराम मच गया। म्वानी जोर-जोर से रो रही

थीं। अल्लन से यह सब देखा नहीं गया। दौड़कर वह वापस छत पर आ गया। अल्लन की आंखों में आंसू थे, उसने अपना हाथ आसमान की तरफ उठा दिया।

''अल्लाह...बाजी को ठीक कर दो।''

अल्लन रोने लगा। नीचे की रोने की आवाजों के साथ उसकी आवाज भी गड्डमड्ड हो गई। देर तक रोने के बाद अल्लन ने वापस छत से झांककर देखा तो लोगों की भीड़ कम नजर आई। दूल्हा वापस बारातियों की भीड़ में चला गया था। घरवाले मीटिंग कर रहे थे। किसी को समझ नहीं आ रहा था कि आखिर यह सब हुआ कैसे? अम्मा बोल रही थीं।

''हम कहते थे कि मत जाए दो, रात में छत पर, मगर नहीं। इ सब जिन्नातों का किया-धरा है।'' सब चुप थे।

मुन्ना भाई जोर-जोर से चिल्ला रहे थे।

''मादरचोद...लोग मेरे घर पर जादू कर दिए।''अल्लन को ऐसा लगा जैसे मुन्ना भाई उसी की अम्मा को गाली दे रहे हैं।

ऐसी बेइज्जती कभी नहीं हुई थी। मामू चुप थे। अल्लन को लगा पूरे घटनाक्रम से उन्हें गहरा धक्का लगा था। सुबह हुई तो पूरा माहौल एक बार फिर से गमगीन हो गया। दूल्हे ने विदाई कराने से इनकार कर दिया। मामू दूल्हे और उसके अब्बा को बार-बार समझा रहे थे। अब्बा भी उनके साथ लगे हुए थे, आखिरकार लोगों के बीच न जाने क्या बात हुई। लोग विदाई को राजी हो गए। घर में एक बार फिर थोड़ी रौनक लौट आई। बाजी के विदा होते वक्त एक बार फिर जोर-जोर से रुलाई-पिटाई मची। सब चले गए। अल्लान निढाल होकर नाना वाले कमरे में लगे फर्श के बिस्तर पर सो गया। दोपहर होते-होते अम्मा ने उसे उठा दिया।

''चलो, घर नहीं चलना है क्या। अल्लन चौंक गया।'' अभी तो शादी हुई अम्मा अभी से घर चलने की बात कहने लगीं। मगर नहीं अम्मा का विरोध वह चाहकर भी नहीं कर सकता था।

घर से निकलते वक्त सब चुपचाप थे। अल्लन अब समझ रहा था। बाजी के वाकए के बाद घर का माहौल कुछ अजीब-सा था। ऐसे माहौल में रुकना ठीक नहीं। बस अल्लन के घर की तरफ भागी चली जा रही थी। अल्लन काफी दुखी था। सारी बातों से अलग उसे बाजी की फिक्र थी। उनका क्या होगा। दूल्हाभाई अब उनको वापस तो नहीं पहुंचा देंगे। अब्बा खामोशी से बस

के सिरहाने सिर टिकाए हुए थे। उनकी आंखें सोने के अंदाज में मुंदी हुई थीं। मगर अल्लन जानता था, अब्बा सो नहीं रहे। सोच रहे हैं। बाजी की शादी के बारे में। बाजी से अल्लन को एक खास लगाव भी था। अब्बा चाहते थे कि आलम भाई की शादी बाजी के साथ हो जाए। अम्मा के दिल में भी यही बात थी, मगर मामू शायद ऐसा नहीं चाहते थे। उन्हें आलम पर भरोसा नहीं था। दबी जुबान में अम्मा कई बार अपने भाईसाब से इस बारे में बात कर चुकी थीं। मगर नहीं, हो कुछ नहीं पाया। बाजी अल्लन की भाभी बनते-बनते रह गईं।

29

अपने उदास कस्बे में लौटने के बाद अल्लन एक बार फिर रोजाना के कामों में मसरूफ हो गया। मन आता तो स्कूल चला जाता। नहीं तो दिन भर इधर-उधर चक्कर काटता। घुरहुवा अब कस्बे में नहीं रहा। उसके अब्बा का तबादला हो गया। मऊ में। अल्लन सोचता था कि किसी दिन मौका मिला तो मऊ जरूर जाएगा। घुरहुवा से मिलने के लिए। अम्मा ने अपनी अंडे की दुकान फिर से सजा ली थी। अंडे वाले को अंडे का आर्डर दे दिया गया था। रोज अंडा आने का सिलसिला फिर से शुरू हो गया। अम्मा दुकान पर बैठी रहतीं और अब्बा बस से आई अंडे की पेटी ले आते। अम्मा की दुकान पर खूब ग्राहक आने लगे थे। ज्यादातर ऐसे थे, जो शाम को अंडे की ठेली लगाकर खड़े होते। अंडे के बढ़े कारोबार के बाद अम्मा ने पुरानी दुकान को धीरे-धीरे खिसकाना शुरू कर दिया था। माल का आना भी बंद हो गया। सही लफ्जों में कहें तो हाशिम मोली साब की कस्बे की सबसे पुरानी सौंदर्य प्रसाधन की दुकान अब नहीं बची थी। तहसीलदार की पुरानी दीवार से सटकर लगी दुकान पर अब अंडों का कब्जा था। ग्यारहवीं के इम्तहान करीब आ चुके थे। अल्लन पढ़ाई में जुटा था। साल भर भले उसने पढ़ाई में कोताही की थी, मगर उसे पक्का यकीन था कि एक महीने पढ़ने के बाद वह ग्यारह से बारह में जरूर पहुंच जाएगा। शाम होते ही अल्लन किताब लेकर बैठ जाता। अम्मा दुकान से देर में आतीं। उसके पेट में चूहे कूदते रहते, मगर खाना किसी भी हाल में आठ बजे से पहले नहीं मिल पाता, वह भी तब जब सात बजे के करीब

थकी-हारी दुकान से लौटी अम्मा पूरी रफ्तार से खाना बनाने में जुट जाती। अल्लन को अम्मा पर गुस्सा भी आता था, मगर किया भी क्या जा सकता था। खाना खाने के बाद अल्लन थोड़ी देर के लिए छत पर टहलता था। टहलता क्या था, छत से पूरे मुहल्ले का जायजा लेता था। कउन क्या कर रहा है। मुहल्ले में घूमने वाले लड़के घरों से बाहर निकलकर सड़क पर टहलते थे। अल्लन का दिल भी रात में घूमने का करता था, मगर उसे इस काम की अनुमति न थी। अल्लन का मन टहलने में नहीं लगा। वह वापस लौटकर नीचे आ गया। अब्बा अम्मा बात कर रहे थे।

''अब क्या होगा?''

''जउन अल्ला की मर्जी।''

अब्बा की आवाज थी। बातचीत के इस छोटे-से पहलू को पकड़ने के बाद अल्लन समझ गया था, बात बाजी की हो रही है। वह चुपचाप बड़े कमरे में जाकर लेट गया। अम्मा कह रही थीं।

''हम पहले चेताए थे भाभी को। मस्जिद में जिन्नातों का बसेरा है। लड़कियों को मत जाए दो ऊपर, मगर नहीं, हमारी बात सुनता है कोई। बाल खोले जवान लड़कियां छत पर जाएंगी तो क्या होगा।'' अम्मा की बात पूरी हो चुकी थी, मगर अब्बा अभी भी चुप थे।

''देखो, अब क्या होता है आगे। तुम्हारे भइया समझाए तो हैं।''

''मगर दूल्हा तो टिन्ने खां लग रहा है। पता नहीं, मानेगा कि नहीं। जवान लड़की की जिंदगी की बात है।''

अब्बा फिर चुप हो गए। अल्लन देर तक उनकी बात सुनने के लिए कान लगाए बैठा रहा। मगर नहीं। माहौल में अब उनके खर्राटों की आवाज गूंज रही थी। अब्बा सो गए।

''बात के बीच में भी दो मिनट नहीं जग सकते।'' अल्लन अब्बा पर झुंझला रहा था।

रात गहरा चुकी थी। अल्लन की आंखें भी नींद से बोझल हो रही थीं। कल स्कूल जाना था। अल्लन काफी दिनों से इधर-उधर घूमा नहीं था। उसने तय किया था कि सुबह उठते ही मनोजवा से कह देगा कि घूमने चलना है सकलडीहा। नींद अल्लन पर हावी हो चुकी थी। उससे जद्दोजहद करने के बजाय सोना बेहतर समझा। सुबह उठा तो अम्मा नाश्ता बना चुकी थीं। अल्लन को हैरत हुई थी। रोज सुबह दुकान भाग जाने वाली अम्मा अभी तक घर में

बैठी हुई थीं। नाश्ता करने के बाद अल्लन साइकिल लेकर घर से निकल पड़ा। मनोजवा सुबह-सुबह दाल-चावल निपटा रहा था।

"सवेरे-सवेरे ठूंसने लगे।" अल्लन ने उसका मजाक उड़ाया।

"एक बार खा लो छुट्टी। तुम्हारी तरह दिन में चार बार नहीं ठूंसते।"

अल्लन उसकी बातों से निरुत्तर-सा हो गया। उसके घर में नाश्ता अलग बनता था, खाना अलग, मगर यहां सब एक साथ।

"आज स्कूल नहीं जाया जाएगा।"

"तब क्या करना है?"

"घूमने चलते हैं।"

"कहां?"

"सकलडीहा।"

"पागल हो गए हो। छमाही इम्तहान में दस दिन बाकी है।"

"ठीक है। सब रट लिया जाएगा।"

"हूं...हं अइसहीं रट लिया जाएगा। दिमाग लगेगा कि जबान के कहने से रटा जाएगा।" मनोज ने मुंह बिचकाकर जवाब दिया।

तमाम कहासुनी के बावजूद मनोज अल्लन के साथ जाने को तैयार हो गया। एक बार फिर सड़क पर साइकिल की रेस शुरू हो गई। कस्बा पीछे छूट गया। कभी तेज तो कभी धीरे पैडल मारता अल्लन चला जा रहा था। न कोई मकसद न कुछ काम। मगर घर रुककर भी क्या किया जा सकता है। उदास कस्बे में जिंदगी गुजारने के लिए कुछ तो करना ही पड़ेगा। सकलडीहा पहुंचते-पहुंचते अल्लन थक गया था। आज उसकी जेब में पैसे भी कम थे। सिर्फ दस रुपए। पांच रुपए का पांच समोसा खरीदने के बाद दोनों उसे खाने में जुट गए। अल्लन चाहता था कि उसे तीन समोसा खाने को मिल जाए, मगर मनोजवा अड़ा हुआ था।

"बराबर बंटाएगा, ई सब नहीं होगा। पिछली बार हम भी तो पइसा दिए थे। इस बार तुम दे रहे हो।"

अल्लन खिसिया गया। मगर मजबूर था। सकलडीहा घूमते-घूमते अल्लन का दिल भर गया। सूरज शाम की तरफ अग्रसर था। अल्लन ने इशारे से मनोजवा को वापस चलने को कहा। पैडल फिर तेजी से घूमने लगे। करीब आधे घंटे की मशक्कत के बाद जब अल्लन कस्बे की सीमा में दाखिल हुआ तो उसे हर तरफ अजीब सी गहमागहमी लगी। लोगों का झुंड बाज़ार की तरफ

भाग रहा था। अल्लन को कुछ समझ नहीं आया। उसके मुंह से सिर्फ इतना ही निकला।

"क्या हुआ मनोज?"

"हमको क्या पता! जहां तुम, वहां हम।"

अल्लन पूरी रफ्तार से भागती भीड़ के पीछे हो लिया। पहुंचा तो देखा उसकी दुकान पर हजारों लोगों की भीड़ इकट्ठी। वह घबरा गया। करीब पहुंचा तो देखा तहसीलदार की दीवार नदारद है। चारों तरफ मलबा फैला हुआ है। दीवार गिर गई।

"अम्मा...अम्मा तो दुकान पर रही होंगी।"

"ए अल्लन, चल-चल अस्पताल चल। तुम्हारी अम्मा वहीं हैं।"

भीड़ में से कोई अल्लन से कह रहा था। अम्मा के सब अंडे टूट गए थे। खून भी बिखरा हुआ था। अल्लन का कलेजा मुंह को आ गया। उसका मुंह सुर्ख हो गया। कांपते बदन से उसने साइकिल उठाई और अस्पताल की तरफ तेजी से निकल गया। अस्पताल में भी सैकड़ों आदमियों का मजमा जुटा था। पुलिस की जीप मौजूद थी। अब्बा न जाने कहां हैं। अल्लन भीड़ को चीरते हुए अंदर पहुंच गया। लोगों के इशारे से उसे पता चल गया कि अम्मा इस कमरे में हैं। कमरे के बाहर पुलिस का एक सिपाही खड़ा था। भीड़ अल्लन की अम्मा को देखना चाहती थी, मगर सिपाही सबको भगा रहा था। अल्लन की हिम्मत आगे बढ़ने की नहीं हुई। भीड़ में से एक आवाज आई।

"अरे दीवान जी इसको जाने दीजिए। इसी की अम्मा हैं।"

सिपाही ने अल्लन की तरफ देखा। एक पल को अल्लन डर गया उसे लगा कि सिपाही उसे अभी डंटा मार देगा। मगर नहीं। सिपाही ने उसका हाथ पकड़कर दरवाजे के अंदर कर दिया। अंदर अब्बा, पुलिस का दारोगा और डॉक्टर मौजूद थे। अब्बा ने अल्लन को देखा और जोर से रो पड़े। अल्लन को अपने कानों में सिर्फ उनका एक शब्द सुनाई पड़ा

"ए अल्लन...तुम्हारी अम्मा।"

अल्लन ने देखा सामने अम्मा सफेद चादर में लिपटी पड़ी हैं। अल्लन के पूरे बदन में झुरझुरी-सी दौड़ गई। एकबारगी उसे समझ नहीं आया कि करना क्या चाहिए। अम्मा का चेहरा खून से लाल था। जगह-जगह से निकला खून अब जम गया था। अल्लन ने गौर से देखा उसकी अम्मा का चेहरा पिचका हुआ था। एक-दो दांत भी बाहर आ गए थे। अब्बा अल्लन के बिल्कुल करीब

आकर खड़े हो गए थे। अल्लन अब्बा के सीने से चिपक गया। उसने अभी भी रोना शुरू नहीं किया था। दारोगा पूछ रहा था।

''पंचनामा करा दें कि पोस्टमार्टम कराइएगा।'' अब्बा ने भर्राई हुई आवाज में पंचनामा कहा था। कागजात पर साइन हो रहे थे। अब्बा उर्दू में अपना नाम लिख रहे थे। अम्मा अल्लन के पास लेटी थीं। मगर चुप थीं। अल्लन के जी में आया कि लेटी अम्मा को जोर से झकझोर दे। सफेद कपड़े में सील होने के बाद अम्मा की लाश एक बार फिर से घर की तरफ चल पड़ी। अब्बा लगातार रो रहे थे। अल्लन उन्हीं के साथ था। शाम हो चुकी थी। सूरज अपनी किरनों को समेटकर वापस लौटने की तैयारी कर रहा था। अम्मा की लाश बड़के कमरे में रखी गई। सबके यहां फोन हो रहा था। अब्बा को होश न था। डायरी में लिखे नंबर उन्होंने गुड्डू चच्चा को दे दिए। रात होते-होते मामू और म्वानी आ गए। बेबी अंटी नहीं आईं। घर में रोना-पीटना मचा हुआ था। अम्मा की लाश के सिरहाने ढेर सारी अगरबत्ती जलाई गई थी। म्वानी सिरहाने बैठी कुरान की तिलावत कर रही थीं। सूरे पढ़ते-पढ़ते उनकी आवाज भर्रा जाती और घर में कोहराम बरपा हो जाता। सब लोग रो रहे थे। अम्मा चली गईं। अल्लन को अभी भी समझ नहीं आ रहा था कि उसे क्या करना चाहिए। रुलाई के माहौल से उठकर वह छत पर आ गया। पूरा कस्बा चैन से सो रहा था। सिवाय उसके घर के। यहां कोहराम बरपा था। अल्लन ने आसमान की तरफ देखा।

''अल्ला मियां कमीने हैं। अइसहीं मारना है तो पैदा करने की क्या जरूरत है।'' वह गुस्से में था। अम्मा रोज नमाज पढ़ती थीं। मगर नहीं उ जिंदा नहीं रह सकीं। एक झटके में मलकुल मौत ने उसकी रूह कब्ज कर ली।

अल्लन के जिस्म के रोंगटे खड़े हो गए थे, उसने तय कर लिया था कि अब जिंदगी में अल्ला मियां के बताए किसी रास्ते पर नहीं चलेगा। नमाज़ भी नहीं पढ़ेगा। घरवालों की रुलाई पूरी रात जारी रही। सुबह-सुबह लोग इकट्ठा होने शुरू हो गए थे। मस्जिद से लाश ले जाने वाली चरपाई मंगाई गई थी। गुस्लो कफन के बाद अम्मा को उस चरपाई में लिटा दिया गया। अब्बा रो-रो कर बेहाल हो चुके थे। अल्लन सिसक रहा था। अम्मा के बिना उसे कुछ अच्छा नहीं लगता, अब अम्मा चली गईं हमेशा के लिए। उसे लगा कि उसका कलेजा उछलकर हलक में फंस गया है। वह मुंह बंद करेगा और कलेजा दांतों से कट जाएगा। जनाजा चलने से पहले अब्बा कब्रिस्तान हो आए थे। देखने

कि अम्मा की कब्र खुदी कि नहीं। अब्बा आए और उनकी मामू से कुछ बात हुई। जनाज़ा ले चलने की बात हुई। अल्लन का दिल धक्क हो गया। अम्मा कब्र में गड़ा जाएंगी। अल्लन के जी में आया कि अब्बा से कह दे।

"अम्मा को कब्र में न गाड़ें। एत्ते बड़े घर में रहे वाली अम्मा गड्ढे में कैसे रह पाएंगी?"

अल्लन चाहकर भी अब्बा से कुछ नहीं कह पाया। जानता था कि अब्बा नाराज हो जाएंगे। लाश चली तो घर में फिर रोने की आवाजें बुलंद हो गईं। अम्मा चली जा रही हैं। कस्बे के मुसलमानों की भीड़ पीछे-पीछे। अम्मा को कब्र में उतारते वक्त अब्बा रोने लगे थे। मामू उनको समझा रहे थे। अल्लन ने देखा कस्बे में उसकी शरारतों से परेशान लोग आज उसे दयाभाव से देख रहे हैं। बिना मां का बेटा अल्लन। अम्मा को दफन करने के बाद लोग लौटने शुरू हो गए। अब्बा वहीं जमीन पर बैठ गए। मामू ने अल्लन का हाथ पकड़ा और घर की तरफ चल पड़े। अब्बा अभी बाद में आएंगे। शायद उनको अकेले में अम्मा से कुछ बात करनी है, मगर अब बात कैसे होगी। अब्बा की आवाज़ गहरे गड्ढे में जा भी पाएगी। मामू का हाथ पकड़कर चुपचाप घर लौटने के बाद अल्लन सो गया। किसी ने उससे कोई बात भी नहीं की। उसकी नींद खुली तो सुबह होने को आई थी। मुंह पर चादर ताने अल्लन इंतजार कर रहा था कि अम्मा अभी आकर उसकी चादर हटा देंगी। "उठो कमबख्तऊ कब तक सोते रहोगे!" चादर हटने का इंतजार करते-करते अल्लन का दम घुटने लगा, अम्मा नहीं आईं। उसके भीतर से रुलाई का आवेग फूट पड़ा। वह चादर के भीतर बुरी तरह सिसक रहा था। थक चुकी अम्मा अब कब्र में आराम फरमा रही थीं।

30

दो दिन रुकने के बाद घर आए सारे रिश्तेदार वापस लौट गए। मामू म्वानी भी। घर में सिर्फ दो लोग बचे थे। अम्मा के मरने के बाद न अल्लन घर से बाहर निकल रहा था न अब्बा। दीवार के मलबे से निकली चीजें आस-पड़ोस के लोगों ने घर पहुंचा दी थीं। दुकान का टूटा हुआ गल्ला। ईंट के नीचे दबे साठ-सत्तर रुपए, सब कुछ। अल्लन को अभी भी यकीन नहीं होता था कि

अम्मा मर गईं। शाम होती तो उसे लगता अभी अम्मा घूमते-घामते आएंगी और मुसल्ला बिछाकर नमाज पढ़ने बैठ जाएंगी। अम्मा के इंतजार में अल्लन बार-बार अपनी आंखें बंद कर लेता इस उम्मीद में कि आंख खुलेगी तो अम्मा उसके सामने होंगी। मगर नहीं उसके तमाम जतन बेकार जा रहे हैं। अम्मा वापस लौटकर नहीं आईं। गुड़ियवा भी अब दिन में एक बार ही आती है। उसकी शादी तय हो गई है। रात को अल्लन अकसर चौंककर बैठ जाता। नींद न आती, डर लगता, मगर कहे तो आखिर किससे अम्मा तो हैं नहीं। अल्लन की परेशानी दिनों-दिन बढ़ती जा रही थी। अब्बा से उसकी बातचीत बिल्कुल नहीं होती थी। दस-पंद्रह दिन बाद अल्लन घर से बाहर निकला। मनोजवा आया था। उसके चेहरे पर साफ लिखा था कि उसे अल्लन के साथ गहरी हमदर्दी है।

"चलो, खेलने नहीं चलोगे?" अल्लन ने उसकी बात का कोई जवाब नहीं दिया।

थोड़ी देर चुप रहने के बाद अल्लन ने मनोजवा से कहा।

"मेरे साथ चलोगे?"

"चलो।" मनोजवा की हामी के बाद अल्लन ने साइकिल निकाल ली।

मनोजवा आगे साइकिल के डंडे पर बैठा हुआ था। साइकिल पूरी रफ्तार से भागी जा रही थी। गंतव्य नजदीक आ चुका था। मनोजवा ने मुड़कर अल्लन का मुंह देखा, उसे समझ आ गया था कि अल्लन उसे कहां ले आया है। कब्रिस्तान। अम्मा के नए घर। "डर मत कुछ नहीं होगा। कोई जिंदा थोड़ी है यहां।" अम्मा के मरने के बाद अल्लन पहली बार जोर से कोई बात कह रहा था।

अम्मा की कब्र के पास साइकिल खड़ी करने के बाद अल्लन कब्र पर झुक गया। सूरए फातेहा पढ़ने के लिए। सूरे उसे पूरी याद न थी, मगर उसे मन में भरोसा था कि अगर वह सच्ची नीयत के साथ दुआ पढ़ेगा तो अम्मा की रूह को सुकून मिलेगा। अम्मा की कब्र पर हाथ के बल झुका अल्लन एकाएक रो पड़ा। कब्र से लिपटकर। मनोजवा दूर खड़ा रहा। अल्लन लगातार रो रहा था। रोने के बाद जब अल्लन चुप हुआ तो मनोजवा धीरे से उसके बगल में आकर खड़ा हो गया। "यही में हैं न तुम्हारी अम्मा?"

"हां।"

मनोजवा चुप हो गया।

''ए अल्लन एक बात कहें?''

''कहो।''

''हम लोग में ठीक होता है। मर जाए तो जला दो। और उसके बाद राख पानी में बहा दो, छुट्टी। सड़ने-गलने के लिए मिट्टी में छोड़ना ठीक नहीं है।'' अल्लन ने उसकी बात का कोई जवाब नहीं दिया। जैसे कुछ सोच रहा हो।

''चलो अब चला जाए।'' सूरज डूबने वाला था।

मनोजवा साइकिल चलाने के लिए तैयार हो गया। अल्लन आगे डंडे पर बैठ गया। साइकिल तेज रफ्तार से कस्बे की तरफ चल पड़ी। घर पहुंचा तो अब्बा दरवाजे पर उसका इंतजार कर रहे थे।

''कहां गए थे?''

''कहीं नहीं।''

अब्बा को सिर्फ इतना-सा जवाब देकर घर के अंदर चला गया। अब्बा उसके पीछे-पीछे घर के अंदर आ गए।

''कल कहीं जाना मत।''

''काहे?''

''आलम आ रहे हैं।''

अल्लन चौंक गया!

''अब का करे आ रहे हैं भाईजान।''

अल्लन गुस्से में अब्बा से पूछ रहा था। अब्बा चुप रहे।

''वह आएंगे तो हम चले जाएंगे।''

''कहां चले जाओगे?''

''कहीं भी, मगर यहां नहीं रहेंगे।'' अल्लन पहली बार अब्बा के साथ इतनी बदतमीजी से पेश आ रहा था।

''आज नहीं तो कल उसको तो आना ही है।''

''नहीं, अब वही आकर रहें। हम न रहेंगे।''

अल्लन अब्बा की बात का पुरजोर विरोध कर रहा था।

''अम्मा मर गईं तब तो नहीं आए।''

अल्लन गुस्से में आलम को गाली देने लगा था। अब्बा नाराज हो गए।

''बदतमीज।''

रात में अल्लन को नींद नहीं आ रही थी। आलम के वापस आने की बात ने उसके दिन में अजीब-सी टीस पैदा कर दी थी। अम्मा की जिंदगी में आलम

भाई नहीं आए। अल्लन की आंखों के सामने अम्मा का चेहरा घूम रहा था। नमाज के मुसल्ले पर बैठी अम्मा के चेहरे पर आंसुओं की कतार थी। अल्लन ने गुस्से में किचकिचाकर अपने होंठ दांतों के नीचे भींच लिए। रात गहरा गई थी। नींद आंखों से कोसो दूर थी। वह उठा और धीरे से छत की तरफ चल पड़ा। पूरा कस्बा सोया पड़ा है। पेड़-पौधे सब। जाग रहा था तो अल्लन या फिर गली के कुछ कुत्ते जो जरा-सी आहट पर देर तक भौं-भौं करते थे। अल्लन की आंखें कस्बे का जायजा ले रही थीं। दूर तहसीलदार की दीवार का खत्म हो चुका वजूद भी उसे नजर आ रहा था। अल्लन को लग रहा था कि जैसे अम्मा अभी भी उस दीवार के नीचे दबी हैं। अम्मा के ख्याल से अल्लन फिर परेशान हो गया। छत पर टहलने के बाद उसे फिर नींद आने लगी थी। नीचे आकर वह अपने बिस्तर पर लेट गया। सुबह अब्बा उसे जगा रहे थे।

"अल्लन उठो, देखो कउन आया है?"

आलम भाई आ गए थे। भाभी के साथ। उनके साथ उनका छोटा-सा लड़का भी था। अल्लन ने सुना था कि आलम भाई को लड़का होने वाला है। मगर उसने कभी इसे देखा नहीं था। आलम भाई चुपचाप चौकी पर बैठे हुए थे। भाभी रसोई में नाश्ता बना रही थीं। अब्बा के उठाने को अल्लन ने अनसुना कर दिया। सिर तक चादर तान ली। अब्बा जान चुके थे, वह उठा है, मगर उसके बाद उन्होंने उसे नहीं उठाया। घंटे भर बाद अल्लन उठा और उठकर बाहर चल दिया। आलम भाई की तरफ उसने देखा भी नहीं। अब्बा पास में बैठे थे, मगर उन्होंने उसे रोकने की हिम्मत नहीं की। सिर्फ कहा।

"नाश्ता कर लो बेटा।"

अल्लन घर से बाहर निकल चुका था। आलम भाई के आने से अल्लन सख्त नाराज था। हालांकि अब्बा ने उसे समझाया था कि जब अम्मा मरीं तो आलम दुबई में थे। टिकट नहीं मिला। जैसे टिकट मिला, आ गए। मगर अल्लन को अब्बा की बातों पर जैसे यकीन नहीं था। वह लड़ने-मारने पर उतारु हो गया था। भाभी का बनाया नाश्ता करने से उसने साफ इनकार कर दिया। दिन भर अल्लन घर से गायब रहा। स्टेशन की खाक छानता रहा। आती-जाती रेलों के डिब्बे गिनता रहा। रात हुई तो उसे घर लौटने की फिक्र हुई। अल्लन घर पहुंचा तो रात के दस बज चुके थे। पूरी जिंदगी में पहली बार वह इतनी देर रात तक घर के बाहर घूमता रहा था। गेट पर दस्तक दी तो दरवाजा खोलने के लिए भाभी आईं। अल्लन चुपचाप घर के अंदर आ गया। हाथ-मुंह धोने

के बाद वह अपने बिस्तर पर आकर लेट गया। घर में मौजूद लोग उसका खाने पर इंतजार कर रहे थे, मगर नहीं उसे खाना नहीं खाना था। अब्बा की आवाज आ रही थी।

''नहीं खाओगे। मत खाओ।'' अल्लन आंख बंद करके लेटा रहा। उसकी आंखों से टप-टप आंसू गिर रहे थे। ''ए बेटा खाना खा लो न खाओगे तो रात में अतड़ी गाली देगी।''

अम्मा की आवाज उसके कानों में गूंज रही थी। पूरी रात अल्लन सिसकता रहा। उसे अब्बा पर गुस्सा आ रहा था। आलम भाई घर में नहीं रह सकते। सुबह अकेले में अब्बा से हुई बातचीत में उसने अपनी मंशा साफ भी कर दिया।

''हम आलम भाई के साथ नहीं रहेंगे।''

''फिर किसके साथ रहोगे?''

''किसी के साथ नहीं...अकेले। अम्मा थीं तब तो नहीं आए, अब आ रहे हैं, खाली अम्मा से ही दुश्मनी थी क्या उनकी?'' अल्लन फिर शुरू हो गया।

अब्बा आलम भाई का पक्ष ले रहे थे। अल्लन गुस्सा गया। घर में फिर से किचकिच शुरू हो गई। आलम भाई भी अल्लन के रवैए से सख्त नाराज थे। उन्हें महसूस हो रहा था कि उन्होंने यहां आकर के गलती की है।

''ए अब्बा, हम तो आपका मुंह देखकर आ गए। अपने से छोटों से जलील होना पड़ेगा, ई नहीं पता था। हम चले जाएंगे।''

हाशिम मियां के कलेजे में चुभन-सी हो रही थी। अल्लन की वजह से अब उनका सबकुछ खत्म हो रहा था। उन्होंने आलम से कोई बात नहीं की। अगले दिन अपना सारा सामान समेटकर आलम चले गए। अल्लन ने देखा था, भाभी के चेहरे पर ख़ुशी थी। उसे फिर गुस्सा आ गया, मगर क्या फायदा। हाशिम मियां ने अल्लन से बात करनी छोड़ दी।

31

आलम के जाने के हफ्तों बाद भी अब्बा की नाराजगी अल्लन के प्रति कम नहीं हुई थी। अल्लन कुछ पूछता तो वह सिर्फ हां-हूं में जवाब देकर रह जाते। अल्लन अब्बा के इस रवैए से सख्त नाराज था, मगर अब्बा फिर भी अब्बा थे। अम्मा के चले जाने के बाद उसे अब्बा पर दया आती थी। बेचारे अब्बा।

रात में लेटे-लेटे अल्लन को न जाने क्या हुआ। उठकर अब्बा के पास पहुंच गया।

"अब्बा ए अब्बा, सो गए का?"

"क्या हुआ?"

"आलम भाई अब नहीं आएंगे?"

"क्या आएंगे? तुम चाह रहे थे न कि चले जाएं, तो चले गए।"

"हम क्या चाह रहे थे? एक ठो बात कहें...उनकी शक्ल देखकर हमको गुस्सा चढ़े लगता है।"

"बड़ा भाई है, इज्जत नहीं करोगे तो बुरा नहीं लगेगा?" अब्बा फिर से अल्लन पर गुस्साने लगे थे।

"अब ऊ कभी लौटकर नहीं आएंगे?"

गुस्से में कांप रहे हाशिम मियां ने उसकी बात पर मुंह फेर लिया।

"हम कहीं चले जाएंगे, तब तो वापस आ जाएंगे न?"

"कहां चले जाओगे?"

"मर जाएंगे तब।" अल्लन की बात ने हाशिम मियां के तन-बदन में आग लगा दी।

बिस्तर से उठकर उन्होंने उसके गाल पर एक जोरदार तमाचा जड़ दिया। अल्लन का चेहरा लाल हो गया। उसे अब्बा से इस तरह की उम्मीद नहीं थी। आंखों में आंसू आ गए। मगर उसने अपने आपको संयत कर लिया।

"ए अब्बा, एक ठो बात कहें।" अल्लन पूरी बेशर्मी के साथ अपनी बात पूरी करने में जुटा था।

"हम मर जाएंगे तो हमको गाड़िएगा मत। हिंदुअन की तरह जला दीजिएगा। हमको कब्र में नहीं रहना है।"

अपनी बात पूरी करने के बाद अल्लन वापस अपने बिस्तर पर जाकर पड़ गया। अब्बा का गुस्सा ठंडा होने का नाम नहीं ले रहा था। आलम भाई के चले जाने के पीछे वह उसे ही दोषी मान रहे थे। आलम का खत फिर आया था। लिखा था कि वह दुबई वापस जा रहे हैं। अब्बा ने उस दिन अल्लन को खूब गालियां दी थी। उनका बस चलता तो वह उसे खूब मारते भी, मगर जवान हो चुके अल्लन पर हाथ उठाने में शायद उन्हें डर लग रहा था।

"चला गया, बस्स, पेट भर गया। आ गया था कितने कायदे से वापस रहे खातिर। मगर तुम परेशान कर डाले।" अब्बा रो-रोकर अल्लन को कोस

रहे थे। अल्लन के अंदर जैसे कुछ टूट रहा था उसे वाकई लगा कि उसने गलत कर दिया। हालांकि वह भी नहीं चाहता था कि आलम भाई चले जाएं, मगर नहीं, वह चले गए। अब अब्बा का गाली-कोसना कउन सुनेगा? अल्लन अंदर-ही-अंदर बेहद परेशान हो गया। अब्बा ने खाना खाना छोड़ दिया था। वह बात भी करना चाहता तो अब्बा अपना मुंह फेर लेते। अल्लन को लग गया कि अब उसका यहां गुजर-बसर नहीं होने वाला है। रात फिर उसे नींद नहीं आई। रात भर छत पर खड़ा सोचता रहा।

''दुनिया दोज़ख़ है। इससे निजात मिलनी जरूरी है।''

अल्लन को एकबारगी ऐसा लगा कि अम्मा मर गईं तो अच्छा हुआ। उनको निजात मिल गई। तिल-तिलकर मरने से अच्छा एक बार में मर जाना है। अल्लन छत पर चहलकदमी कर रहा था। एक-एक घरों को देख रहा था। चंदौली...। उसका अपना कस्बा जहां उसने जिंदगी के सोलह साल गुजारे थे। पतली-पतली गलियां-सड़कें। जान-पहचान के लोग। बैट-बाल, गुल्ली-डंडा, गोली। अल्लन का दिल बैठ रहा था। यह सब छोड़कर क्या वह आसानी से जा सकेगा, अम्मा के पास। लेकिन उसे लगा कि अम्मा के पास उसे जाना ही होगा। अब्बा के दिल में भाईजान बसे हैं। भाईजान के साथ का मतलब अम्मा की रूह को तकलीफ देना है। अल्लन फैसला कर चुका था। उसे अपना उद्धार करना था। उसी गंगा से जिससे भगीरथ ने अपने पुरखों को तारा था। रात भर उसके जेहन में आंधियां चलती रहीं। सुबह अब्बा उठे तो अल्लन नदारद था। उन्होंने ध्यान नहीं दिया। खेलने चला गया होगा। गेट का ताला खुला हुआ था। सुबह होने के बाद अब्बा ने बाहर आकर चाय पी। वापस आकर अपने बिस्तर पर लेट गए। दोपहर तक अल्लन का कुछ पता नहीं चला। शाम को उन्हें उम्मीद थी कि अल्लन जरूर वापस आएगा, मगर नहीं, अल्लन नहीं लौटा। रात गहराने लगी तो अब्बा का दिल डूबने लगा, मगर नहीं, अल्लन का अभी भी कुछ अता-पता नहीं है। टॉर्च लेकर अब्बा रात को ही मनोजवा के घर पहुंच गए।

''ए बेटा, अल्लन हैं क्या?''

''नहीं चच्चा। आज तो हम अम्मा के साथ मुगलसराय गए थे। उससे तो हमारी मुलाकात भी नहीं हुई।''

अब्बा ने घर आकर साइकिल निकाल ली। स्टेशन की तरफ गए। कस्बे का एक पूरा चक्कर मार लिया। आखिर में उन्हें कुछ याद आया तो चल पड़े। कब्रिस्तान की तरफ। रात के दस बज चुके थे। अपनी बीवी की कब्र के किनारे

साइकिल खड़ी करने के बाद हाशिम मियां रोने लगे। रात घर लौटे तो एक बज चुका था। अल्लन नहीं लौटा, उसका खाली बिस्तर उसके यहां न होने की गवाही दे रहा था।

32

अल्लन को घर से गए दो दिन हो चुके हैं। अब्बा कहां नहीं ढूंढ रहे हैं। पुलिस-थाने में भी उसके गायब होने की रिपोर्ट दर्ज करा दी गई है। दारोगा ने वादा किया है कि जैसे पता चलेगा बता देगा। आसपास के लोग अब्बा से पूछते हैं। क्या मोली साब आ गए अल्लन। अब्बा की निराश आंखें उठते ही जवाब दे देती थीं। मनोजवा रोज घर आता था। ''अल्लन आ गए चच्चा।''

''नहीं बेटा।'' सबको जवाब दे-देकर हाशिम मियां थक गए थे। उनके दिमाग में अब बनारस जाने का ख्याल आ रहा था। दारोगा उन्हें एक बार बनारस पड़ताल कर आने की सलाह दे चुके थे। गेट पर ताला जड़ने के बाद अब्बा धीरे-धीरे चलते हुए सड़क पर आ गए, बस पकड़ने के लिए। बस चली तो उनका सिर सीट पर टिक गया। पता नहीं कहां चला गया, शैतान। अब्बा को उस पर बेहद गुस्सा आ रहा था। इस वक्त अल्लन उनके हाथ पड़ जाता, वह मार-मारकर उसका कचूमर निकाल देते। काश ऐसा हो पाता। बनारस में हाशिम मियां सबसे पहिले। रसूल की दुकान पर पहुंचे।

''अरे मोली साब, आइए आइए।'' रसूल उठकर दुकान के बाहर तक आ गए।

''भाभी के बारे में सुना।''

''अल्लन आए थे क्या?'' हाशिम मियां ने उनकी बात करीब-करीब अनसुनी करते हुए अपना सवाल पूछ लिया। ''नहीं...। कोई बात हो गई?''

''तीन दिन से घर से गायब हैं। बस जरा-सा डांट दिए थे।''

''अरे...आ जाएगा। रामनगर तो नहीं चला गया।'' रसूल मियां, मोली साब के ससुराल के बारे में जानते थे।

''चलिए, हम देख लेंगे।'' हाशिम मियां वहां से निकल पड़े। उन्हें पता था कि अल्लन कहीं भी जाएगा, मगर रामनगर नहीं जाएगा। अम्मा के जाने के बाद उसने कभी भी रामनगर को याद नहीं किया। मामू, नाना और उनकी दो रुपए की नोट, अल्लन भुला चुका था।

दिन भर बनारस का चक्कर काटने के बाद वह वापस जाने की फिराक में थे। बस का इंतजार करते-करते उनके दिमाग में आया कि एक बार यहां के पुलिस-थाने में इत्तला काहे न कर दी जाए। चौक थाना नजदीक था। हाशिम मियां थाने में पहुंच गए। दारोगा अपनी कुर्सी पर बैठा हुआ था। हाशिम मियां ने उसकी नेमप्लेट पढ़ ली थी। सलामुद्दीन खान। उनके दिन को ढांढस पहुंची थी। वह कुछ बोल पाते दारोगा ने उनसे पहले ही पूछ लिया।

''जी मोली साब बताइए।'' हाशिम मियां की लंबी दाढ़ी ने शायद उसे प्रभावित किया था।

''जी वह...।'' हाशिम मियां का गला रुंध गया। ''आराम से बताइए।''

''हमारा लड़का तीन दिन से गायब है...हम चंदौली से आ रहे हैं। बनारस बहुत आता-जाता था, हम सोचे शायद यहां से कुछ पता चल सके।'' ''कितनी उमर थी।''

''सोलह साल।''

''सोलह साल...।'' दारोगा चौंक गया। हाशिम मियां उसके चौंकने से परेशान हो गए।

''दो दिन पहले एक लड़के की लाश मिली है। गंगा में डूबकर मर गया। लोग बताते थे कि खुदकुशी कर लिया। उसकी उमर भी सोलह-सत्तरह साल के करीब है। देखिएगा।''

हाशिम मियां हिल गए।

''नहीं-नहीं, मेरा...मेरा अल्लन नहीं होगा।''

घिघियाकर कहते वक्त उनके दिल में जैसे हथौड़ा-सा बज रहा था।

''हम बता रहे हैं आप चाहें तो शिनाख्त कर सकते हैं।'' उनकी घबराहट भांपकर दारोगा उन्हें ढांढस देने के लहजे में बोला।

''इधर दो-तीन दिन में यही एक लड़का है जिसके बारे में पुलिस को पता है।''

''कहां है लाश?'' हाशिम मियां पूरी ताकत लगाकर बोले।

''बीएचयू के मुर्दाघर में रखी हुई है। जिला अस्पताल में हड़ताल थी। हम लोग वहीं रखवा दिए। कोई नहीं आएगा तो कल-परसों फूंक देंगे।'' तमाम कोशिशों के बाद भी हाशिम मियां की हिम्मत लाश देखने की न हुई। सलाम करके वापस लौट आए। बस स्टैंड पर खड़े थे, मगर अभी भी दिल जैसे उछल

रहा था। एक बार देखने में क्या बुराई है। दिल का वहम मिट जाएगा। हाशिम मियां पूरी ताकत बटोरकर एक बार फिर थाने में आकर खड़े हो गए। दारोगा ने उनका चेहरा देखा।

''देखिएगा।''

हाशिम मियां ने अपना सिर हां के अंदाज में हिला दिया। पुलिस की जीप बीएचयू की तरफ चल पड़ी। मुर्दाघर पहुंचते-पहुंचते हाशिम मियां को ऐसे लगा कि जैसे वह गिर जाएंगे, मगर वह चलते रहे। मुर्दाघर के अंदरूनी कमरे के दरवाजे के बाहर पहुंचकर दारोगा रुक गया। यहीं रखी है। हाशिम मियां अल्ला का नाम लेकर अंदर घुस गए। लकड़ी की एक चौकी पर सफेद चादर से लिपटा जिस्म पड़ा था। दारोगा उनके साथ। हाशिम मियां की आंखें बंद बंद हुई जा रही थीं।

''अरे देख लीजिए, आपका लड़का थोड़ी है।''

हाशिम मियां चादर के बिल्कुल करीब आ चुके थे। चादर उठी तो उनके मुंह से चीख निकल गई। भहराकर जमीन पर गिर गए। लाश उनके अल्लन की थी। दारोगा सिपाहियों को आवाज दे रहा था।

''च्च च्च च्च... इन्हीं का लड़का है।'' अल्लन का बेजान जिस्म चौकी पर नंगा पड़ा था। बदन सूख गया था, इन चार दिनों में। अम्मा थीं तो चाय-नाश्ता सब था, मगर अब, अब क्या। हाशिम मियां फिर उठे, मगर लड़के की लाश देखकर पछाड़ मारकर गिर गए।

''अरे अल्लन...अइसा कैसे कर लिए भइया।''

मुर्दाघर हाशिम मियां की चीखों से गूंज रहा था। अल्लन चला गया। सुबह उठने के साथ उसने फैसला किया था। गंगा में नहाने का। अपने शरीर का उद्धार करने का। अरविंद पकड़कर वह बनारस आ गया। राजघाट पुल से उतरने के बाद जब वह गंगा के किनारे पहुंचा तो ऐसा लगा कि गंगा उसे बुला रही है। कपड़े पहने-पहने वह पानी के भीतर उतरता चला गया। पानी कमर तक सीने तक होता हुआ उसकी नाक तक आ गया। मगर अल्लन डरा नहीं। अम्मा उसे बुला रही हैं। अल्लन आगे बढ़ता चला गया। गड़ाप की एक आवाज आई अल्लन जब तक संभलता उसका जिस्म इस पवित्र पानी में समा चुका था। नाक और मुंह से बुलबुले निकल रहे थे। इन बुलबुलों के साथ धीरे-धीरे उसकी जान भी निकल रही थी। पांच मिनट बाद अल्लन का बेजान जिस्म पानी की सतह पर तैर रहा था।

33

दारोगा ने हाशिम मियां की मदद की। बाहर से एक टैंपू मंगा लिया। लाश ले भी तो जानी है। हाशिम मियां अपने आपको अभी भी संभाल नहीं पाए थे। अल्लन का मुर्दा जिस्म अब उनकी बाहों में था। आंसू लगातार मुर्दा बदन पर गिर रहे थे। टैंपू में लाश रखने के दौरान दारोगा ने उनसे पंचनामे के कागजात पर अंगूठा लगवा लिया था। बूढ़े बाप को वह परेशान नहीं करना चाहता था। दारोगा ने टैंपू वाले को इशारा किया और वह चल पड़ा। उसे पता था, लाश चंदौली जाएगी। टैंपू भागा चला जा रहा था। हाशिम मियां अल्लन के मरे हुए जिस्म को अपने बदन से चिपकाए मदहोश थे।

''ए भइया धीरे चलो। मेरे बच्चे को झटका लग जाएगा।''

हाशिम मियां जारोकतार रो रहे थे। सूरज छिपने की तैयारी में था। टैंपू चौक पहुंचा तो न जाने हाशिम मियां को क्या याद आ गया।

''बेटा, यहां मणिकंका घाट कहां है?''

''यहीं है।''

''चलो मेरे लाल। ले चलो जल्दी, वहीं ले चलो।''

टैंपूवाला हाशिम के दुख को समझ रहा था। उसने मना नहीं किया। ऑटो मोड़ लिया। रास्ते में भीड़ थी, एक के बाद एक मुर्दों की कतार लगी हुई थी। ''राम नाम सत्त है सबकी यही गत्त है।''

टैंपूवाले ने घाट के पास पहुंचकर टैंपू रोक दिया। हाशिम मियां अल्लन की लाश से चिपके पड़े थे।

''क्या करना है मोली साब, जल्दी बताइए? चंदौली दूर है। अभी आपको पहुंचाना भी है।''

''हां बेटा, जरा रुक जाओ।'' हाशिम मियां न जाने क्या देख रहे थे।

''यहां लाश फूंके का कितना पइसा लगता है।'' टैंपूवाला हतप्रभ हो गया। मगर उसने अपने आपको संयत रखा।

''पूछना पड़ेगा।''

''पूछ लो बेटा।''

''मगर मोली साब।''

''अरे...बेटा, मेरे अल्लन को गड़ाना नहीं है। मरे से पहले हमसे कहे थे कि हमको गाड़िएगा मत, कब्र से डर लगता है।''

टैंपूवाला दौड़कर घाट के अंदर पहुंच गया। वापस हांफते हुए आया।

''तीन कुंतल लकड़ी खरीदनी पड़ेगी। पर्ची कटेगी। उसके बाद कोई पंडित करना होगा।''

''कर दो, मेरे लाल।''

हाशिम मियां ने अपनी जेब का सारा पैसा टैंपूवाले को दे दिया। लकड़ी की पर्ची लेकर टैंपूवाला हाशिम मियां के पास आ गया। शाम के बाद रात घिर आई थी। लकड़ी का इंतजाम हो चुका था। पंडित की ढुंढाई हो रही थी। हाशिम मियां के आंखों में अब आंसू नहीं थे। दूर तक फैला गंगा का विस्तार उनके मन को नई तसल्ली दे रहा था। न जाने कितनों लाशें यहां जलकर सद्गति पा रहीं थीं। पंडित को लेकर जब टैंपूवाला हाशिम मियां के पास आया तो वह अचकचा गए। ऐसी ही हालत पंडित की भी थी।

''आपका लड़का है?''

बड़ी मुश्किल से उनकी गर्दन एक बार ऊपर-नीचे हो पाई।''

पंडित ने फिर कुछ कहना चाहा, मगर वह चुप हो गया। लंबे दाढ़ीवाले मुल्ले का यह व्यवहार उसे बेहद अजीब लगा था। पंडित जी ने ज्यादा ना-नुकुर नहीं की। टैंपूवाला दूसरे सामान खरीद लाया था। चिता सजकर तैयार थी। पंडित जी लाश को दुबारा गंगा में नहला रहे थे। नहलाने के बाद अल्लन का जिस्म वापस लकड़ी के उस ढेर पर रख दिया गया। पंडित जी का मंत्रोच्चारण जारी था। दस मिनट बाद लकड़ी का एक जलता टुकड़ा हाशिम मियां के हाथ में पकड़ा दिया गया। हाशिम मियां ने पंडित जी की बताई जगह पर आग रख दी। अल्लन का शरीर धूं-धूं करके जल उठा। चिता जलती रही, साथ-साथ पंडित जी का मंत्र उच्चारण भी जारी रहा। रात गहरा गई थी। बनारस शहर लाइटों की रोशनी में जगमगा रहा था। एक तरफ अल्लन की चिता जल रही थी, दूसरी ओर हाशिम मियां का दिल। सुबह के चार बजने को आए थे। पंडित अभी भी वहीं बैठा हुआ था। न जाने क्यों उसे इस मुल्ले में खासी दिलचस्पी हो रही थी। जिसने सदियों पुराने इस्लाम के कायदे-कानून एक झटके में तोड़ दिए थे। सुबह का सूरज निकलने वाला था। पंडित ने राख बटोरकर हाशिम को दे दी। गगरी या मटकी नहीं थी। एक स्टील की थाली में अल्लन का पूरा वजूद था।

''गंगा में बहा दीजिए। जाने दीजिए। आत्मा का परमात्मा से मिलन होना है।''

पंडित लगातार बोल रहा था, मगर उसका एक भी शब्द हाशिम के कान तक नहीं पहुंच रहा था। हाशिम मियां राख लेकर घाट पर उतर गए। एक एक

मुट्ठी करके सारी राख पानी में बह गई। आखिरी मुट्टी हाथ में लिए कुछ सोच रहे थे। जाने क्यों मुर्दा राख उन्होंने अपने कुर्ते की जेब में डाल ली। स्टील की थाली जिसमें अभी भी अल्लन के धूसर हो चुके जिस्म के कण चिपके हुए थे, गंगा में डूब गई थी। टैंपूवाला अपने टैंपू में सो रहा था। उसे हाशिम पर दया आई थी। वह उन्हें घर तक छोड़ना चाहता था। हाशिम मियां बेसुध टैंपू में पड़े थे। टैंपू लगातार भाग रहा था। सूरज की किरनों ने दुनिया पर रोशनी की बौछार शुरू कर दी थी। टैंपू चंदौली आ चुका था। हाशिम मियां ने हाथ से उसे मुड़ने का इशारा किया। सन्नाटे रास्ते पर भाग रहे टैंपूवाले को हैरानी हो रही थी। कब्रिस्तान आ गया। हाशिम मियां उतर गए। टैंपूवाला पूछ रहा था।

''कहां जाइएगा, छोड़ दें?''

''नहीं बेटा, बस यहीं आना था।'' हाशिम मियां ने उसके सिर पर हाथ रख दिया।

टैंपूवाला वापस चला गया। अपनी बीवी की कब्र पर पहुंचने के बाद हाशिम मियां घुटने के बल मिट्टी में बैठ गए। उनके सब्र का बांध टूट गया। रुलाई से पूरा कब्रिस्तान गूंज रहा था। रोते-रोते उन्होंने अपनी जेब से अल्लन की राख निकाली और नफीसा के कब्र के सीने पर छोटा-सा गड्ढा करके उसे वहीं दबा दिया।

''लो संभालो अपने अल्लन को। हम न संभाल पाए।''

हाशिम मियां रोते-रोते बेहोश हो चुके थे।

34

घर में आने के बाद हाशिम मियां आंख बंद करके लेट गए। रोना चाहते थे, मगर आंखों से आंसू नदारद थे। न अल्लन न अल्लन की अम्मा। अकेले हाशिम मियां। सुबह के सात बज गए थे। मगर आज चाय का कुछ अता-पता नहीं था। उनकी निगाहें रसोई की तरफ लगी हुई थीं। ऐसा लगता था कि अभी अल्लन आएगा और पूछेगा।

''ए अब्बा, चाय पिएंगे आप?''

हाशिम मियां पलंग पर पड़े रहे। रात के वाकए ने उन्हें बुरी तरह से झकझोर दिया था। उन्हें यकीन ही नहीं आ रहा था कि अल्लन को उन्होंने अपने हाथों से जला दिया।

तौबा तौबा...।

हाशिम मियां का दिल एक बार फिर डूबने लगा। जी में आया कि चिल्ला-चिल्लाकर रोने लगें। उन्होंने देखा, बड़े कमरे की खिड़की पर जानमाज रखी हुई है। उसके ऊपर कुरान थी। याद आया अब्बा कहते थे

"ए बेटा, दीन से बड़ी कोई चीज नहीं है। अल्ला रसूल का दामन पकड़े रहना, दुनिया में कुछ नहीं रखा है, मरे के बाद जन्नत मिल जाए तो समझो सब मिल गया।"

हाशिम मियां अपने इस्लाम को गंगा में बहा आए थे। अपने अल्लन की खातिर। उन्हें फिर रोना आ गया। सिसक-सिसकर रोने लगे। दस बज गए थे। गुड़ियवा आई।

"ए चच्चा, क्या हुआ मिले अल्लन?"

हाशिम मियां चुप रहे।

"सो रहे हैं क्या?"

हाशिम मियां फिर भी चुप रहे। गुड़ियवा चली गई। उस दोपहर हाशिम मियां ने कुछ नहीं खाया। अल्लन को कंधा देने के बावजूद वह घर आकर नहाए नहीं थे। बिस्तर पर अभी भी कुर्ते से निकली अल्लन के वजूद की राख पड़ी हुई थी। शाम होने को आई थी। सूरज वापस अपने घर की तरफ लौट रहा था। हाशिम मियां को लगा बाहर कोई दरवाजा खटखटा रहा है।

"कउन है...?"

"हम चच्चा मनोज।"

"क्या बेटा?"

"अल्लन आ गए?" हाशिम मियां ने वहीं से "नहीं" कह दिया, इस लफ्ज को कहने के लिए उन्हें अपने पूरे वजूद की ताकत लगानी पड़ी थी। मनोजवा चला गया। हाशिम मियां को समझ नहीं आ रहा था कि अल्लन के बारे में वह लोगों को क्या बताएं? क्या कहें कि अल्लन मर गया, मगर उसकी लाश। उसकी लाश उन्होंने जला दी। पागल समझेंगे लोग। हाशिम मियां का दिल धड़-धड़ बज रहा था। घर के अंदर मनहूसियत-सी फैल गई थी। शाम का अंधेरा घना हो रहा था। लाइट नहीं थी। न लैंप न लालटेन। अंधेरा और उसके बीच हाशिम मियां। आज उन्हें अपने अल्लन की कमी महसूस हो रही थी। हाशिम मियां को अल्लन का बचपना याद आ गया। छोटा-सा अल्लन उनके सीने पर हुमकता था। उनकी दाढ़ी के बाल खींच-खींचकर तोड़ देता

मगर हाशिम मियां उफ नहीं करते। आखिर वह उनका अपना खून था। अपना बेटा। हाशिम मियां को आज आलम की याद नहीं आई। रात गहरा गई तो हाशिम को अपने ही घर में वहशत होने लगी। अल्लन की चिता अभी तक उनके कलेजे में सुलग रही थी। वह समझ नहीं पाए कि आखिर उन्होंने अपने कलेजे के टुकड़े को दोज़ख़ में कैसे झोंक दिया। वह घबराकर चौकी से उठ गए। जानमाज उठाई और छत पर पहुंच गए। पूरा कस्बा अंधेरे की आगोश में डूबा हुआ था। चांद और तारों की रोशनी फलक को चमका रही थी। हाशिम मियां ने मुसल्ला बिछा लिया। नमाज पढ़नी शुरू की तो आंखों में एकाएक ढेर सारा पानी उमड़ आया। रुकू में जाने के बाद सजदे में पहुंचे तो लगा कि गिर जाएंगे। आखिर में दुआ की तरफ हाथ उठा तो हाशिम मियां फफक उठे

"...ए अल्ला, मेरे अल्लन को दोज़ख़ न देना। ऊ बच्चा था। कब्र में उसका दम घुट जाता। ए मौला, जिंदगी भर हम उसकी कोई बात नहीं माने, आखिरी बात कैसे टाल देते।"

हाशिम मियां बयान करके रोए जा रहे थे। उनके दोनों हाथ आसमान की तरफ उठे हुए थे। रोते-रोते हाशिम मियां जानमाज पर ही लुढ़क गए।

35

हाशिम मियां की तबीयत बुरी तरह से खराब हो गई थी। जिस्म बुखार से बुरी तरह जल रहा था। गुड़ियवा ने उनकी इस हालत को देख लिया था। डॉक्टर को बुला लाई थी। दवा शुरू हो गई। अब आस-पड़ोस के लोग उनके घर उन्हें देखने के लिए आ रहे थे। हर आदमी बस यही ढाढ़स बंधा रहा था।

"मोली साब परेशान मत होइए। आ जाएंगे अल्लन। बदमाश हैं कहीं निकल गए होंगे, अभी तो हफ्ता भर हुआ है। देखिए उस बाजार के मुस्लिम का लड़का भी तो भाग गया था, महीने भर में आ गया।"

हाशिम मियां आंख बंद किए चुपचाप सबकी बात सुनते रहते थे। दिल दुखता तो भी जोर से न रोते। बस आंखों की कोर गीली हो जाती। बीमारी की हालत से उबरने में हाशिम मियां को हफ्ते भर से ज्यादा समय निकल गया। अकेले हाशिम मियां का खाना अब घर में नहीं बनता था। गुड़ियवा अपने घर से उनके लिए खाना लाती थी। कभी रोटी-सब्जी, कभी दाल-चावल, तो कभी

एक कटोरे में गोश्त अउर थोड़ा-सा सालन तीन-चार रोटी के साथ। इतना-सा खाना भी बड़ी मुश्किल से हाशिम मियां के गले उतरता था। आधा खाते और आधा छोड़ देते। घर में बैठे-बैठे उन्हें कई दिन निकल चुका था। बाहर की दुनिया कितना रंग बदल चुकी थी, उन्हें कतई अंदाजा नहीं था।

आज हाशिम मियां घर से बाहर निकले। निकलने से पहले उन्होंने अपने मुंह पर लगी कालिख को मल-मलकर साफ किया था। इतने दिनों में वह नहाए-धोए नहीं थे। आज बाहर जा रहे थे, मगर फिर भी नहाने की जरूरत उन्हें महसूस नहीं हुई। अपनी गली से निकलने के बाद हाशिम मियां अल्लन के स्कूल की तरफ चल पड़े। बच्चे पढ़ रहे थे। सारा स्कूल बच्चों की आवाज से गूंज रहा था। हाशिम मियां ध्यान लगाकर इन आवाजों में अल्लन की आवाज सुनने की कोशिश कर रहे थे। चार साल का अल्लन दू के दू दू दूनी चार... चिल्ला-चिल्लाकर पढ़ता था। उन्हें खुद अल्लन की आवाज में दो का यह पहाड़ा बेहद पसंद था। हाशिम देर तक बच्चों की इस आवाज में अपना कान लगाए रहे, मगर आखिरकार जब उन्हें इन आवाजों में अपने अल्लन की आवाज नहीं सुनने को मिली तो पीछे हट गए। स्कूल से आगे बढ़ने के बाद वह पतली गली पार करके मस्जिद के सामने पहुंच गए। वही पतली गली जहां अल्लन नीलुवा का इंतजार करता था। उनके दिल में एक सवाल बार-बार घुमड़ रहा था। मस्जिद की सीढ़ियां चढ़ते हुए हाशिम मियां के पैर कांप गए। सामने देखने की उनकी हिम्मत नहीं हो रही थी। फिर भी सवाल पूछे बिना उनका वापस जाने का मन नहीं था। सामने मुफ्ती साब बैठे हुए थे। हाशिम मियां से उनकी पुरानी पहचान थी। मुफ्ती साब ने उन्हें देखा तो उठकर खड़े हो गए।

"हाशिम भाई। आइए आइए।"

"अल्लन मियां आए कि नहीं लौटकर अभी?"

हाशिम मियां के दिल पर जैसे हथौड़ा चल गया। उन्होंने उनकी बात टाल दी।

"एक सवाल है, वही पूछने खातिर आए हैं।"

"पूछिए।"

"नहीं, बस जी में आया है..." हाशिम मियां के समझ में नहीं आ रहा था कि वह अपनी बात कैसे शुरू करें।

"अरे कोई घबराने की बात नहीं है। हदीस में लिखा है, जेहन को जो बात परेशान करे, उसके बारे में जरूर पूछताछ करनी चाहिए। तसल्ली मिल जाती है।"

"अच्छा इ बताइए, किसी को कब्र से डर लगे और वह वसीयत कर दे कि मरने के बाद उसको दफनाया न जाए तो अइसे में क्या करना चाहिए?"

"अल्ला हौल बिलाकूवत। इ कइसा सवाल है हाशिम भाई। अरे मरने के बाद आदमी दफनाया न जाएगा तो का जलाया जाएगा। ठीक है, उसको कब्र से डर लगता है, मगर डरने से क्या? मरना तो सबको है एक दिन?'

"नहीं, फिर भी।"

"अरे फिर भी क्या मतलब। वइसे भी इस तरह के कोई सवाल का जिक्र न हदीस में है न कुरान में?"

"अच्छा, लेकिन ये तो बताइए कि मरने के बाद किसी मुसलमान को जला दिया गया तो फिर उसे जन्नत मिलेगी या दोज़ख़।"

"सीधे दोज़ख़ में जाएगा। अरे जलने के बाद उ मुसलमान रह कहां गया।"

हाशिम मियां का पूरा बदन थर्रा गया। उन्हें मुफ्ती साब से थोड़ी राहत की उम्मीद थी, मगर यहां उनकी सारी सोच बेकार चली गई। मस्जिद से लौटते वक्त उनका दिल धड़-धड़ बज रहा था। पीछे से मुफ्ती साब की आवाज सुनाई दी थी

"अल्लन मिल जाएंगे तो बताइएगा।"

मोली साब हड़बड़ी में वापस लौट रहे थे। शाम की नमाज का वक्त हो चला था। मस्जिद के माइक पर मुफ्ती साब की आवाज गूंजने लगी। "अल्लाहो अकबर...।"

हाशिम मियां ने घबराकर अपने दोनों कान हाथ से बंद कर लिए। अल्लन को फूंकने के बाद उनमें अल्लाह से आंखें मिलाने की कूवत नहीं रह गई थी।

36

हाशिम मियां अब घर से बाहर नहीं निकलते। बड़े कमरे में बिछी चौकी पर लेटे रहते हैं। घर में ले-देकर बस गुड़ियवा का आना-जाना है। खाना पकाने के लिए गुड़ियवा जब आती, हाशिम मियां से कहती।

"ए चच्चा, अल्लन आएगा तो उससे बात मत करिएगा। ई का बात हुई अपने मन से घर छोड़कर चले गए।"

जरा-सी देर में कुछ सोचती और फिर कहती

"अच्छा, लेकिन चच्चा आ जाएगा तो अबकी मारिएगा मत, गुस्सा गया तो फिर भाग जाएगा। गुस्सा उसकी नाक पर रखा रहता है।"

हाशिम मियां उसकी किसी बात का जवाब नहीं देते। हारकर वह फिर अपने काम में व्यस्त हो जाती। मनोजवा अभी भी हर शाम घर के बाहर से अल्लन अल्लन की पुकार लगाता था। हाशिम ने उससे कह रखा था कि जब अल्लन आ जाएगा, उसे बता देंगे, मगर नहीं मनोजवा तब तक अल्लन का नाम लेकर चिल्लाता रहता, जब तक वह छत पर आकर नहीं कह देते।

"नहीं आए अल्लन।"

वह पूछता था, "कुछ पता चला?" हाशिम मियां यंत्रवत अपनी गर्दन नहीं के अंदाज में हिला देते। दिन गुजर रहे थे। हाशिम मियां अब और दुबले हो गए थे। उनकी दाढ़ी की लंबाई कुछ ज्यादा ही बढ़ गई थी। दुकान कब की बंद हो चुकी थी, जीवन-यापन का जरिया सिर्फ खेत थे, जिनसे आने वाला अनाज बेचकर हाशिम मियां अपने लिए दूसरी चीजों का जुगाड़ कर लेते। अल्लन के चले जाने के बाद हाशिम मियां ने अपने जीने का अंदाज बदल लिया था। पांचों वक्त की नमाज पढ़ने के अलावा रोज कब्रिस्तान जाते। अपनी बीवी की कब्र पर सूरए फातिहा पढ़ने। इस गरज से कि शायद उनकी दुआएं अपनी मां की कब्र में गड़े अल्लन के वजूद को भी राहत पहुंचा सकें। हाशिम मियां ने अब आलम को भी खत लिखकर अल्लन के जाने के बारे में बता दिया था। सिर्फ इतनी बात छिपा ली थी कि अल्लन घर छोड़कर नहीं, बल्कि दुनिया छोड़कर जा चुके हैं। उनके भीतर इतनी हिम्मत नहीं थी कि अपनी जिंदगी की इस सबसे बड़ी गलती के बारे में किसी को भी बता या फिर लिख सकें। उन्हें उम्मीद थी कि अल्लन के घर से जाने के बाद शायद आलम वापस लौट आएं, मगर नहीं दिन गुजरते जा रहे थे, मगर आलम का कहीं अता-पता नहीं था। हाशिम मियां की बीमारी अब और बढ़ गई थी। खांसते तो खांसते ही रहते। मुंह से हल्का-हल्का खून भी आता था। जिंदगी में उन्होंने कभी कोई नशा नहीं किया था, मगर ऐसा लगता था कि टीबी हो गई है। मुहल्ले के डॉक्टर ने कई बार उन्हें जांच कराने की सलाह दी थी, मगर वह हर बार डॉक्टर की सलाह हंसकर टाल देते।

"अरे आपको तो शक हो गया है। खून तो कभी-कभी आता है। हमें लगता है कि बलगम के जमने की वजह से ऐसा हो रहा है।"

हाशिम मियां का खान-पान अभी भी गुड़ियवा के सहारे ही था। मगर अब गुड़ियवा नहीं आएगी। उसकी शादी के दिन नजदीक आ गए हैं। शर्माते-शर्माते उसने एक दिन ये बात उन्हें बताई थी। उसके दूल्हे का नाम सलीम था। गाजीपुर की सब्जी मंडी में आलू-प्याज का थोक कारोबारी था। गुड़ियवा को लगा था कि उसके जाने की बात से हाशिम मियां खिन्न हो जाएंगे, मगर नहीं। वह खुश हो गए।

''चलो ठीक है, तुम बहुत बड़ी हो भी गई हो। बढ़िया-बढ़िया खाना खिलाना सलीम मियां को।''

गुड़िया ने शर्मा के अपनी गर्दन नीचे झुका ली। वह जाने को तैयार थी मगर हाशिम मियां ने उसे रोक लिया था। अंदर कमरे में जाकर के न जाने क्या तलाश करने लगे थे। बाहर आए तो उनके हाथ में चूड़ियों का एक डिब्बा था। लाल रंग की एक साड़ी भी। साड़ी के भीतर न जाने और क्या लिपटा पड़ा था। हाथ में लेने के बाद गुड़ियवा ने साड़ी की तह खोली तो देखा, अल्लन की अम्मा के कई सारे सोने के जेवर हैं।

''इ क्या चच्चा, इ सब हमको क्यों दे रहे हैं।'' इतनी कीमती चीजों को देखकर वह हतप्रभ थी।

''क्यों तुमको नहीं दे सकते क्या?''

''मगर ये तो बहुत महंगा है।''

''महंगा है तो क्या हुआ!''

''अल्लन की शादी होगी तो उनकी बीवी को क्या दीजिएगा।''

हाशिम मियां खामोश हो गए। उनकी आंखों में आंसू आ गए। धीमी आवाज में सिर्फ इतना बोले

''तुम भी तो मेरी बिटिया हो।''

गुड़ियवा ने हाशिम मियां से ज्यादा तूल कलाम करना जरूरी न समझा। हाथ में सब चीज दबाए उनको सलाम करके वापस लौट आई।

गुड़ियवा के जाने के बाद फिर हाशिम मियां के घर की रसोई में कभी कुछ नहीं पक पाया। सुबह रोज आधा किलो दूध लाते। गर्मा के पी लेते और दिन भर घर में पड़े रहते। गुड़ियवा की शादी में अब सिर्फ एक दिन बचा था। हाशिम मियां की तबीयत फिर से खराब होने लगी थी। खांसी ने जोर पकड़ लिया था, रात-रात भर खांसते रहते। मुंह से खून भी निकलता था। हाशिम मियां को आज अल्लन की अम्मा की याद आ रही थी। रात में वह

जरा जोर से सांस भी लेते तो अल्लन की अम्मा उनकी पीठ सहलाने लगती। पीठ सहलाते हुए जब वह 'अलहम्दोलिल्लाह' कहतीं तो उन्हें वाकई आराम महसूस होता था। दिन भर हाशिम मियां बिस्तर पर पड़े रहे। पूरे बदन में बेतहाशा दर्द हो रहा था। खाना न खाने की वजह से कमजोरी पहले से ही ज्यादा थी। शाम हो गई थी । पटाखा छूटने की आवाज आ रही थी। हाशिम मियां अंदाज लगा रहे थे कि गुड़ियवा की बारात आ गई थी। उसकी शादी का हल्दी लगा कार्ड चौकी पर एक किनारे पड़ा था। उन्हें शादी में शिरकत करनी थी, मगर तबीयत कमबख्त। हाशिम मियां पूरी रात दर्द से कराहते रहे। मस्जिद में अजान हो रही थी। बड़ी मुश्किल से उठकर वह गुसलखाने तक पहुंच गए वजू के लिए। वजू के बाद नमाज की चौकी पर बस जैसे-तैसे खड़े हो पाए। उनका दिल पूरी जोर से धड़क रहा था। बीमारी ने उन्हें तोड़कर रख दिया था। सजदे में पहुंचे तो ऐसा लगा, किसी के रोने की आवाज आ रही थी। गुड़ियवा थी...उसकी विदाई हो रही थी। हाशिम मियां ने सजदे में सिर किए किए दुआ की, अल्लाह उसे बेपनाह खुशियों से नवाजे। सजदे में सिर किए किए वह कुछ सोच रहे थे कि अचानक लगा अल्लन आ गया है।

"ए अब्बा, इ गुड़ियवा बड़ी कमीनी है, चुरा-चुराकर चीनी खाती है।"

हाशिम मियां की जोर से सिसकारी फूट गई। रोते-रोते सजदे में लुढ़क गए। खांसी आ रही थी। मुंह से निकला खून यहां-वहां बिखर रहा था। सांस लेने में तकलीफ बढ़ गई थी। हाशिम मियां अपना गला पकड़े हुए थे। उन्हें लग रहा था कि उनकी रूह गले के रास्ते बाहर निकल रही है। गूं-गूं करते हाशिम मर रहे थे, मगर उनके चेहरे पर एक संतोष का भाव था। दोज़ख़ दुनिया से उन्हें निजात मिल रही थी। मुसल्ला बिछा-का-बिछा रह गया। हाशिम मियां परलोक सिधार गए।

सुबह पूरे कस्बे में शोर मचा हुआ था। हाशिम मियां के मरने की खबर आग की तरह फैली थी। मुहल्ले के मुसलमान मस्जिद में इकट्ठा हुए। हाशिम मियां का नजदीकी अब कोई नहीं बचा था। लिहाजा तय किया गया कि मस्जिद कमेटी उनका कफन-दफन करेगी। उनके बड़े बेटे के ससुराल दस्ती खत रवाना कर दिया गया। कफन-दफन की तैयारियां शुरू हो गईं। हाशिम मियां की लाश मस्जिद में ही रखी गई थी। घर में ताला बंद कर दिया गया। चाभी मस्जिद में जमा कर दी गई। नहला-धुलाकर हाशिम मियां का जनाजा मस्जिद में रखी मुर्दा ले जाने वाली चारपाई पर रख दिया गया। जोहर की नमाज के बाद शाम के

चार बजे के करीब जनाजा कब्रिस्तान की जानिब रवाना हुआ। रिश्तेदारों में रामनगर से अकेले रिज्जू आया था। कफन-दफन का काम होने के बाद भीड़ हाशिम मियां को अकेला छोड़कर अपने-अपने घरों को रवाना हो गई। हुजूम में मौजूद किसी भी शख्स को इस बात का ख्याल नहीं था कि हाशिम मियां का असली कुनबा इसी जगह पर मौजूद है। चलते-चलते मुफ्ती साब ने अगले दिन मस्जिद में मरने वाले की रूह के सवाब के लिए कुरानख्वानी का एलान किया था। कस्बा एक बार फिर अपनी रफ्तार से दौड़ रहा था। लोगों को हाशिम मियां के मरने का अफसोस था, मगर अब किया भी क्या जा सकता है। मनोज अब अल्लन के घर की तरफ नहीं आता। क्रिकेट का सीजन फिर से आ गया है। ए बाजार की टीम अल्लन की गैरमौजूदगी में एक के बाद एक मैच हारती जा रही है। हर मैच के बाद लापता हो चुके अल्लन को ढेर सारी गालियां खाने को मिलती हैं। ''अल्लन रहता तो किसी तरह की गड़बड़ नहीं होती। बैटिंग भी करता बॉलिंग भी। ...भोसड़ीवाला पता नहीं कब आएगा?'' मिडिल स्कूल में लड़के देर तक अल्लन के बारे में बात करते। ''उसको शायद पता नहीं है कि उसके अब्बा मर गए। हां और क्या, पता होता तो लौट न आता।''

37

आलम लौट आया। मुफ्ती साब से चाभी लेने के लिए जब वह मस्जिद की तरफ चला तो पीछे-पीछे कस्बे की पूरी फौज चल रही थी। ढेर सारे लोग जिन्होंने हाशिम मियां के पूरे परिवार को एक-एक करके इस जगह से फना होते देखा। आलम भीड़ को नजरअंदाज करते हुए बढ़ता चला जा रहा था। उसकी बीवी वहीं घर के दरवाजे पर खड़ी थी। नकाब की जगह उसने चादर ओढ़ रखी थी। आसपास के घरों की कई औरतें सहानुभूति जताने के लिहाज से उसके पास खड़ी हो गई थी। कुछ यह भी जानना चाहती थीं कि वह अपने मियां के साथ दुबई गई थी या नहीं। औरतें सवाल कर रही थीं।

''इतना दिन क्यों लग गया, तुम लोगों को आने में। बेचारे मोली साब तो आलम का नाम चिल्ला-चिल्लाकर मर गए।''

जुलेखा तमतमा गई

''हम लोग क्या करें। आए तो थे रहने के खातिर, मगर नहीं, अल्लन कोई को रहने दिया। रोज लड़ाई-झगड़ा, आखिर में जाना पड़ा।''

"अब तो रहोगी न। अब तो अल्लन भी नहीं हैं।"

"अरे नहीं क्या है फिर लउट आएगा। हम लोग तो तय करके आए, अपना हिस्सा बेच-बाचकर फिर वापस लौट जाएंगे।"

"ना बिटिया, अइसे घर-दुआर नहीं छोड़ा जाता। एक तो देवर है तुम्हारा, वह भी नहीं संभल रहा ? राजी-खुशी रहो।" जुलेखा की भवें तन गईं, मगर यह सलाह गुड़ियवा की बुजुर्ग अम्मा की थी, इसलिए चुप रह गई। आलम चाभी लेकर वापस लौट आए थे। चाभी देते वक्त मुफ्ती साब के आंखों में आंसू देखकर उसका कलेजा भी भारी हो गया था। मुफ्ती साहब ने भर्राई हुई आवाज में कहा था।

"बेटा अपने भाई को जरूर ढूंढना। उसके आने के बाद ही तुम्हारे अब्बा की रूह को सुकून मिलेगा।" आलम ने कुंजी दरवाजे पर लटक रहे ताले में लगा दी। ताला एक झटके में खुल गया। आलम अकेले घर में घुस गए। पीछे से आवाज आई

"ए जी सामान।"

आलम फिर लौटे दरवाजे के बाहर आकर सामान उठाया और फिर घर के भीतर घुस गए। भीड़ अभी भी घर के बाहर खड़ी थी। आलम ने सब सामान चौकी पर रख दिया। पूरा घर भांय-भांय कर रहा था। कई महीने बंद रहने की वजह से ढेर सारी धूल कमरे के अंदर घुस आई थी। आलम उजड़े हुए अपने घर को देख रहा था। एकाएक फफककर रो पड़ा। बीवी सकपका गई। मगर आलम अब्बा के जानमाज वाली चौकी को कसकर पकड़े रहे। रोते-रोते हिचकियां बंध आईं। रुलाई का वेग इतना तेज था कि उसका छोटा बच्चा भी रोने लगा। जुलेखा के हाथ आलम के कंधे पर थे। आधे घंटे तक रोने के बाद आलम उठकर रसोई में आ गया। अम्मा...अब नहीं हैं।

"ए बेटा, खाना जरूर खा लेना। तबीयत का ख्याल रखा करो। तंदुरुस्त रहोगे, तब न पढ़े में मन लगेगा।"

आलम के जेहन में पुरानी बातें रह-रहकर गूंज रही थीं। जब छोटा था तब अम्मा हमेशा अब्बा के गुस्से से बचाती थी। मगर न जाने कैसे उम्र बढ़ने के साथ-साथ अम्मा उसे अपनी दुश्मन लगने लगी। बेचैन आलम घर में घूमता रहा। बीवी साफ-सफाई में जुटी थी। अभी न जाने कितने दिन यहां रुकना था। बात करने के लिए कुछ नहीं था। इसलिए बीच-बीच में बोलती थी।

''अम्मा का तो अजीब ही एक्सीडेंट हो गया। च्च च्च च्च उनकी किस्मत खराब थी। भला बताइए, आज तक अइसे किसी के ऊपर दीवाल गिरी है?''

आलम कुछ नहीं बोला। साफ-सफाई के बाद बीवी खिचड़ी बनाने में जुटी थी। सुबह से आने के बाद उन्होंने कुछ नहीं खाया था। हालांकि गुड़ियवा की अम्मा ने खाने के लिए पूछा था, मगर आलम उनकी बात को बड़े सलीके से टाल गया।

''नहीं चच्ची, ई है न, बनाएगी खाना।''

आलम का इशारा जुलेखा की तरफ था। शाम होने को थी। आलम के पास फिलहाल कोई काम नहीं था। छत पर पहुंच गया। सामने सूरज हमेशा की तरह एक बार फिर मंदिर के पीछे छिपने की तैयारी में था। आलम अल्लन के बारे में सोच रहा था। न जाने बेवकूफ कहां होगा। उसे अल्लन पर बेतहाशा गुस्सा आ रहा था। कमीना कहीं का। क्या जरूरत थी इस तरह से घर छोड़कर जाने की। अल्लन के बारे में सोचकर उसका सिर दुखने लगा। मंदिर में पूजा शुरू हो गई थी। आलम के कान मंत्रों की तरफ थे।

''ओम भूर्भुवस्व...।'' गायत्री मंत्र। आलम न जाने क्या सोचकर हल्के से मुस्करा दिया। पूजा के बाद भजन का दौर शुरू हो गया। आलम के कान अब इन आवाजों से हट चुके थे। अब्बा की आवाज सुनाई दे रही थी।

''ए बेटा...ई सब नहीं सुनना चाहिए। काफिरों के मजहब से हम लोग का क्या मतलब।''

आलम गंभीर हो गया। आसमान में कुछ सितारे चमक रहे थे। कस्बे की बत्ती गुल थी। आलम को लगा उसका बेटा उसे ढूंढते हुए रो रहा है। वह तेजी से सीढ़ियां उतरते हुए नीचे पहुंच गया। जुलेखा पसीने में तर-बतर रोटियां सेंकने में लगी हुई थी। उसे कुछ भी समझ नहीं आ रहा था। यह भी पता नहीं था कि आलम का अगला कदम क्या है। आलम ने बच्चे को गोद में उठाया तो उसे धीरे से अपना सवाल पूछ दिया। ''कब तक रहेंगे यहां?''

आलम ने उसका चेहरा देखा। वह रोटी बनाने में व्यस्त थी, मगर जानना चाहती थी कि उसके दिल में क्या है।

''देखो।''

आलम इतना कहकर चुप हो गया। उसका बच्चा कंधे की टेक लेकर सो गया था। रात के नौ बज गए थे। लाइट आ गई। खाना खाते-खाते जुलेखा ने आलम से फिर कहा।

"हम लोग अपने हिस्से का बेचकर चले जाएं। अल्लन आएंगे तो अपना देखेंगे।"

आलम चुपचाप खाना खाता रहा। रात में जुलेखा बिस्तर पर उसका इंतजार करती रही, मगर वह नहीं आया।

अगली सुबह जुलेखा ने देखा कि आलम अब्बा की नमाज की चौकी पर पैर सिकोड़े सो रहा है। चाय बनाने के बाद उसने उसे झिंझोड़ दिया, उठिए। आठ बज गया। आलम एक बार में उठकर बैठ गया। कुल्ली करने के बाद उसने चाय पीनी शुरू कर दी। चाय पीने के बाद वह चुपचाप चौकी पर बैठा रहा। समझ में नहीं आ रहा था कि आखिर करना क्या है। जुलेखा नाश्ते के लिए रोटी-सब्जी बना चुकी थी, मगर आलम ने खाने से साफ मना कर दिया। घर में टहलता रहा। न जाने किस चीज की तलाश में। आज आलम ने सारी आलमारियां और बक्स भी खंगाल डाले। अल्लन के ढेर सारे कपड़े बिखरे पड़े थे। आलम को इन कपड़ों को देखकर अपने भाई के लिए दया आ रही थी। एकबारगी उसकी आंखों में आंसू आ गए। न जाने कितनी दफा अम्मा की गैरमौजूदगी में उसने उम्र में दस साल से भी ज्यादा छोटे अपने भाई का चूतर धुलाया था। अल्लन उसे इतना परच गया था कि पाखाना करने के बाद उसके पास आकर खड़ा हो जाता। उसे घिन आती, मगर अम्मा चिल्लातीं।

"क्या हुआ बेटा, आखिर तुम्हारा भाई तो है।"

38

आलम के सामने एक बार फिर पुरानी बातों की परतें उधड़ रही थीं। तलाश करते-करते उसके हाथ एक पुरानी फोटो लगी थी। अब्बा ने अपनी चमचमाती शेरवानी में यह फोटो खिंचाई थी। अल्लन अम्मा की गोद में बैठा था। छोटा-सा कुर्ता-पैजामा पहने हुए, जबकि आलम अब्बा के ठीक बगल में खड़ा था। नई पैंट और बुशर्ट में। आलम ने फोटो उठाकर अपने सीने से लगा ली। उसे पता ही नहीं चला कि जुलेखा कब उसके पीछे आकर खड़ी हो गई। ई देखिए आपका खत मिला है। बड़े वाले कमरे की ताक पर रखा था। आलम ने खत देखा। वही खत था, जो उसने गुस्से में अम्मा-अब्बा को लिखा। खत हाथ में लेने के बाद उसने तुरंत उसे फाड़ दिया।

"चलो, कल हम लोग वापस चलेंगें।"

आलम का दम यहां घुटने लगा था। उसने जुलेखा से कहा और कमरे से बाहर निकल गया। रात में आलम देर तक जगता रहा। जुलेखा उसकी परेशानी को समझ रही थी, मगर उससे कुछ कहने की हिम्मत उसके अंदर नहीं थी। सुबह होने वाली थी। मजीद के मुर्गे चिल्ला रहे थे। आलम सुबह उठ गया था। जुलेखा अधखुली आंखों से देख रही थी। वह नमाज पढ़ने की तैयारी कर रहा था। वजू करने के बाद वह जानमाज बिछाकर चौकी पर खड़ा हो गया। नमाज पूरी करने के बाद भी आलम के दिल को सुकून नहीं मिला। वह बड़े कमरे में जा पहुंचा, जहां रोशनदान पर ढेर सारी दुआ की किताबें रखी थीं। उसने एक-एक करके सारी किताबें उतार लीं। एक किताब लेकर वह फिर जानमाज की चौकी पर बैठ गया। वह रो-रोकर दुआएं कर रहा था। ठीक वैसे, जैसे उसकी अम्मा उसके गम में करती थी। पन्ने पलटते-पलटते आलम को यूं लगा कि किताब में कोई सादा पन्ना रखा हुआ है। उसकी रुलाई थम गई। उसने पन्ना निकाल लिया। अब्बा के हाथों की लिखी कुछ चीज थी। उसने कागज पूरी तरह से खोल दिया। एकबारगी आलम को लगा कि उसका दम निकल जाएगा। मगर वह संयत होकर पढ़ता रहा। खत टूटी-फूटी हिंदी में लिखा था। आलम कभी भी ठीक से उर्दू नहीं सीख पाया था। अब्बा को ये बात पता थी।

"बेटा खुश रहो, अल्लन चला गया। अब उसका इंतजार न करना। वह कभी नहीं आएगा। हम अपने हाथ से उसकी लाश वहीं गंगा किनारे जला दिए। परेशान किए था, अब्बा हमको कब्र में मत गाड़िएगा। अब तुम्हीं बताओ उसकी बात आखिर हम कैसे टाल देते। हम भी दुनिया से जा रहे हैं। बहुत सोचने के बाद इ खत लिखे हैं, पता नहीं तुम्हारे हाथ लगेगा कि नहीं। बेटा अल्लन और तुम्हारी अम्मा तुमको बहुत चाहते थे। तुम्हारी अम्मा को बहुत इंतजार था कि उनकी जिंदगी में तुम आओगे। मगर तुम नहीं आए। आने के बाद जाकर अपनी अम्मा की कब्र पर फातिहा जरूर पढ़ देना। उसकी रूह को सुकून मिल जाएगा। बेटा एक बात और। एक इल्तजा है। हो सके तो मान लेना। बेटा ई मकान बेचना मत। मेरी रूह को अब कभी सुकून तो मिलेगा नहीं, जब थक जाया करेंगे तो यहीं आकर थोड़ा आराम कर लिया करेंगे।

तुम्हारा बदनसीब बाप। हाशिम अहमद।"

आलम की आंखों से जारोकतार आंसू गिर रहे थे। सिसकियों की आवाज जुलेखा तक पहुंच रही थी, मगर उसने समझा कि उसके मियां घरवालों को

याद करके रो रहे हैं। सूरज निकल रहा था। चंदौली में हलचलें शुरू हो गई थीं। मगर आलम अभी भी उसी नमाज वाली चौकी पर बेसुध पड़ा हुआ था। जुलेखा चाय लाई थी। "सुनिए...जल्दी कीजिए, चलना नहीं है का।"

आलम उसकी बात नहीं सुन रहा था। जुलेखा ने उसे झकझोर दिया। आलम बेहोश था। जुलेखा के मुंह से चीख निकल गई।

39

आलम को सख्त बुखार हो गया था। दवा-पर-दवा खाने के बावजूद बीमारी से उबरने में उसे एक हफ्ते लग गए। जुलेखा रो-रोकर बेहाल हो चुकी थी। आलम अब उससे भी ज्यादा बात नहीं करता था। अपने लड़के को सीने पर बैठाए खेलाता रहता। उसकी तबीयत में अब काफी सुधार था।

"जुलेखा...जुलेखा।"

"जी आई।"

न जाने कितने दिनों बाद जुलेखा ने अपने मियां के मुंह से अपना नाम सुना था। "सुनो हम लोग अभी तक बाबू का नाम नहीं रख पाए न।" आलम प्यार से अपने बेटे के गाल पर हाथ फेरते हुए कह रहा था।

"हां, आपको आज नाम की याद आ रही है।" जुलेखा मुस्करा दी।

"अल्लन नाम कइसा रहेगा। अल्लन...अलीम अहमद।"

जुलेखा अवाक् थी। उसे समझ नहीं आ रहा था कि आलम को क्या हो गया था। आलम अपने बच्चे को हवा में उछालकर जोर-जोर से चिल्ला रहा था। "अल्लन...मेरा अल्लन...अलीम अहमद...सुनो अब हम लोग यहीं रहेंगे। अपने घर में।"

जुलेखा के होंठ आपस में चिपक गए थे। आलम अपने बेटे को लेकर बाहर जाने के लिए तैयार था। कब्रिस्तान, जहां उसकी मां और बाप की कब्र थी। आलम चला जा रहा था। मठ-मंदिर के लाउडस्पीकर में हमेशा की तरह मंत्र गूंज रहे थे

"ओम् भूर्भुस्व स्वः तत्सवितुर्वरेण्यम्...
भर्गो देवस्य धीमहि...धियो यो नः प्रचोदयात्।"

●●●